講談社文庫

天空の鏡

警視庁殺人分析班

麻見和史

講談社

目次

天空の鏡　警視庁殺人分析班

◉おもな登場人物

〈警視庁刑事部〉

如月塔子《きさらぎとうこ》……捜査第一課殺人犯捜査第十一係　巡査部長

鷹野《たかの》秀昭《ひであき》……同　警部補

早瀬《はやせ》泰之《やすゆき》……同　係長

門脇仁志《かどわきひとし》……同　警部補

徳重英次《とくしげえいじ》……同　巡査部長

尾《び》留《る》川圭介《かわけいすけ》……同　巡査部長

神谷《かみや》太《た》一《いち》……捜査第一課　課長

手《て》代木《しろぎ》行雄《ゆきお》……捜査第一課　管理官

鴨下潤一《かもしたじゅんいち》……鑑識課　警部補

河上啓史《かわかみけいし》郎《ろう》……科学捜査研究所　研究員

〈警視庁中野警察署〉

藤村忠義《ふじむらただよし》……巡査長

赤倉保《あかくらたもつ》……巡査部長

佐武恭平《さたけきょうへい》……ダイミツ工業　社長

新城《しんじょう》……ダイミツ工業　総務部長

鳥居《とりい》……キリシマダイニング　マネージャー

小《こ》清《し》水滋《みずじ》郎《ろう》……関東市街地開発　社員

片岡昭宏《かたおかあきひろ》……アークサロン東京　社長

夏木《なつき》友康《ともやす》……アークサロン東京　専務

小《こ》谷《たに》……アークサロン東京　社員

里見《さとみ》……運送業者

初井《はつい》……多摩工業グループ　社員

岩永大志《いわながたいし》……多摩工業グループ　警備員

森達雄《もりたつお》……天空教　教祖

森護《もりまもる》……達雄の息子

江《え》波尚子《なみなおこ》……天空教　元信者

長《は》谷《せ》川静乃《がわしずの》……恒葉会　代表

辻崎和恵《つじさきかずえ》……恒葉会　会員

唐沢晴美《からさわはるみ》……恒葉会　会員

唐沢浩樹《ひろき》……晴美の夫

藤村香《か》澄《すみ》……忠義の娘

如月厚子《あつこ》……塔子の母

第一章　アヌビス

1

年が明けてから約三週間。この時期の陽光は弱々しくて頼りない。

車を降りると、途端に吐《は》く息が白くなった。香川祐二《かがわゆうじ》はぶるっと体を震わせる。

「ひゃあ、寒いっすね。まいったな」

厚地の作業用ジャンパーを着ているのだが、それでも寒さが身に染《し》みた。

「なんだ香川、おまえ若いんだから元気出せよ」

助手席から先輩の鈴井《すずい》が降りてきた。からかうような目で、彼はこちらを見ている。作業のときはいつも厳しい人だが、今日これからの仕事は、現場の事前確認だけだ。鈴井も気楽に構えているようだった。

冗談を口にしながら、香川と鈴井はコインパーキングを出た。ふたり並んで、大通りに面した石畳の歩道を進んでいく。車道には営業車両が多く、気の短い運転手がクラクションを派手に鳴らしている。

香川は腕時計に目をやった。一月二十三日、午前八時十五分。予定どおりの到着だ。

やがて目的の建物が見えてきた。中野駅《なかのえき》から歩いて約五分、通り沿いに建つ「ルミリア中野」だ。四階建ての商業ビルで、茶褐色の壁面に、縦長の窓が多数設けられている。それらの窓には侵入防止用の面格子が嵌《は》められていたが、円形や菱形《ひしがた》などの模様になっているのが面白い。壁にガス灯のような装飾があるのも珍しかった。

このビルが出来たのは今から五十年ほど前だそうだ。あえてレトロな雰囲気のビルを建てたのは、話題作りのためだったのだろう。実際、ルミリア中野は一時期かなり流行《はや》った商業施設だという。雰囲気のよさから、雑誌の撮影やテレビのロケなどにも使われていたらしい。

──といっても、俺はよく知らないんだけどな。

それより香川が気になるのは、今後このビルの解体にどれだけ手間がかかるかということだった。

今、ルミリアの周囲には、鋼板製の仮囲いが設置されている。人の出入りはまったくない。老朽化が進んだせいで取り壊されることになったのだ。

角を曲がって、大通りから少し細い道へと入っていった。そちらにも仮囲いがぐるりと設けられている。十メートルほど先に、工事関係者用の通用口があった。

鈴井がポケットからメモを取り出した。そこに書かれた番号をノブの脇《わき》にあるボタンから入力すれば、ロックが解除できる仕組みだ。

だがボタンに触れようとして鈴井は、おや、という顔をした。

「ドアが開いてる……」

香川は眉《まゆ》をひそめた。たしかに、通用口のドアがわずかに開いている。

「鍵《かぎ》をかけ忘れたんですかね」と香川。

「ふたりでチェックする決まりだから、かけ忘れはないだろう。誰かが忍び込んだんだ」

「盗みに入ったってことですか？　でも金目のものは、ないはずですけど」

いや、待てよ、と香川は思った。もしかしたらホームレスとか不良連中とか、そういう奴《やつ》らが入り込んだのかもしれない。適当に操作して解錠できる確率はかなり低いが、不可能というわけではないだろう。

「まずいな。うちの会社の管理責任を問われたら、大変だ」

「すぐに中を調べましょう」香川は真顔になって言った。「もし誰かがいたら、そいつを取り押さえなくちゃいけませんよね」

た。

「静かに入ろう。危なくなったら逃げるぞ」

わかりました、と答えて香川はドアをするりと抜けた。鈴井もあとからついてきた。

仮囲いの内側には建物の外壁が迫っている。狭い通路のような隙間《すきま》を、香川たちは出入り口に向かって歩いた。

ビルの一階、正面玄関はもともと施錠されていない。ドアを押し開け、ルミリア中野の屋内に入った。

照明は点《つ》いていないが、薄暗いという印象はなかった。玄関を入ったところは四階までの広い吹き抜けになっていて、高い天井を見上げることができる。多数の窓から自然光が射《さ》し込んでいた。ところどころに嵌め込んであるのはステンドグラスだ。色付きのガラスを通ってきた光が、赤や青や黄色の模様を壁に描いていた。

一階にはブティックや宝飾品、化粧品売り場などの跡があり、洒落《しやれ》た文字の看板が並んでいる。二階から上には各種専門店が入っていて、最上階にはカフェやレストランもあったという話だ。

「まずは一階を……」

鈴井にそうささやいたあと、香川は靴音を立てないよう歩きだした。テナントの売り場を覗《のぞ》き込みながら、ゆっくり進んでいく。

この商業施設が閉鎖されてから、そろそろ二ヵ月になるはずだ。床には紙くずや段ボール箱、プラスチックのハンガーなどが落ちていた。十数店舗あるテナントを調べていったが、ひとけはない。トイレを見ても、侵入者が使用した形跡はなかった。

「一階には誰もいませんね」

フロアを一回りして、香川たちは吹き抜けに戻ってきた。大きな振り子時計の近くに、らせん階段がある。見上げると、はるか上の四階まで続いているのがわかった。ほとんどの客はエスカレーターやエレベーターを使うし、奥には広い階段もある。だからこのらせん階段は、吹き抜けを際立たせるための装飾、といった意味で造られたのだろう。営業中、実際に利用していたのは子供や若者など、一部の客だけだったのではないか。

らせん階段のほうに歩きだしたとき、香川ははっとした。

階段の最下部、一階フロアへの接続部分に誰かが倒れている。場所の関係で、今まで目に入らなかったのだ。

先輩の腕をつついて、香川は階段を指差した。鈴井もその人物に気づいて眉をひそめた。

息を詰めて、香川はらせん階段に近づいていった。斜めうしろから、おそるおそるといった調子で鈴井がついてくる。

三メートルほどの距離を残して、香川は弧を描くように移動した。やがてらせん階段の陰になっていた部分がはっきり見えた。

階段の下に倒れているのはおそらく成人男性だ。革靴を履いた足をこちらに向けている。下半身はグレーのスラックス。しかし上半身は裸だった。この寒いのに、彼はなぜあんな恰好《かっこう》をしているのか。

異様だった。

男性は倒れたまま、ぴくりとも動かない。位置関係から考えると、あの階段を転げ落ちたのではないかと思われた。

──怪我《けが》をしているのか？

相手の正体はわからない。だが負傷しているのなら、助けないわけにはいかないだろう。

「ちょっと……大丈夫ですか？」

声をかけながら香川は近づいていった。男性は仰向けに倒れている。顔は少し横を向いていて、香川のいる位置からは見えない。

香川は彼のそばで、床に膝《ひざ》をついた。

「どうしました？」

呼びかけながら男性の肩に手を掛けてみた。軽く揺すってみても反応はない。

これは本当にまずい、と香川は思った。腰を低く落としたまま横へ移動し、男性の顔を覗き込む。そこで、思わず息を呑《の》んだ。

彼の顔は血だらけだった。半《なか》ば固まった赤黒い血が、眉の辺りから頰《ほお》、顎《あご》へと一面に付着している。だが、それ以上に不気味なのは目だった。

その男性には左目がなかったのだ。

右目は大きく見開かれたまま、元の位置にある。だが左目はどこにも見当たらない。男性の左の眼窩《がんか》には血が溜《た》まっていた。

顔のあちこちには刃物の傷が刻まれている。左目の周辺には、強引に刃物を刺し、ほじくり、眼球を抉《えぐ》り出した形跡があった。顔から流れ出た血は耳から床へと伝い落ちている。

あまりの驚きに、香川は声も出せずにいた。怖い、恐ろしい、と思うのに目を逸《そ》らすことができない。

「お……おい香川！　その人、まさか死んでるんじゃないよな？」

鈴井の言葉を聞いて、ようやく香川は我に返った。あらためて、倒れている人物に目を向ける。

大きく開かれた右目がこちらを見たような気がした。いや、それは錯覚だ。男性の目は動いてなどいない。だが白目の部分がひどく血走っていて、とてつもない精神的ショックに見舞われたのではないか、と思われた。男性の受けた衝撃は今も続いているのではないか。彼は香川に敵意を向けているのではないだろうか。そんな気がして仕方がない。

「死んでるんだな？　そいつ、死んでるんだよな？」

「お……俺にもわかりません」顔を歪《ゆが》めながら香川は言った。「とにかく警察を」

香川はポケットを探って携帯電話を取り出した。ひとつ深呼吸をしてから、一、一、〇とボタンを押していく。呼び出し音を聞きながら、いったいこの状況をどう説明すればいいかと考えた。

らせん階段の下に横たわる血まみれの男性。その近くの床に、ステンドグラスを通した赤、青、黄色の光が、小さな日だまりを作っている。

こんなときだというのに、その光景は何か美しいもののように感じられた。

2

みゃあ、みゃあと小さな声が漏れてくる。

眼鏡《めがね》をかけた女性店長が、かごを覆《おお》っていた布を取ってくれた。中にいたのは四匹の子猫だ。どれも片手で持てそうなほど小さく、被毛はふわふわしている。まだ手足の動きがぎこちなかった。どの猫も盛《さか》んに鳴いているのは、何かをほしがっているからだろうか。

——うわあ、か、可愛《かわい》い……。

単純にそんな感想しか出てこない。如月塔子《きさらぎとうこ》はかごに顔を近づけて、子猫たちを見つめた。思わず目を細めてしまう。

「あはは、この子、みんなを踏んづけちゃって」

そう言ったのは母の厚子《あつこ》だった。

一番元気なグレーの猫が、きょうだいたちの体を踏んでいる。踏まれたほうは、きょとんとしているようだ。

「エキゾチックショートヘアのきょうだいです」店長は説明してくれた。「ブルータビーの男の子三匹と、レッドタビーの女の子ですね」

「ブルータビーとレッドタビー？」

「タビーは縞《しま》という意味です。灰色の子はブルー、茶色の子はレッドというんですよ」

「灰色で縞があるのがブルータビーですか。なるほど」

塔子はメモ帳を取り出し、教わったことを書き込んだ。それを見て厚子が苦笑いを浮かべた。

「なあに？　あんた、仕事じゃないんだから……」

「いや、でも知らないことばかりだから、メモしておかないと」

真面目《まじめ》な顔をして、塔子はメモ帳のページをめくる。

父が亡くなってから十二年、厚子と塔子はずっと母子ふたりで暮らしてきた。塔子は以前から猫を飼いたいと思っていたのだが、仕事のせいで、つい延び延びになってしまっていた。ところが昨年末、テレビ番組を見たのがきっかけで、ふたりの意見が一致した。年が明けたら猫を飼おう、という話になったのだ。

それ以来、母の張り切り方は相当なものだった。まずネットで猫の情報を集め、どんな種類がいいか検討し、猫を入れる三段のケージ、おもちゃ、食べさせるキャットフードなど、次々と資料ファイルを作っていった。

面倒は私が見るから、と厚子は言ってくれた。実際のところ塔子は仕事が忙しく、ずっとペットの世話ができるわけではない。自宅で翻訳の仕事をしている母に、大部分を任せることになるだろう。ちょっと申し訳ないな、と思っていると、厚子はこんなふうに言った。

「まあ、猫は世話をしてくれる人になつくからね」

たしかに、それは考えられることだった。そうだとすると、家にいる時間の短い塔子は圧倒的に不利だ。たまの休みに遊ぼうとしても、猫は逃げ回ってしまうのではないか。

「嘘《うそ》よ、嘘。だってほら、猫って、犬ほど人になつかないでしょう。大丈夫よ」

母は慰めるように言ったが、はたしてそうだろうか。

塔子も自分なりに調べたところ、スコティッシュフォールドが人なつこい猫らしいとわかった。折れ耳が特徴で性格は穏《おだ》やか、甘えてくる子も多いという。

ところが、母が飼いたいと言ったのはエキゾチックショートヘアという種類だった。ネットで写真を見たとき、塔子は意表を突かれた。頭が大きく、顔がのっぺりしていて、どこか薄幸そうな印象の猫だ。不細工だが愛嬌《あいきょう》があるというので、世間では「ブサカワ」などと言われているらしい。

母の好みはこれなのか、と塔子は戸惑ってしまった。自分の想像とはずいぶん違う猫だ。だが最終的には母の判断に従おう、と思った。毎日面倒を見る人にこそ、決定権があると考えたからだった。

自宅に迎え入れるのは、あと一ヵ月半ぐらいたってからだという。

「ねえ塔子、どの子がいい？」母が小声で尋ねてきた。

「お母さんの好きな子でいいよ」

「そ……そうなの？　どうしよう。迷うわ」

子供のように顔を輝かせる厚子を見て、ああ、よかった、と塔子は思った。父は塔子が高校生のときに亡くなっている。そのあと母は仕事をしながら家事もこなして、塔子の世話をしてくれた。その間、やりたいことをいろいろ諦《あきら》めていたのではないだろうか。今さらではあるが、ペットを飼うことで母の生活が充実するなら、ぜひそうしてほしかった。

「やっぱり元気のいい子かな。この子を触らせてもらえますか」

母が指差したのは、先ほどきょうだいを踏みつけていた猫だった。ほかのきょうだいより体が大きくて丈夫そうに見える。

店長はその猫をかごから出して、厚子に渡してくれた。

「うわ、これはたまらないわ」

妙な感想を口にして、厚子は顔をほころばせている。猫のほうは小さな声で鳴きながら、やたらとうしろ足を動かしていた。

「ほらほら、どちたのかなー」

猫の顔を覗き込みながら、母は赤ちゃん言葉で話しかけた。こんな厚子の姿を見るのは初めてだ。やはりペットはすごいなあ、と塔子はひとり感心する。

塔子も触らせてもらうことにした。おっかなびっくり、両手で猫を受け取る。最初に感じたのは、ずいぶん軽いということだった。それと同時に、柔らかい、と思った。

被毛がふわふわで、その感触がとても心地いい。片手に収まるぐらいの体に、命が宿っているというのが不思議に思われる。

そのうち猫はもぞもぞと前足を動かした。それからまた、みゃあと鳴いた。

――ど、どうしよう。すごく可愛い……。

実際に触れてみて、顔がどうのという考えはすっかり消えていた。この子でいいではないか、いや、この子以外に考えられない、という気持ちになった。

「お母さん、この子にしよう」

「うん、そうよね」

ということで、きょうだいを踏みつけていたブルータビーのオス猫に決めた。

契約書にサインをしたあと、母は再びかごを覗き込む。

「また来るからね。元気でね」

そう言うと、母は猫に向かって小さく手を振った。

電車を乗り継いで、塔子たちは北赤羽《きたあかばね》の自宅に戻ってきた。

今日、明日と塔子は休みをとっている。珍しく二日連続で休めるのだから、たまには母に代わって昼食の支度《したく》でもしようか、という気になった。

「はあ、ちょっと出かけるとすぐ疲れちゃう」

こたつに入って、厚子はひとつ息をついた。母は今、五十六歳。まだそれほどの歳《とし》とは思えないが、普段自宅で仕事や家事をしているため、あまり外を歩く機会がない。

「お母さん、運動不足なんだよ。私みたいに少し動かないと」

「そんな無茶な。現役の警察官と比べないでよ」母は顔をしかめた。

塔子は高校卒業後、警視庁に入庁した。所轄の交通課から刑事課勤務を経《へ》て、今は警視庁本部の捜査一課で働いている。捜一は殺人などの凶悪事件を捜査する部署で、所轄刑事たちの憧《あこが》れの職場だ。

そんな部署に自分が配属されたのはなぜだろう、と当時は不思議に思った。異動になったとき、塔子はまだ捜査経験が豊富なわけではなかったし、手柄を挙げていたわけでもなかった。

あとでわかったのは、刑事部長が「女性捜査員に対する特別養成プログラム」を推進していた、ということだ。塔子はその第一号に選ばれたのだった。

——最近、時間がたつのが本当に早いなあ……。

普段はじっくり考える暇もないが、たまの休みとあって頭にいろいろなことが浮かんでくる。

母はノートを開いて何か書き込んでいた。猫の情報を調べて、あれこれメモしているのだそうだ。どのメーカーのフードがいいとか、キャリーケースはどうするとか、決めることが多いらしい。

「やっぱり生き物を飼うのは大変なんだね」と塔子。

「あんたのときだって苦労したんだから。小さいころ、あんまりミルクを飲まなくてね。お父さんと一緒にずいぶん心配したのよ。……そのせいで背が伸びなかったのかしら」

「それはまた別の話だから」

塔子の身長は百五十二・八センチだ。女子は「おおむね百五十四センチ以上」という警視庁の採用基準に少し足りないのだが、そこは熱意で補えたのだと思っている。

あれこれ相談した結果、猫の三段ケージは居間に置こう、ということになった。だが室内を見回すうち、ふと気がついて塔子は尋ねた。

「仏壇がある部屋だけど、大丈夫？」

「ああ、平気よ。お父さんも猫は好きだったもの」

「そういう意味じゃないんだけど……。まあいいかな」

うなずいたあと、塔子はこたつを出て仏壇の前に座った。

父の死後、厚子も塔子も歳を重ねた。しかし父の遺影は亡くなったときのままの姿だ。誠実さを感じさせる表情の中に、一本筋が通った精悍《せいかん》さがある。塔子は高校生のころから、この遺影を見てきた。当時は「警察」という言葉を聞くと父の顔を思い出すぐらい、この写真に馴染《なじ》んでいた。

父・功《いさお》は十九年前、昭島《あきしま》で起こった母子誘拐事件を捜査しているとき、腹を刺されて負傷した。一度は職場に復帰したものの体調が優れず、七年後には亡くなってしまった。医師の診断では、腹の傷とは関係ないということだったが、母はそれを疑っていた。あのときの怪我が遠因となって夫は亡くなった、と考えているようなのだ。

そのせいで母は当初、塔子が警察官になることに難色を示した。なにしろ危険な仕事だし、体の小さい塔子に務《つと》まるのかと心配したのだろう。

「正直な話……」両手で湯呑みを包み込みながら、母は言った。「長続きしないんじゃないかと思ったのよ」

「私のこと？」

「そう。だってお父さんの様子を見ていて、大変な仕事だというのはわかっていたから。体もきついし、それ以上に精神的な負担が大きくて……」

「まあ、たしかにね」

「それに、警察官って恨まれやすい仕事でしょう。お父さん宛《あ》てに脅迫状みたいなものも届いていたし」

そのことか、と塔子は思った。

差出人不明の手紙が、ときどき家に届くのだ。文面を見ると、父に対する恨みつらみが綴《つづ》られていることが多かった。使われた封筒や文字の筆跡を見ると、複数の人物から送られてきたことがわかる。

中でも特にしつこい者がひとりいて、その人物からの手紙は合計で二十通を超えていた。多いときは年に三通来ることもあったし、来ないときは二年ほど途絶えることもあった。しかしその脅迫者は決まって、こんなふうに書き出していた。

《俺の人生をメチャクチャにした如月功、おまえを絶対に許さない》

そのあと恨みの言葉が続き、「殺してやる」などの物騒《ぶっそう》な文言が並ぶこともあった。

「お父さんが亡くなったことを知らずに、送ってくるんだよね？」

「たぶんね」

どういうわけか脅迫者は毎回、額面十円の切手をずらりと封筒に貼《は》ってくるのだ。規定の金額分より多めになっているため、料金不足となることはない。

その手紙のことは塔子も前から気にしていた。去年、職場の先輩・鷹野《たかの》秀昭《ひであき》にも相談したのだが、母がもう少し様子を見たいと言ったため、そのままになってしまっていた。

「あの人からの手紙、最近また届いたの？」

塔子の視線を受けて、母は気まずそうな顔をした。少し考えてから、ええ、と厚子は答えた。

心の中に苦い思いが広がった。それは悔《くや》しさと憤りが入り混じった感情だ。同時に、自分の迂闊《うかつ》さを嘆く気持ちもあった。

「もっと早く訊《き》くべきだったね。ごめんなさい」

仕事が忙しくて、というのは言い訳になってしまうだろう。仕事をしながらでも周りには注意を払うべきだった。それが自分の母なら、なおさらだ。こちらが黙っていれば母はずっと我慢してしまう。

塔子に促《うなが》され、母は手紙を持ってきた。封筒に貼られた十円切手を見て、あの人物だとわかった。

すでに母の指紋がべたべた付着しているが、念のため塔子は仕事用の手袋を嵌めた。慎重に封筒から便箋《びんせん》を取り出し、開いてみる。ボールペンで書かれたいつもの筆跡が並んでいた。

《俺の人生をメチャクチャにした如月功、おまえを絶対に許さない。俺はあのとき、おまえにひどい扱いを受けた。そのせいで俺はこんなつまらない人生を送ることになった。おまえは死ぬべきだ。死んで罪を償うべきだ。俺はおまえを殺したい。残酷に切り裂いて、ぶっ殺してやりたい。俺は殺害計画を立てている。いよいよおまえを殺すときが近づいてきたようだ。如月功、地獄に落ちろ》

「この一番新しい手紙、今までと少し違うね」文面を見ながら塔子はつぶやいた。

塔子が注目したのは「いよいよおまえを殺すときが近づいてきたようだ」という一文だった。これまで殺す殺すと書いてはいたが、それは単なる脅し文句のように読めた。だが今回は「殺害計画を立てている」と書いている。具体的な行動に移そうとしているのではないか、という不気味さがあった。

——でも、なぜ今になって？

これまで十年以上も、その人物は手紙を送ってくるだけだったのだ。

「いよいよ本格的に調べたほうがよさそうだね」塔子は言った。「鷹野さんも、必要があれば何らかの措置を講ずる、と言ってくれたから」

「でも迷惑でしょうし……。手紙しかないんだから、犯人を捕まえるのは難しいんじゃない？」

「指紋を採取して、前歴者かどうか調べることはできるよ。それだけでもやってみたらどうかな」

厚子はあまり気乗りしないような顔をしている。警察に手紙を調べてもらったりしたら、大ごとになってしまう、と気にしているのだろう。

「お母さん、今までの手紙をまとめておいてくれない？　いつどれが届いたか、整理してみようよ。私は鷹野さんに話してみるから」

「……わかった。探しておくわね」

一度手紙を預かって、指紋を調べるなどすれば何かわかるかもしれない。母も落ち着くのではないだろうか。少なくとも、警察が動いてくれているという安心感は得られるはずだ。

と、そこへ携帯電話が鳴りだした。

話の途中だが、塔子はバッグから携帯を取り出し、液晶画面を確認した。表示されているのは、上司である早瀬《はやせ》泰之《やすゆき》係長の名前だ。

何か嫌な予感がする。通話ボタンを押して、塔子は電話を耳に当てた。

「はい、如月です」

「早瀬だ。急な話で悪いんだが……」

やはり、と塔子は思った。都内で何かが起こったのだ。

「事件ですか？」

「ああ。本来うちの係は休みなんだが、急に繰り上げになった。中野で殺しだ。被害者は三、四十代の男性。階段から転落したあと、遺体が損壊されたようだ」

「遺体が……」

言いかけて、塔子はその先を呑み込んだ。不安を抱《かか》えているであろう母の前で、過激な言葉は使いたくない。

「わかりました。臨場ですね？」

「悪いな。最寄りはJR中野駅だ。詳しい番地はメールで送る。俺もこれから現地に……」

そう言う早瀬のそばで、女の子の声がした。癇癪《かんしゃく》を起こして喚《わめ》き散らしているようだ。

「静かにしなさい」子供を諭《さと》す早瀬の声が聞こえた。「お父さんはこれからお仕事なんだよ。……いや、仕方ないでしょ？　水族館はまた今度連れていってあげるから」

普段、捜査指揮で厳しい顔を見せる早瀬が、娘にはこんなふうに接していたのだ。上司の意外な一面を知ったという思いだった。

「ああ、如月、すまない」早瀬は咳払《せきばら》いをした。「このあと俺も中野に向かう。現地で会おう」

電話は切れた。どこも親は大変だな、と思いながら塔子は携帯をバッグに戻す。それから母のほうを向いて、拝むような仕草《しぐさ》をした。

「ごめん、お母さん。急に出かけることになっちゃって」

「気にしないで」厚子はノートを閉じながら言った。「それが塔子の仕事なんだから、すぐ行かなくちゃね」

「手紙の件、あとで必ず鷹野さんに相談するから」

「いいのよ。こっちは急ぐ話じゃないし」

塔子は手紙を返し、こたつから出た。腕時計をちらりと見たあと、母に向かって深く頭を下げる。

「本当にいつも中途半端《ちゅうとはんぱ》になっちゃって……。こういうの、よくないよね」

反省の気持ちを込めて塔子はそう言った。だが、厚子はまったく気にしていないようだ。

「塔子が必要とされているなんて、すごいことじゃない？　あんたもそろそろ、一人前の刑事に近づいてきたんじゃないの」

「どうかな。そうだったら嬉《うれ》しいけど」

「私だって嬉しいわ。自慢の娘だものね」

ありがとう、と塔子は答えた。それから仕事用のスーツに着替えるため、自分の部屋へと急いだ。

3

雑居ビルが並ぶ通りを進んでいくうち、前方に茶褐色の建物が見えてきた。あそこが現場だと、すぐに見当をつけることができた。近くの路上に警察車両が何台か停《と》まっていたからだ。


警察官の集まるところには、たいてい野次馬がやってくる。この現場の周辺もそうだった。スーツを着た会社員ふうの男性たち、買い物にやってきたらしい主婦たち、それに若者たちの姿もある。

解体予定だというビルの周囲には、工事用の仮囲いがあった。警察にとっては作業がしやすい場所だと言える。だが、犯罪者にとっても同じだったはずだ。周囲から見られることのない閉鎖された場所。中でどれほどひどい犯罪を行ったとしても、近隣の人間に目撃されるおそれはない。

近くにいた制服警官に、塔子は声をかけた。

「捜一の如月といいます。現場に入るにはどうすれば……」

制服警官は疑うような目を向けてきたが、塔子の警察手帳を見て姿勢を正した。

「角を曲がったところに関係者用の出入り口がありますから、そちらへお願いします」

礼を言って塔子は彼から離れた。

制服警官が怪訝《けげん》そうな顔をしたのも理解はできる。塔子は背が低く、童顔で、肩から斜めにバッグを掛けているから、学生のように見えるのだろう。捜査一課の刑事だと言っても、なかなか信じてもらえない場合がある。来月には二十八歳になるのだから、年相応の容姿になりたいものだと思うこともあった。

教わったとおり角をひとつ曲がると、そこにまた警察車両が数台停まっていた。活動服を着た鑑識課員や、スーツ姿の捜査員たちがいる。

その中に知っている顔を見つけて、塔子は近づいていった。

「鷹野さん、お疲れさまです」

ひょろりとした男性がこちらを向いた。歳は三十三、身長百八十三センチで痩《や》せ型、いつも澄ました顔をしている人物だ。塔子の先輩であり相棒でもある十一係の主任、鷹野秀昭警部補だった。

鷹野は紺色のスーツに青いネクタイを締めている。そのネクタイの結び目を直しながら、彼は口を開いた。

「来たか、如月。思ったより早かったな」

「鷹野さんこそ、もう現場に着いていたなんて」

「俺は鼻が利くんだよ。……というのは冗談で、今夜、新宿《しんじゅく》で同窓会の予定があったんだ。早めに行って買い物をしようと思ったら、早瀬さんに呼び出されてしまった」

「それは残念でしたね」

「まあいいさ。同窓会に出ても楽しいことばかりじゃない。壺《つぼ》だの浄水器だのパワーストーンだの、いらないものを売りつけようとする輩《やから》がいるからな」

「え……。そうなんですか？」

塔子が戸惑っていると、鷹野は数メートル先にある関係者用の通用口を指差した。

「さっき鑑識課の作業が終わったところだ。今、早瀬さんが中を確認しているんだが……。ああ、ちょうど戻ってきた」

早瀬係長、と声をかけて鷹野は出入り口に近づいていく。塔子も彼のあとに従った。

十一係の係長、早瀬泰之は先月四十七歳になったそうだ。眼鏡をかけ、中肉中背で、どちらかというと地味な印象の人物だが、現場では強いリーダーシップを発揮する。

ただ、難しい事件の捜査が多いため、ストレスで胃をやられているらしい。捜査会議のあとなど、彼が胃薬をのんでいるのを見かけることも多い。

「ああ、如月も着いていたのか」早瀬は通用口から外に出てきた。「休みの日にすまなかったな」

「いえ、私は家にいましたから。……それより係長のほうは大丈夫だったんですか」

先ほど、早瀬の娘は電話のそばで喚いていた。

「どうにもならないよ」早瀬はため息をつきながら答えた。「かみさんに助けてもらうしかない。今夜はファミレスにでも行ってもらうよう頼んできた」

「大変ですね、お父さんは」

「あとで久しぶりに帰ると、また泣かれるんだよ」早瀬は顔をしかめた。「知らないおじさんが来た、なんて言われてな」

塔子と早瀬が話しているのを、鷹野は不思議そうな顔で見ている。だが子供のことだというのは、じきに理解したようだった。

「さて、お喋《しゃべ》りはここまでだ」早瀬は表情を引き締めた。「ほかのメンバーはまだ到着していない。取り急ぎ、我々三人だけで仏さんを確認しよう」

「そうですね。早く捜査に取りかからないと」鷹野がうなずいた。

職業柄、鷹野も塔子も白手袋をいつも携行している。自分の指紋で現場を汚さないよう、その手袋を嵌めて早瀬のあとに続いた。

仮囲いと建物の間は、狭い通路のようになっている。角を曲がって、建物の正面へ近づいていった。そちらには仮囲いの内側に充分なスペースがあり、鑑識課員たちが忙しく立ち働いているのが見える。

人の出入りが多いので、建物正面にある玄関のドアは大きく開かれていた。一階の売り場に入りながら、早瀬が説明してくれた。

「ここはルミリア中野といって、レトロな装飾が売りの商業施設だった。俺は入ったことがないんだが、如月はどうだ？」

「私も初めてです」

「俺はありますよ」鷹野が横から言った。「古い建物に興味を持った時期があって、写真を撮りに来たんです。もう七、八年前のことですが」

なるほど、と塔子は思った。鷹野は記録魔で、出かけるたびにデジタルカメラで写真を撮る。それを持ち帰って分類、整理するのが好きなのだ。

今も鷹野はポケットからデジカメを取り出し、建物の内部を撮影していた。事件現場での写真撮影は鑑識課の仕事だが、早瀬は鷹野にもそれを許可している。鷹野が撮り溜めた写真が、捜査の役に立つことが過去に何度もあったからだ。

「来たことがあるんなら、あの階段も知っているよな」

早瀬が右手を上げて、前方を指し示した。一階の玄関を入ったところに広い吹き抜けがあり、四階まで見上げることができた。その開放的なスペースの隅《すみ》に、細長い円筒形の構造物がある。直径は三メートルほどだろうか。

「あれは……らせん階段ですか？」

塔子が訊くと、早瀬ははるか頭上、四階を見上げながら言った。

「そのとおり。ただ、目が回りそうなあの階段を、わざわざ上り下りする人は少ないだろう。どちらかというと、雰囲気作りのために設置されたものだと思う」

危険防止のため、手すりから下は格子ではなく、壁になっている。また、客が身を乗り出さないよう、手すりの上には透明なプラスチック板が取り付けてあった。優美な曲面を描きながら、階段は四階まで延びている。

「あのらせん階段が問題なんですね？」と鷹野。

説明を受けるまでもなく、塔子にもそれがわかった。階段の終着点、一階に接続するところにブルーシートが張られている。その近くに鑑識課員たちが集まっていた。

塔子たち三人は足早に、ブルーシートに近づいていった。ちょうどシートをめくって、中年の男性が出てきたところだ。こちらに気づくと、彼はいつものように右手を上げて挨拶《あいさつ》してきた。

鑑識課の主任・鴨下潤一《かもしたじゅんいち》警部補だ。彼は今四十歳なのだが、癖《くせ》っ毛のせいか、もう少し若く見える。会議の席では上司にあれこれ指摘されて困惑するなど「いじられキャラ」的なところがあった。

しかし事件現場では鑑識のプロとして、部下たちに詳細な指示を与えるリーダーだ。正確な調査・分析をしてくれることから、みなに信頼されている人物だった。

「十一係のおでましか。早瀬さん、今年、同じ現場になるのは初めてですよね。よろしくお願いします」

鴨下が頭を下げると、早瀬は小さくうなずいた。

「こちらこそよろしく頼む。早速だがカモさん、仏さんを見せてもらえるか」

「ええ、どうぞ。……今回はちょっとひどい状況です。どうか、そのつもりで」

早瀬からは、遺体が損壊されている、とだけ聞かされていた。だが鴨下の言葉を聞くと、予想以上にひどいのかもしれない。

鴨下のあとに続いて、早瀬、鷹野、塔子はブルーシートの中に入っていく。目の前にらせん階段が見えた。階段入り口部分の手前、二メートルほどの場所に男性が横たわっている。顔には布がかぶせてあったが、ひとめ見て気がつくのは、彼の上半身が裸だということだった。両足にはビジネスシューズ、下半身にはグレーのスラックスを穿《は》いている。だが腹部から上に着衣はない。

塔子たちは遺体に向かって手を合わせたあと、しゃがみ込んだ。

「損壊箇所はここです」鴨下は右手を伸ばして、遺体の顔から布を取り払った。

思わず塔子は息を呑んだ。

左の眼球がなくなっている。あるべき膨《ふく》らみがないという違和感。くぼんだ眼窩には血が溜まり、組織片が浮いているようだ。

妙な話だが、それを見て塔子は廃墟《はいきょ》の風景を思い出していた。植物やら虫の死骸《しがい》やらが浮いている、濁った水溜まり。そんなイメージが頭の中にちらついた。

――どうしてこんなことを……。

被害者の姿を見て、塔子の頭にはふたつの疑問が浮かんでいた。なぜ犯人は彼の上半身を裸にしたのか。そして、なぜ遺体を残酷に傷つけたのか。

この遺体を見たとき、遺族や友人、知人はいったいどんな気分を味わうだろう。亡くなったというだけでも動揺するはずなのに、傷ついた遺体などを見せられたら、どれほど悲しむことか。被害者は二回殺されたも同然だ、と塔子は思った。このような犯行は絶対に許せない。

「死後に、左の眼球を摘出されたものと思われます」鴨下が報告した。

次の瞬間、フラッシュが光ったので塔子ははっとした。すぐそばで、鷹野が遺体を撮影したのだ。

「死因はわかっているのか？」

冷静な口調で早瀬が尋ねた。それを受けて鴨下は素早く顔を上げ、らせん階段を指し示した。

「窒息死です。頸椎《けいつい》を折って、呼吸ができなくなったんでしょう。後頭部を何かで殴られたあと、階段を激しく転げ落ちたようで、体のあちこちを骨折しています。左手首、左の上腕、右足首……。詳しく調べれば、ほかにも折れた箇所があるかもしれません」

早瀬も視線を上げて、その階段を見つめた。

「どの辺りから落ちたんだろう」

「一番上、四階の階段入り口付近の手すりに、何かがぶつかったような傷が残っていました。調べたところ、この男性がつけている腕時計にも傷がありました」

「四階からぐるぐると一階まで落ちてきたわけか。途中で止まらなかったのかな」

「普通の階段なら広い踊り場があるから止まるでしょう。ですがこれは踊り場のほとんどない、らせん階段です。勢いがついて、一気に下まで転げ落ちたんだと思います」

「そして一階で止まった。そのときにはもう、頸椎骨折で動けなかったということか」

「ええ。そのまま窒息死したのではないかと」

早瀬は再び、男性の遺体に目を向けた。眼鏡のフレームを押し上げながら、彼は尋ねた。

「被害者が死亡したあと、犯人は左目を抉り出した……。眼球は見つかっているのか」

「いえ、発見されていません。凶器も持ち去ったようですね」

「ずいぶん冷静な犯行だ」早瀬は首をひねった。「気に入らないな。どうにも気に入らない」

彼は立ち上がって腕組みをした。この不可解な現場の状況を、整理しようとしているのだろう。

早瀬の質問が一段落したのを見て、鷹野が鴨下のほうを向いた。

「上半身が裸ですが、衣服は？」

「それも見つかっていないよ」鴨下は首を横に振った。

スラックスとビジネスシューズを着用していることから、上半身に着ていたのはアンダーシャツにワイシャツ、ジャケットなどだろうと想像できる。

「ブランド品だったたから犯人に奪われた、なんてことは考えにくいし」鷹野はカメラを構えながら言った。「それなりの理由があったはずだ」

またフラッシュが光った。何枚か写真を撮ってから、鷹野は塔子のほうに顔を向ける。彼は学校の教師のような口調で尋ねた。

「さて如月、問題だ。犯人はなぜ左の眼球を抉り出し、上半身を裸にしたんだろう」

最大の疑問点はそのふたつだ。表情を引き締めて、塔子は答えた。

「まず思いつくのは、犯人は猟奇趣味を持つ人間だった、という可能性ですけど……」

「そうだな。何か自分なりのこだわりがあって、左目を抉ったのかもしれない。単に左目を傷つけたかったのか、あるいは眼球を持ち去るのが目的だったのかは、わからないが」

猟奇犯の心理を類型化することは、非常に難しい。動機も現場の状況も、事件によって異なるはずだ。

「服を剝《は》いでいったのも、何か猟奇的な趣味のせいかもな」鷹野は言う。

「そして第二に……」塔子は続けた。「犯人は何かをカムフラージュするために、こんなことをしたのかもしれません。たとえば眼球を抉り出すとき、自分の手を傷つけてしまって、血液が被害者の服に付着した。自分の血液型やDNA型が知られてはまずいので、洋服を脱がせて持ち去った、とか？」

こめかみを指先で搔《か》きながら、鷹野はうなずいた。

「たしかに犯人にとって、それは切実な問題だろう。充分、考えられる」

「あとは」塔子は首をひねった。「ええと……何でしょうね」

「可能性を考えるなら、こんなことも言える。犯人は警察の注意を左目に向けさせようとしたのではないか」

「じつは右目に何か問題がある、ということですか？」

「あるいは上半身に注目させるため、上を裸にしたとかな」

「下半身に何かが隠されている、と？」

塔子はまばたきをする。鷹野はしばらくこちらを見ていたが、やがて首をかしげた。

「いや、それはないか」

「下半身も調べたが、これといった問題は発見できなかったよ」と鴨下。

鷹野は腕組みをして、男性の遺体を見つめた。その恰好のまま、彼は低い声で唸《うな》っている。どうやら、推論はここでストップしてしまったようだ。

らせん階段を調べていた早瀬が、再びこちらを向いた。

「その男性の身元はわかっているのか？」

「ポケットに免許証が入っていました」鴨下は証拠品保管袋を掲げた。「佐武恭平《さたけきようへい》、三十七歳。職業、経歴については今、調べてもらっています」

服装から、被害者は会社員ではないかと思われる。帰宅途中に襲われたのではないだろうか。

早瀬係長はどこかに電話をかけたあと、塔子たちに告げた。

「中野署に特捜本部が設置されることになった。準備ができるまで、鷹野たちは周辺で情報収集を頼む」

「わかりました」

塔子と鷹野は揃ってそう答えた。もう一度遺体を拝んでから、塔子たちはブルーシートの外に出た。

4

警視庁中野警察署は青梅街道《おうめかいどう》沿いにある。

その建物へ早瀬係長と鷹野、塔子は足早に入っていった。エレベーターホールに向かう途中、知り合いの刑事たちが挨拶してきた。彼らは緊張した表情で早瀬と言葉を交《か》わす。みな、早瀬たちがここに現れた理由を知っているのだ。

午後二時、特捜本部が設置された講堂で、最初の捜査会議が開かれた。

長机が多数配置された講堂には、セミナー会場のような雰囲気がある。前方に幹部席が設けられ、早瀬係長はホワイトボードのそばに立っていた。

「時間になりましたので会議を始めます。捜査一課十一係の早瀬です。以後、本件の捜査指揮を執りますのでよろしくお願いします」

早瀬は眼鏡の位置を直したあと、幹部たちをみなに紹介した。それが済むと、彼はあらたまった調子で言った。

「早速ですが、本件の概要について機動捜査隊から」

はい、という声が聞こえた。髪を角刈りにした機捜の隊長が、椅子《いす》から立ち上がる。

「事件の概要を説明します。本日午前八時三十分ごろ、中野区中野にあるビルで男性の遺体が発見されました。このビルは以前、ルミリア中野と呼ばれていまして……」

現場の状況などを話したあと、機捜の隊長はメモ帳のページをめくった。

「なお、このルミリア中野の周囲には仮囲いがありますが、犯人または被害者は暗証番号を知っていたのか、通用口のロックを解除して侵入したようです。現場付近を調べたところ、被害者の所有する車が見つかりました。被害者は自分で車を運転して、あのビルへやってきたものと思われます。なお、解体工事前のビルなので防犯カメラ等は設置されていませんでした。被害者の車がいつやってきたのかは、わかっていません」

「その車がどういう経路でやってきたか、周辺の防犯カメラを調べる必要がありますね」

早瀬が言うと、機捜の隊長は深くうなずいた。

「次に被害者の身元ですが、名前は佐武恭平、三十七歳、自動車部品メーカー・ダイミツ工業の社長です」

おや、と塔子は思った。まだ三十七歳という若さで、彼は社長だったのだ。捜査資料を見ると、ダイミツ工業は従業員四百数十名の会社だという。企業としてさほど大きいわけではないが、自動車製造に必要な電子部品の特許を持っているため、かなりの売上があるらしい。

「昨日午後八時ごろ会社を出てから、被害者の足取りは不明です」機捜の隊長は続けた。「昨日の服装はグレーのスラックスに縦縞模様のワイシャツ、茶色のジャケット、赤いネクタイでした。スラックスは遺体が着用していたものと一致します。ただ上半身は裸で、脱がされた衣類は今も見つかっていません」

「携帯電話はどうだ？」

幹部席から問いかける声が聞こえた。捜査員たちはみな、そちらに目を向ける。

発言したのは五十代後半の男性だった。色黒で、眉間《みけん》に深い皺《しわ》が刻まれている。声の大きいのが特徴だが、部下を威圧するのではなく、一緒に仕事を進めようとする意思を持った人物だ。現場からの叩《たた》き上《あ》げで捜査一課の課長になった、神谷太一《かみやたいち》だった。

「はい、黒い携帯が見つかっています。おもに会社の業務で使っていたようなんですが」

機捜の隊長が答えると、神谷課長は低い声で唸った。

「最近の個人的な通話を調べるべきだろうな。佐武恭平は犯人と面識があった可能性がある。彼は昨日、電話で呼び出されたのかもしれないぞ。そう思わないか?」

「だとすると……」隊長はいくらか戸惑う様子を見せた。「知り合いに殺害された、ということですか?」

「解体工事前のビルだからな。一緒に入ったにしても、呼び出されたにしても、警戒心がなさすぎるじゃないか。知り合いでもいなければ、入るはずがない」

「たしかに……」

機捜の隊長は納得したという表情になった。一礼して彼は着席した。

「早急に、電話会社から通話記録を取ったほうがいいですね」ホワイトボードに作業項目を書きながら、早瀬が言った。「では次に鑑識の鴨下主任、お願いします」

活動服を着た鴨下が立ち上がる。撥《は》ねている癖っ毛を気にしつつ、彼は口を開いた。

「鑑識から報告します。被害者はビルの四階から、らせん階段を転落させられたものと思われます。体の六ヵ所に骨折あり。詳細は資料をご覧ください。一階まで落ちる途中で頸椎を骨折し、窒息死したようです。その後、何者かが左の眼球を抉り取りました。死亡推定時刻は本日一月二十三日、午前一時から三時の間です」

一通り説明を終えると、鴨下は元どおり椅子に座った。早瀬係長はしばらく自分の捜査資料に目を落としていたが、やがて顔を上げた。

「今後の捜査方針ですが、ふたりずつコンビを組んでもらうことになるので、よろしくお願いします。では地取り一組から……」

リストを確認しつつ、早瀬はメンバーの名前を読み上げていった。地取り班は事件現場やその周辺で目撃証言などを集める。鑑取り班は事件の関係者に当たって、情報収集を行う。ナシ割り班は遺留品、証拠品などの出どころを調べていく。そのほかデータ分析班や予備班なども設けられる。

基本的には捜一と所轄でコンビになるが、塔子の場合は特別で、いつも鷹野と組むことになっていた。「女性捜査員に対する特別養成プログラム」により、優れた先輩から教育を受けるよう指示されているのだ。

いつまでも先輩に頼っていてはいけない、という思いはあった。だがその一方で、自分だからこそ鷹野の役に立てるのではないか、という気持ちもある。塔子が勘を働かせ、鷹野が推理を重ねていく。このコンビが筋読みをして、十一係の先輩たちとともに解決した事件は十件以上にのぼっていた。

「……それから十一係、鷹野は如月とコンビを組むように。遊撃班として多角的に情報収集、筋読みを行うこと」

「わかりました」と塔子は答えた。

コンビの発表が終わると、早瀬は別の資料を手に取った。捜査員たちを見回してから、あらたまった口調で話しだす。

「今回の捜査を始める前に、みなさんに伝えておきたいことがあります」

塔子はメモ帳から顔を上げた。普段の会議であれば、これで解散となり、ただちに捜査開始となるはずだった。今日は何か特別な知らせがあるようだ。

「データ分析班、尾留川《びるかわ》、みんなに説明を」

「了解です」潑剌《はつらつ》とした声が聞こえた。

塔子の一列うしろに座っていた男性が、椅子から立ち上がる。彼は机の間を縫って、前に出ていった。早瀬の横に立って胸を張る。

刑事にしてはやや長めの髪、高そうなスーツの下にはベルトの代わりにサスペンダーを着けている。自称帰国子女で、十一係のムードメーカーとも言うべき捜査員、尾留川圭介《けいすけ》だ。

尾留川は一礼したあと、資料を開いて話しだした。

「今回の『中野事件』の捜査はこれからですが、じつはそれとよく似た事件が、過去に発生していたことがわかりました」

塔子は眉をひそめた。隣に座っている鷹野も、怪訝そうな顔をしている。

捜査員たちの視線を受け止めたあと、尾留川は説明を続けた。

「なぜこれほど早く見つけられたかというと、私独自のやり方で過去の事件を整理・分類し、現場状況や証拠品などの類似度を計算した上で、可能性の高いものから抽出・ランキングするという手法を使いまして……」

「ああ、尾留川。そのへんはいいから、話を先に進めてくれ」

早瀬係長に促され、尾留川は残念そうな表情を浮かべた。だがすぐに気を取り直したようで、資料のページをめくった。

「では本題に入ります。今から十年前、立川《たちかわ》市にある航空機関連メーカー・多摩《たま》航空機の敷地内で、男性の遺体が発見されました。多摩航空機というのは昭和の初期から飛行機を造っていたメーカーで、戦時中は戦闘機を設計・開発していました。戦後は一時期飛行機が造れなくなりましたが、一九五〇年代に再開されたそうです」

急に古い時代の話になって、塔子は戸惑った。捜査員たちもみな、話の行き先がわからなくて困っているようだ。

するど、幹部席から声が聞こえてきた。

「おまえたち、この話は重要なんだぞ。しっかりメモをとれ。尾留川も、周りが理解しているかどうか確認しなければ駄目だ」

そう言ったのは、神谷課長の隣に座っている男性だ。

早瀬係長の上司、手代木行雄《てしろぎゆきお》管理官だった。彼は十一係などいくつかの係を取りまとめる立場にあり、捜査一課長をサポートするのが役目だ。以前は切れ者として有名だったらしいが、管理職となった現在、最前線に出ることは少なくなっている。その反動なのか、こうした会議の席でいつも手代木は捜査員たちを叱咤《しった》していた。自分の仕事ぶりを課長にアピールするためだろう、というのが大方の見方だ。

そういう人だから、今日も誰かを標的にして厳しい注意を与えるのではないか、と塔子は考えた。普段ならそのターゲットは鑑識課の鴨下主任だ。しかし先ほどの報告では特に何かを指摘されることもなかった。

だとすると、今日のターゲットは尾留川かもしれない。

——尾留川さんも気の毒に……。

そんなふうに思いながらも、塔子は少しほっとしていた。もし尾留川でなければ、塔子が標的にされていた可能性があるからだ。

「みんな知っているか？」手代木は神経質そうな目を、捜査員たちに向けた。「多摩航空機というのは、もとは石狩島《いしかりじま》重工業が設立した会社なんだ。戦時中は『赤とんぼ』の愛称を持つ練習機を開発した。ほかにも東京帝国大学航空研究所と共同で長距離飛行研究機A-26、いわゆる『航研機《こうけんき》』を造った。これは当時、一万一千六百五十キロ以上飛び続けるという長距離飛行の世界記録を樹立したもので、日本の航空機技術の高さを世界中に知らしめることとなった」

捜査員たちは全員、よくわからないという顔で手代木を見ている。それが事件とどう関《かか》わるのか、塔子にも想像がつかなかった。

「そういうわけで多摩航空機という会社はある時期、日本の航空機産業の『一翼』を担っていたわけだ。……飛行機だけにな」

塔子はまばたきをした。もしかしたら、今のはシャレの一種だったのだろうか。だが捜査員たちはその場の雰囲気に呑まれて、誰ひとり反応を示さない。

「どうしたおまえたち。メモをとらないのか」と手代木。

はっとした表情になって、捜査員たちはメモ帳に何か書き付け始めた。

塔子も《多摩航空機》と書き込んで丸で囲む。そのあと顔を上げてみると、手代木は黙ったまま尾留川の顔を見つめていた。五秒、十秒と時間がたっていく。いつもの沈黙だな、と塔子は気づいた。手代木はときどき他人の顔を凝視することがある。あれは別に怒っているわけではなく、何かを考えているときの癖なのだ。

尾留川も察したようで、手代木にこう尋ねた。

「管理官、続けてもよろしいですか？」

「なぜ俺に訊く？　時間がもったいないだろう。早く報告しろ」

「あ……はい、わかりました」

首をすくめてから、尾留川はまた手元の資料に目を落とした。

「そんなふうに航空機事業を進めてきた会社でしたが、徐々に多角経営にシフトしていきました。以前主力だった航空機事業は縮小され、十年前の時点ではほかのメーカーへ部品を供給したり、飛行機関連の性能テストを請け負うなど、一部の業務に限定していたそうです。そんな中、十年前の十月六日、多摩航空機の敷地内で事件が起こりました」

いよいよここからが本題だろう。塔子は一言も聞き漏らすまいと、尾留川の話に耳を傾ける。

「この会社には、戦前から使われていた給水塔がありました。敷地内に水を供給する目的で造られていて、内部は四階建てとなっている建造物です。今も団地などに給水塔が設置されることがありますが、ああいう洗練された形ではなく、もっと無骨な、いかにも『塔』という言葉がよく似合う外観です。ええと……あとで資料を配付しますが、こういうものです」

尾留川は持っていた紙を広げ、捜査員たちに見せた。

円筒形をしたクリーム色の建物で、高さは十五メートルほどだろうか。四階建てという説明のとおり、一階から四階まで縦長の窓があちこちに見える。

「十年前にはもう給水塔は使われていませんでした。この建物には特徴がありまして、中に入ると、一階から四階までらせん状の階段が造られているんです。被害者はその階段を激しく転がり落ちたようで、体の十三ヵ所を骨折していました。ほかに打撲痕《こん》も多数。その転落の弾みで首の骨を折り、窒息死したものと推測されます」

——らせん階段からの転落？

塔子は考え込んだ。たしかにそれは、今日発生した中野事件とよく似ている。頸椎の骨折で窒息死したというのも同じだ。

「亡くなっていたのは森達雄《もりたつお》さん、当時五十六歳。彼の遺体は給水塔の一階、らせん階段の下で見つかりました。当日夜、防犯カメラに森さんの姿は写っていないし、警備員も目撃していません。……森さんは東京都東大和《ひがしやまと》市に本部があった、天空教《てんくうきょう》という新興宗教の教祖でした。今から三十年ほど前に出来た団体で、最盛期の信者数はおよそ百名。そして、ここからがまた重要なんですが、彼は左目が義眼だったそうです。ところが警察官が駆けつけて遺体を詳しく調べたとき、その義眼がなくなっていました。何者かが外して持ち去ったものと思われます。転落については事件、事故の両方が考えられましたが、義眼がなくなっていたことからこれは事件だと判断され、特捜本部が設置されました」

なるほどな、と幹部席で神谷課長がうなずいた。彼は捜査一課のトップだが、今も捜査員とともに筋読みしようとすることが多い。若い者には任せておけない、という気持ちがあるのだろう。

「その『立川事件』は、今回の事件と共通点が多いな」神谷は言った。「らせん階段からの転落、骨折による窒息死、そして決定的なのは左目だ。……尾留川、立川事件で森達雄の左目付近は傷つけられていたのか？」

「捜査資料によると、特に傷つけられてはいませんでした。その義眼は比較的容易に取り外せたようなので」

「立川の犯人は何のために義眼を持っていったのか。猟奇的演出ということだろうか。それにしては、どこも傷つけていないんだよな……」

神谷は指先で、机の表面をとんとんと叩き始める。彼の顔をちらりと見てから、尾留川は尋ねた。

「当時、特捜本部が設置されましたが、神谷課長はご存じありませんか？」

「あいにく俺はその件を知らないな。……手代木はどうだ？」

「私も関わっていません」そう答えたあと、手代木は捜査員たちに問いかけた。「この中で誰か、立川の事件を知っている者はいないか？」

特捜本部には五十名ほどの捜査員が集まっている。四十代、五十代の刑事も交じっていたが、その事件を担当した者はいないようだ。

「では課長、このあと早急に立川事件を調べるということで……」

手代木がそう言いかけたとき、尾留川が慌てて口を開いた。

「管理官、あの、まだ報告の続きがあるんですが」

「なんだと？　おまえ、何をもたもたしているんだ」

手代木はピンク色の蛍光ペンの先を、尾留川のほうに向けた。これは部下を叱責《しっせき》するときの癖だ。ペンの色をどう使い分けているかは、手代木本人にしかわからない。

「申し訳ありません。じゃあ、続きを……」尾留川は資料のページを見たあと、話しだした。「立川事件の捜査中、特捜本部に『アヌビス』と名乗る人物から、犯行声明の手紙が届きました。内容はですね……」

ホワイトボードに向かって、彼はこう書いた。

《多摩航空機ノ事件ヲ起コシタノハ私ダ。給水塔ノ四階ノ階段カラ、森ヲ突キ落トシタ。森ハ体中ヲ骨折シテ死ンダ。サア警察ノ犬タチ、無イ知恵ヲ絞ッテ、私ヲ見ツケテミロ》

「アヌビスというのはエジプト神話に出てくる冥界《めいかい》の神様です」尾留川はみなに説明した。「犬やジャッカルのような頭を持った姿で描かれていて、ミイラ作りに関係があるとか」

「死を司《つかさど》る神か」と手代木。

「そう考えていいと思います。……当時、警察は階段のことや、体中の骨折のことなどを公表していませんでした。にもかかわらず、犯行声明に詳しい状況が書かれていたので、特捜本部はアヌビスを犯人だと断定しました。手紙の指紋などを慎重に調べたそうですが、残念ながら本人を見つけることはできなかった、とのことです。事件は未解決のまま現在に至っています」

「手紙一通では、犯人の特定は難しいだろうな」

腕組みをして神谷は唸った。もし自分が当時捜査を担当していたらどうなっていただろう、と考えているのかもしれない。

以上です、と言ったあと、ひとつ頭を下げて尾留川は自分の席に戻った。椅子に腰掛け、ふう、と息をついている。

ホワイトボードのそばで、早瀬係長が咳払いをした。

「今の説明を聞くと、中野事件は十年前の立川事件を真似《まね》ているようです。あるいは、そのアヌビスとかいう犯人が、今になってまた動きだしたのかもしれません」

「左目のコレクター、ということか？」

神谷が意味ありげな目をして早瀬に尋ねた。

「手口が似ていますから、猟奇犯復活というのも否定はできないと思います」

早瀬の言葉を聞いて、捜査員たちはざわめいた。過去に事件を起こした者が、十年もの時を経て活動を再開する。そんなことがあるだろうか。

しかし彼の言うとおり、ふたつの殺人・死体損壊の手口には類似点がある。偶然似てしまった、とは考えられなかった。

今も犯人は、東京のどこかに潜んでいるのではないか。そして奴のターゲットが人間の目だとしたら、獲物はいくらでも存在することになる。

――これだけでは終わらないかもしれない。

殺人と死体損壊。あそこまで被害者を傷つけた犯人は、相当攻撃的な人間だと考えられる。奴は次の事件を起こそうとするのではないか。

隣に目をやると、鷹野も難しい顔をしていた。彼もまた塔子と同じように、次の犯行を恐れているのだろうか。それとも、犯人の行動について分析しようと試みているのか。

「立川事件については、まだ細かいところまで調べがついていません。当時の捜査資料を、予備班にチェックしてもらうことにします」早瀬は手代木に問いかけた。「管理官、よろしいですか？」

「そうだな。……課長、それでよろしいですか？」

手代木は神谷のほうに体を向けて尋ねる。

「うん、その線で進めてくれ」

うなずいたあと、神谷は捜査員席に目を走らせた。誰を探しているのかと思ったら、塔子たちだったらしい。彼はこう命じた。

「鷹野・如月組は遊撃班として立川事件の資料を参考にしつつ、捜査を進めてくれ。おまえたちには期待している」

「はい、全力を尽くします」

はきはきと答えた塔子の隣で、鷹野がゆっくりと右手を挙げた。

「ひとつ質問よろしいですか。立川事件は未解決なんですよね。我々はその件も捜査すべきなんでしょうか」

「この特捜本部は、あくまで中野事件を調べるためのものだ。だが可能なら、立川事件も一緒に解決してもらってかまわないぞ」神谷は口元を緩《ゆる》めた。「おまえたち十一係なら、できるんじゃないのか？」

指先でこめかみを掻きながら、鷹野は何か考えている。やがて彼はぼそりと言った。

「課長は我々を買いかぶりすぎです」

「とにかく捜査を始めてくれ」神谷は捜査員たちを見回した。「いいか。今回の犯人は十年もの間、捜査の目をかいくぐってきた奴かもしれない。もしそいつが活動を再開したのなら、何が起こるかわからない。奴には我々の常識が通用しないおそれがある。全力で捜査に当たってくれ」

はい、とあちこちから声が上がった。

塔子は表情を引き締めた。自分たち警察官は捜査の権限を与えられている。その力を使わずにいたのでは、被害者や遺族たちに顔向けができない。そして、あらたな被害者を出さないためにも早急に犯人を捕らえる必要があった。

号令に従って礼をしたあと、塔子たち捜査員は活動を開始した。

5

塔子と鷹野は中野署を出て、電車で目的地に向かった。

自動車部品メーカー、ダイミツ工業はＪＲ浜松町《はままつちょう》駅から徒歩数分の場所にあった。七階建てビルの三階と四階を借りていて、そこに本社事務所を構えているらしい。

事前に連絡を入れておいたので、受付に行くとすぐに話が通じた。女性社員の案内で、塔子たちは応接室に通された。床には濃いブルーのカーペットが敷かれ、壁には油彩の静物画が飾ってある。大きな絵ではなかったが、写実的で上品な印象だ。

「この画家は、たしか最近人気の出てきた人だよ」鷹野が言った。「先週テレビで見たんだ。落ち着いた絵だから応接室の雰囲気によく合っている。この部屋自体もコンパクトにまとまっているよな。それは社長の経営方針に通じるのかもしれない」

「どういうことです？」

「堅実だということだよ。いろいろな方面に手を出そうと思えば、いくらでもできたはずだ。でもこの会社はずっと、自分たちの得意な分野だけで勝負している。それで実績が安定しているわけだ」

あまり欲をかかない、ということだろうか。その結果、経営はここまで順調に行われてきたのだ。

しかしその会社を引っ張っていた社長は、今朝遺体で発見されてしまった。堅実な人だったのかもしれないが、佐武恭平は誰かに恨まれていた可能性がある。

五分ほどしてドアがノックされた。入ってきたのはやや肥満気味の男性だ。歳は五十代後半というところだが、かなり白髪が目立っている。苦労人という雰囲気があった。

彼は落ち着かない様子で頭を下げ、名刺を差し出してきた。肩書きは総務部長となっている。おそらく社長にかなり近い立場にいて、社内のことにも詳しいのだろう。

「新城《しんじょう》と申します」

「警視庁の如月です」

塔子は警察手帳を呈示《ていじ》した。隣に立った鷹野は、相手に向かって軽く頭を下げる。

勧められて、塔子たちはソファに腰掛けた。ここでは塔子が主導して、情報収集を行うことにした。

「ご連絡が行っていると思いますが、今朝、中野の廃ビルで佐武恭平さんの遺体が発見されました」

資料ファイルの中から、塔子はA４サイズの紙を取り出した。そこには拡大した免許証がコピーしてあり、顔写真もはっきり確認することができる。

塔子がテーブルに置いた紙を、新城は手元に引き寄せて凝視した。

「たしかに弊社の社長、佐武です」新城は眉間に深い皺を寄せた。「いや……しかし信じられません。ビルの中で亡くなっていたんですか？　いったいどんなふうに」

「すみません、あまり詳しいことはお伝えできないんですが……」

捜査で得た情報を迂闊に喋るわけにはいかない。ただ、聞き込みでどこまで明かしてよいかということは、捜査会議で示されていた。

「少しだけお話しすると、現場はルミリア中野という元商業施設です」

「ルミリアですか……。社長はあそこにあったレストランで、ときどき食事をしていたようです。私は行ったことがないんですが、名前はよく聞かされていました」

「接待か何かですか。それともプライベートで？」

塔子が尋ねると、新城は困惑したような表情を浮かべた。

「わかりません。食事代は経費として処理していましたが、実際にはプライベートだったのかも……」

「勤務時間のあと、佐武さんはひとりで行動することが多かったんでしょうか。秘書とか運転手とか、そういう人を連れていったりは……」

「いつもひとりでした。うちの会社はそれほど大きいわけではありませんが、だからこそ一流を目指す気持ちを持つべきだ、というのが社長のモットーでした。ルミリアのレストランも、それなりにランクの高い店です。一流のものには金がかかる。何事も経験しなければ価値が判断できないだろう、と社長は話していました。一代で成功した佐武の言葉ですから、説得力がありました」

その店は「キリシマダイニング」というレストランだそうだ。都内にいくつか店舗があるらしいから、あとで聞き込みに行ってみよう、と塔子は考えた。

「あの……刑事さん。ほかに教えていただけることはないんですか」新城は声を低めた。「ルミリア中野のどの辺りで、社長は亡くなっていたんです？」

「佐武さんは階段から転落したようです。そのあと顔を傷つけられていました」

ここまでは話してもいいことになっている。

塔子は新城の表情をうかがった。顔を傷つけられていたと聞いたとき、彼の頬が少し動いた。無意識のうちに嫌悪感が表れたのだろうか。

「なぜそんなことに……。社長は誰かに恨まれていたんでしょうか」

「うかがいたいのは、その件です」塔子はうなずいた。「佐武さんが誰かにつきまとわれていたとか、頻繁に電話をしていたとか、そういう様子はありませんでしたか」

「記憶にないですね。私はまだこの会社が町工場だったころから、佐武をサポートしてきました。社員の中でも一番信頼されていたと自負しています。でも、そういう話は聞いたことがありません」

嘘をついているという顔ではない。おそらくこの新城は番頭のような立場だったのだと思われる。自分より若い佐武を支え、ともに会社を育ててきた人物ではないだろうか。

そのほか、塔子は佐武について質問を重ねていった。

佐武は豊洲《とよす》の高級マンションに住んでいて、ずっと独身だったそうだ。当面、結婚の予定はないと話していたらしい。趣味は釣りで、プレジャーボートを持っていたという。

「話は変わりますが」塔子はメモ帳のページをめくった。「佐武さんは携帯電話をいくつ持っていましたか？　現場には黒い携帯が残っていたんですが」

「ああ、それは会社の業務用のものですね。プライベートでは銀色の携帯を使っていました」

普段はその携帯で私的な連絡をしていたわけだ。事件現場になかったということは、犯人が持ち去った可能性がある。

「佐武さんは過去、立川に行ったことはありましたか？　あるいは、あちらに誰か知り合いがいるとか……」

「立川ですか。最近では、ちょっと記憶にないですね」

「佐武さんの行動についてお訊きします。最後に佐武さんと話したのはいつでしたか」

「昨日の昼前ですね。来月のスケジュールを報告したあと、ある取引先との関係について相談しました」

「どういった内容ですか？」

「すみません、それは勘弁してください。あちらの会社にも迷惑がかかりますから」

一通り質問が済んだところで、塔子は鷹野のほうを向いた。何かありますか、と目で尋ねると、彼はおもむろに口を開いた。

「一緒に仕事をしていて、佐武さんはどんな人だと感じましたか？」

「そうですね……」新城は記憶をたどる表情になった。「社長はとても厳しい人でした。言い方がちょっときついし、こだわりが強かったので、営業部の部長と意見が対立することもありました。私もときどき社長と議論していました」

「だとすると、つい腹を立ててしまうようなことも……」

「ええ、それはまあ。……ですが、よく話し合ってみれば社長の意見は筋が通っていました。あれだけきつい話し方をするのも、会社の将来を考えてのことです。優しい経営者の下なら楽しく働けるかもしれませんが、会社がつぶれてしまったら困りますから」

佐武は一代で会社を大きく成長させた人物だ。人一倍、強いリーダーシップを持っていなければ、そこまではできなかったのだろう。

「よくも悪くも、白黒はっきりさせたい人だったんだと思います」新城は続けた。「自分なりの尺度を持っていて、部下の指導にはとても熱心でした。……というか、くどいぐらいでしたね。資料の出来が悪いと何度でも修正させて、妥協を許さないという感じだったんです。会議のときも、納得いくアイデアが出ないと四時間でも五時間でも議論を続けていました。そんなことが月に何度かありました」

「それは大変ですね」

「あるべき姿というんでしょうか。何事においても、社長の頭の中には理想像があったんでしょう。それに合わない者や、手抜きをする者は絶対に許せなかったんじゃないかと」

「もしかして、反発する部下の方もいたんじゃありませんか？」

鷹野が尋ねると、新城は強く首を振って否定した。

「社長は部下たちを、こう諭していました。『俺はおまえたちが憎くてこんなことを言うわけじゃないんだ』とね。実際、あの人に感謝している社員は大勢います。私もそうです」

とはいえ、佐武は言葉がきつかったというし、つきあいにくい人物だった可能性がある。

「佐武さんは普段、かなり厳しいことを言うタイプだった……。だとすると、佐武さんを恨んでいた人間はあちこちにいそうですね」

鷹野に問いかけられて、新城は困ったような顔をした。

「どんな聖人君子でも、言いがかりをつけられることはあると思いますし……」

「しかし佐武さんの性格を考えると、恨みを買うきっかけがいろいろあったんじゃないでしょうか。身近なところでは、社員に恨まれたこともあったのでは？」

新城は納得いかないという表情になった。強く反論するかと思われたが、意外に落ち着いた口調で彼は答えた。

「たしかに最近入った若い社員たちは、我々と少し感覚が違います。でも社長の熱心な経営姿勢は伝わっていたはずですよ。こういう組織では強いリーダーが求められますから」

「社長と対立していたとか、叱責されていたとか、そんな社員は思い浮かびませんか」

「四百人もいますから、すぐにはお答えしかねます」

鷹野をじっと見つめたまま、新城はそう答えた。目を逸らすつもりはないようだ。

しばらく黙っていたが、やがて鷹野は何度かうなずいた。

「このあと別の捜査員がお邪魔すると思います。さらに詳しい話をお訊きするはずですので、ご協力をお願いします」

新城に軽く頭を下げて、鷹野はソファから立ち上がる。塔子も資料ファイルを閉じて、それにならった。

ビルの外に出ると、鷹野は塔子に話しかけてきた。

「佐武さんが通っていたレストランに行ってみよう。誰と食事をしていたのか気になる」

携帯を取り出して、塔子はネットに接続した。佐武がよく通い、経費で食事をしていたキリシマダイニングを検索する。

「ルミリア中野店は閉店しましたが、ほかに十五店舗あるようです。本部は銀座《ぎんざ》ですね。クチコミによると素材を活《い》かしたイタリアンレストランで、ディナーの平均予算はひとり一万円ぐらい。けっこうしますね」

塔子はキリシマダイニングの本部に架電し、こちらは警視庁の刑事であること、事件の捜査のために話を聞きたいこと、これから訪問したいことなどを伝えた。すぐにアポイントメントがとれた。

「OKだそうです。ちょっと戸惑っているようでしたけど」

「刑事が訪ねてくるとなれば、誰でも緊張するだろうな。だが緊張するのはこちらも同じだ。犯人はどこに潜んでいるかわからない。もしかしたら、これから会う人物が犯人かもしれない。俺たちは常に相手を疑ってかかる必要がある」

風のせいで雲の形が変わったようだ。それまで斜めに射していた陽光が急に弱まった。周囲の気温が少し下がったように感じられた。

可能性は低いかもしれない。だが鷹野の言うとおり、塔子たちはいつどこで犯人と遭遇するかわからなかった。眼球をポケットに入れた殺人鬼が、すぐそばを歩いているかもしれないのだ。

周囲に注意しなければ、と塔子は自分に言い聞かせた。

6

　JR山手線《やまのてせん》で有楽町《ゆうらくちょう》駅に移動し、そこからは歩くことにした。

　去年の夏、塔子たち十一係はここ銀座で殺人事件の捜査を行った。ブティックのショーウインドウに遺体が吊《つ》るされる犯行から始まり、銀座の町は一時騒然となった。あのときはひどく暑かったが、今は一月だ。コートの襟を立てて、塔子たちは銀座マロニエ通りを進んでいく。

　銀座二丁目の雑居ビルに到着し、エレベーターで五階に上がった。受付で訪問の目的を伝えると、すぐに担当の社員がやってきた。三十代半ばと見える、黒いスーツの女性だ。化粧は薄めだが、髪にも肌にも清潔感がある。銀座という場所柄なのか、それともこのレストランチェーンの規則なのか、とてもいい印象を与える女性だ。

　打ち合わせ用のスポットに塔子たちを案内したあと、彼女は丁寧に頭を下げた。

「鳥居《とりい》と申します」

　名刺には《商品企画部　マネージャー》と記されている。

「警視庁の如月です。お忙しいところ申し訳ありません」

「ルミリア中野店によくおいでくださった、佐武様の件ですよね。私どもの店で、何か問題がございましたか」

　真剣な表情の中に不安の色があった。料理を提供する商売だし、ランクの高いレストランチェーンだから、クレームには気をつかうのだろう。

「佐武さんがお店でどんなふうに振る舞っていたか、教えていただきたいんです」塔子は言った。「先ほどの電話では、中野店に勤めていた方がいらっしゃる、ということでしたが……」

「私、今は本部勤務ですが、あそこが閉店するまで店長をしておりました。佐武様のことも存じております」

　そう聞いて塔子はほっとした。メモ帳を開いて質問を始めようとする。だがその前に、鳥居が声をひそめて尋ねてきた。

「あの……佐武様に何かあったんでしょうか」

　塔子は鷹野の顔をちらりと見た。うん、と彼がうなずくのを確認してから、鳥居のほうに向き直った。

「まだ口外しないでほしいんですが、じつは今日、佐武さんの遺体が発見されました」

「遺体って……亡くなったんですか？　佐武様が？」

　衝撃が大きかったようで、鳥居は両目を大きく見開いている。だがそんなときでも品位を失わないのだから、さすが接客のプロだ。

「ルミリア中野は今、解体準備中です。その一階で見つかりました」

「事件……なんでしょうか」

「殺人事件です」

相手の表情を観察しながら、塔子はそう答えた。どこかに痛みを感じたかのように、鳥居の右側の頬がぴくりと動いた。

「それで鳥居さんにお尋ねしたいんですが、佐武さんは誰と食事をしていましたか？」

「私が知っているのは女性です。二十代後半か、三十代前半ぐらいの方でした。お名前はわかりません」

「その女性に何か特徴は？」

「髪は短めのボブで顔は卵形といいますか……。肌のきれいな方でした。比較的カジュアルな服装をなさっていたように思います。といっても、くだけた恰好ではなく、オフィスカジュアルというんでしょうか、会社帰りのような感じでした」

「ふたりはどんなふうに見えました？　恋人同士という雰囲気でしょうか。それとも友人なのか、あるいは仕事の取引先といった印象だったのか」

「それが……何と申したらいいか……」

塔子は不思議に思った。男女ふたりが食事をしていたのだ。話の内容は聞こえなくても、どんな関係なのか想像はつきそうなものだ。

「ありのままに答えていただけますか。どんな様子でしたか？」

「おふたりの間には、何か緊張感があるようでした。ワインを召し上がって笑顔になることもあったんですが、そうかと思うと急に険悪そうな空気になったりして……」

「喧嘩《けんか》をしているような感じですか」

「いえ、どうも佐武様がその女性を責めているように見えました。女性のほうは、うつむき加減で元気がなかったようです。ご来店のときはおふたりとも機嫌がよかったのに、お帰りになるときは暗い感じになっている、ということがよくありました」

妙だな、と塔子は考えた。せっかくの会食なのに、途中で不機嫌になってしまう、ということが頻繁に起こるものだろうか。鷹野も隣で首をかしげている。

「一度気になりまして、お帰りの際に尋ねたことがあったんです。何かお食事の内容でお気に召さない点がございましたか、と。すると佐武様は、ご馳走《ちそう》さま、また来ます、とだけお答えになりました」

「そのとき、女性のほうは？」

「美味《おい》しかったです、とおっしゃっていました。でも、何か気がかりなことがあるような表情でした」

よくわからない話だった。ふたりの間に、いったいどんな会話があったのだろう。

それまで黙っていた鷹野が、ここで口を開いた。

「当時、中野のお店に防犯カメラはあったでしょうか？」

「キリシマダイニングにはありません。ルミリアには設置されていたと思いますが……」

今は解体準備中でカメラは外されてしまったが、当時は使われていただろう。それを調べれば連れの女性の顔がわかるかもしれない。塔子はカメラの件をメモ帳に記入した。

「佐武さんが最後に食事をした日がいつだったか、わからないでしょうか」

鷹野から質問を受けて、鳥居は少し考える表情になった。

「中野店の予約データは本部のパソコンに残っているはずです。調べてみましょう」

鳥居は自分の席に戻っていった。しばらくパソコンを操作していたが、じきにデータが抽出できたのだろう、こちらに戻ってきた。

「今から四ヵ月前ですね。去年の九月十九日、午後七時にご予約いただきました。佐武様はその女性とふたりでお見えになりました」

日付だけでなく、時刻までわかったのは幸いだ。これで防犯カメラのデータが調べやすくなった。

礼を述べて、塔子と鷹野はキリシマダイニングの本部を出た。

「どうもわからないな。誰かを連れて食事に行くのは、楽しく過ごしたいからじゃないのか？」

不可解だ、という顔で鷹野がつぶやいた。そうですね、と塔子はうなずく。

「普通に考えれば、その女性は佐武さんとかなり近い関係の人ですよね。それなのに、食事をしているうちに険悪な空気になってしまったと……。何か事情がありそうです」

「たとえばこうか。女性は既婚者で、ふたりは不倫の関係にあった。そのことが共通の悩みだった。会えば当然それが話題になる。簡単に解決できる問題ではないから、毎回ふたりは不機嫌になってしまった、とか」

「ただ、ちょっと引っかかるんですよね。せっかく予定を合わせて食事していたのに、たびたび揉《も》めていたというのが……。不倫しているならよけいに、ふたりでいるときぐらい幸せを噛《か》みしめたい、と思わないでしょうか」

「む……。たしかにな。少し違和感があるか」

鷹野はそうつぶやいて首をひねった。

「……彼女が仕事の取引先だった、という線は除外していいんでしょうか」と塔子。

「いや、その可能性も残っているよな。ふたりが恋人同士でなかったとしたら、仕事の関係者だということもあり得る。毎回厄介な問題を相談し合っていたが、解決策が見つからず、険悪な空気になってしまったのかも……」

あれこれ考えてみたが、今の時点ではどうしても決め手に欠ける。もっと聞き込みをしなければ、と塔子は思った。正確な情報がなければ、推理を組み立てることもできないだろう。


さらに電車に乗って、塔子たちはルミリア中野のデベロッパーを訪ねた。

「関東市街地開発」という会社で、商業施設の建設を計画し、テナント企業を募《つの》り、出来上がってからは施設を管理・運営しているそうだ。ルミリアの名を冠した施設は中野だけだが、ほかに新宿、池袋《いけぶくろ》、品川《しながわ》など都内各所で商業施設を管理しているらしい。

新宿駅から徒歩十分ほどの場所に、目指す事務所があった。

塔子たちが面会を求めると、縦縞柄のスーツを着た、四十歳前後の男性がやってきた。青いフレームの眼鏡をかけていて、お洒落な印象がある。彼が差し出した名刺には、小清水滋郎《こしみずじろう》と書かれていた。

「ああ、刑事さん、お待たせしました」

小清水は塔子たちを出迎えたあと、なぜか深いため息をついた。すっかり疲れ果てたという顔をしている。

「もう、まいりましたよ。中野で事件があったと聞いてから、何度も刑事さんに事情を訊かれて、人の手配やら建設会社への連絡やらで大忙しです。目が回っちゃって」

「中野の現場にも行かれましたか？」

「別の者が行きました。私はここで報告を受けて、あれこれ調整をしています」

まったく迷惑だ、と言いたそうな顔で小清水は首を振っている。

「お仕事を増やしてしまって申し訳ないんですが、ひとつお願いがあるんです。ルミリア中野にキリシマダイニングというお店がありましたよね。そこで去年の九月十九日、夜七時から佐武さんが食事をしたはずなんです」

「佐武さん……。ああ、事件で亡くなった方ですね」

小清水は表情を曇らせた。遺体を見てはいないはずだが、現場の状況は話に聞いているのだろう。

「防犯カメラの映像を調べたいんですが、見せていただけませんか」

「ええと、九月とおっしゃいましたよね。すみません、データは三週間しか保存していないんです。ルミリア中野を閉鎖したのが十一月末ですから、もう消えてしまっていますね」

塔子はまばたきをした。それから眉をひそめて、相手に尋ねた。

「本当にそうですか？　一度確認していただけないでしょうか」

「いや、今ばたばたしてましてねえ……」

そこへ着信メロディーが聞こえてきた。小清水はポケットから携帯を出して、相手と何か話し始める。それが済むと、机の上にあった封書を手に取った。ワイシャツの胸ポケットからペーパーナイフを取り出し、彼は手際よく封を切った。中身に目を通してから、万年筆で何か書き込んでいく。

「あの、小清水さん、すみません」塔子はもう一度声をかけた。「お忙しいところ申し訳ありませんが、これは殺人事件の捜査なんです。どうかご協力ください。このままだと、次の被害者が出るかもしれないんです」

小清水は黙り込んで眉をひそめた。しばらく考える様子だったが、「わかりましたよ」と言ってパソコンに向かった。ソフトウェアを起動し、マウスとキーボードを操作し始める。五分ほどで彼は顔を上げた。

「うーん、やっぱり駄目ですね。データはもう消えてしまっています」

「そうですか……」

ルミリア中野の防犯カメラは役に立たないことがわかった。だとすると、これ以上ここにいても得られるものはないだろう。

「お手数をおかけしました」

肩を落として塔子は言った。そばで鷹野も残念そうな顔をしている。

事務所を出て、塔子はひとり考え込んだ。ルミリア中野の防犯カメラは駄目だった。こうなると、近隣に設置された防犯カメラに頼るしかない。普通は自分の建物のエントランスなどを撮影するのが目的だろうが、もしかしたら通行人が録画されているケースがあるかもしれない。

塔子は鷹野の顔を見上げた。

「鷹野さん、地取り班に助けてもらいましょう。今、地取り班のメンバーはルミリアの周辺で目撃情報を集めていますよね。同時に、防犯カメラの有無もチェックしているはずです」

「そうか！　昨夜の犯行時間帯だけじゃなく、去年の九月十九日の映像も見てもらえばいいんだな。よし、すぐに連絡してくれ」

塔子は特捜本部に架電し、早瀬係長にそのことを伝えた。早瀬はすぐに事情を理解してくれたようだ。

「わかった。その日のデータが残っていたら借りてくるよう指示する。映像の確認はデータ分析班にやらせよう」

「お願いします」

早瀬係長は頼れる上司だ。彼が司令塔として全体をコントロールしてくれるから、前線の捜査員は自分の仕事に専念できる。

こういうところが組織捜査の強みなのだろう。あらためて塔子はそう思った。

7

中野署に設置された特捜本部に、刑事たちが集まり始めた。

今日の捜査状況を取りまとめ、このあとの会議に備える者がほとんどだ。塔子もメモ帳を開き、鷹野と相談しながら活動内容を整理していった。

定刻の午後八時になると、早瀬係長がホワイトボードの前に立った。

「では夜の捜査会議を始めます」

号令に従って捜査員たちは礼をした。着席すると、みな配付された資料に目を落とす。

まず早瀬によって、重要な情報がいくつか伝えられた。

「これは地取り班からの報告です。ルミリア中野から百メートルほどの場所にある駐車場に、防犯カメラが設置されていました。そのデータを調べたところ、昨夜、顔を隠した不審人物が二回撮影されています。一回目は本日午前二時二十四分、二回目は午前三時三十七分。いずれも同じ服装の人物です。一回目はルミリアのほうへ向かい、二回目はルミリアから戻ってくるルートでした」

捜査資料にその人物の写真が載っていた。黒っぽいズボンに灰色のウインドブレーカーを着て、フードで顔を隠している。

佐武恭平の死亡推定時刻は本日午前一時から三時の間とされている。この人物が、殺人および死体損壊に関わった可能性は否定できなかった。

「佐武の車が近くに停めてあったんだよな？」

幹部席から太い声が聞こえた。捜査一課長の神谷だ。

「事前に佐武恭平を廃ビルに呼んでおいたんだろうか。二時二十四分にカメラの前を通ってルミリア中野へ。そこで佐武を殺害、死体損壊した。逃走の際、三時三十七分にまたカメラに撮影された、と……」

「そう考えるのが自然だと思います」

早瀬の返事を聞いて、神谷は腕組みをした。

「カメラがあったのはルミリアから百メートルの場所だ。犯人は注意深く行動していたが、そんな場所で撮影されるとは思わなかったんだろう。運が悪かったということだ」

裏を返せば、警察サイドにとっては運がよかったということになる。

地取り、鑑取り、ナシ割りの各班から報告を受けたあと、早瀬は塔子のほうを向いた。

「遊撃班はどうだ？」

はい、と言って塔子は椅子から立ち上がる。

「捜査中すでに報告しましたが、佐武恭平さんの行きつけのレストランが、ルミリア中野の四階にありました。昨年九月十九日に、佐武さんは女性とともに訪れています」

「ああ、その件だが……」早瀬は眼鏡の位置を直しながら言った。「地取り班に頼んで、近隣の防犯カメラをチェックしてもらった。約四ヵ月前ということで、残っているデータ自体が少なかった。その数少ないデータを調べたんだが、佐武らしき人物はどこにも記録されていなかった」

「佐武さんはカメラを警戒していたんでしょうか」

塔子が言うと、早瀬は渋《しぶ》い表情でうなずいた。

「おそらくな。その女性と会うときには、人目を気にしていた可能性がある」

日付までわかっているのに、佐武の映像は見つからなかった。塔子にとってはかなり悔しい結果だ。

そのほかの報告を終えて、塔子は元どおり着席した。

早瀬は予備班などの捜査員を順番に指名して、報告を続けさせた。しかしまだ初日ということもあって、どの組も成果はないようだ。

明日の活動方針などを確認し合ったあと、捜査会議は終了となった。

塔子がドアを開けると、からんからんとベルの音が響いた。

茶色を基調としたインテリアに、少し暗めの照明。カウンターのうしろにある棚にはウイスキーやジン、ウオッカなどの瓶《びん》が並んでいる。

奥まで見渡してみたが、バーの店内に客の姿はなかった。不思議に思っていると、カウンターの中にいた店員がこちらを向いた。黒いシャツに白い清潔なエプロンをつけた、三十代ぐらいの男性だ。

「いらっしゃいませ。おひとりですか?」

「『中野商事』といいます。うちの者が来ているはずなんですが……」

「ああ、奥にいらっしゃいます。どうぞ」

店員は奥の通路を指差した。どうも、と頭を下げて塔子はそちらに向かう。

薄暗い通路を進んでいくと、何も書かれていない白いドアがあった。ノックを三回してから、ノブを回してドアを開ける。

そこは二畳ほどの狭い個室だった。先ほどのフロアと同様、壁は落ち着いた茶色で、ライトもあまり強くはない。ファミレスによくあるような六人掛けの席が用意されていて、先輩たちが窮屈そうに座っていた。

「こんなところにいたんですね」

「やっと来たな。お疲れさん」

そう言ったのは、肩幅の広いスポーツマンタイプの男性だ。塔子の先輩、門脇仁志《かどわきひとし》警部補だった。彼は体が大きいだけでなく、声も大きければ態度も大きい。だが決して威張ったりはせず、よき兄貴として後輩の面倒を見てくれる人だ。

彼は手にしたビールグラスを少し持ち上げた。

「悪いが、先にやってるぞ」

「遅くなってすみません。資料の整理に手間取ってしまって」と塔子。

相棒の鷹野が席を詰めてくれた。礼を言って、塔子は空いた場所に腰掛ける。

「おい、如月に何か食い物を注文してやってくれ」

門脇の指示を受けて、メニューを開いたのは尾留川だった。お洒落なスーツを着ている彼は、この店の雰囲気によく馴染んでいる。普段、女性の協力者たちから捜査情報を得ているというが、こういう店にも出入りするのだろうか。

「如月もビールでいいよな？」尾留川が尋ねてきた。「あ、生ビールはないんだよ。だから瓶になっちゃうけど」

「ありがとうございます。それでけっこうです」

メニューを覗き込みながら、塔子は尾留川に訊いてみた。
「どうして今日はバーなんですか？」
「ほかには条件に合う店がなかったんだよ。ここなら奥に個室があるっていうから
さ」
「たしかに、情報漏洩《ろうえい》には気をつけなくちゃいけませんよね」
塔子はソーセージの盛り合わせとポテトフライ、きのこのパスタを選んだ。そのあ
と少し迷ってから、ほうれん草のソテーも頼むことにした。
オーダーを伝えてから一分もたたないうちに、ビール瓶とグラスが届いた。
「じゃあ如月ちゃん、まずは一杯」
瓶を手に取って、中年の男性が言った。五十五歳の巡査部長、徳重英次《とくしげえいじ》だ。ぽっこ
り出た腹や福々しい表情などから、彼は七福神の布袋《ほてい》さんに似ていると言われる。し
かしその裏には、長年難事件を捜査してきた厳しい刑事の顔があった。
「いえ、自分で……」
塔子は断ろうとしたが、徳重は「まあ、いいから」と言って譲らない。感謝しつ
つ、酌《しゃく》を受ける形になった。
「すみません。あ、今度は私が」
すぐさま塔子は瓶を手にして、徳重のグラスにビールを注《つ》ぎ足《た》した。そのあと門

脇、鷹野、尾留川のグラスにも酌をした。

それを見ていた門脇が、苦笑いを浮かべた。

「時間がかかって仕方がない。気をつかうのはもういいから、あとは手酌でやろう」

「そもそも、この店に生ビールがないのが原因だと思う。トマトサラダもないし」

鷹野がぼそりと言った。尾留川は顔をしかめたあと、頭を掻きながら釈明する。

「でもほら、雰囲気いいじゃないですか、このバー」

「雰囲気はいいかもしれないが、食事に来る店じゃないよな」鷹野はポケットからデジカメを取り出し、個室の中を撮影した。「この部屋は暗くて狭い」

「密談するにはお互いに近づかないと。……でしょ？」

「それはそうだが、近すぎる」

鷹野は無表情のまま、カメラをテーブルの上に置いた。グラスを手にしてから、彼は門脇のほうをちらりと見る。

うん、とうなずいて門脇はみなを見回した。

「今日から特捜本部での捜査が始まった。連日、またきつい仕事になると思うが、みんな全力を尽くしてほしい」

はい、と塔子や尾留川が答えた。五人はグラスを掲げ持ち、それぞれビールを飲んだ。鷹野は軽く一口。徳重は半分ほどグラスを空け、門脇は一気に飲み干してしまった。夏でも冬でも彼はビール党だ。

捜査期間中に飲酒することについては、刑事たちの間でも賛否両論ある。特に捜査の初期段階では、何を暢気《のんき》に飲み食いしているのだ、という批判もありそうだ。しかしこの五人は「殺人分析班」と称して、一日の最後に独自の活動を行っていた。

塔子たちはただビールを飲むわけではなく、ここは打ち合わせの場にもなっている。捜査会議では口にしづらい推測や、聞き込みで気になったこと、各種の筋読みなどを話して情報交換を行い、翌日以降の捜査に役立てるのだ。

やがて店員が料理を運んできた。先輩たちが先に頼んでおいたものだろう。

「あまり時間がないから、どんどん食おう。如月も遠慮するな」

「ありがとうございます。でも私、パスタも頼んでいますから」

「じゃあ、俺にもパスタを食わせてくれ」

「ええと……だったらもう一皿、頼みましょうか」

塔子が戸惑った表情を見せると、門脇はからかうような顔で笑った。

「いいよ、わかった。如月は炭水化物が好きなんだよな」

「そう言われると、いかにも太りそうに聞こえますね」

「如月は体重なんか気にする必要ないだろうになあ」

にやにやしながら門脇がそう言うのを聞いて、徳重が顔をしかめた。

「門脇さん、それセクハラになりますよ」

「え？　俺としては、親しみを込めた冗談のつもりなんですけど」

「言われた側がセクハラだと思えば、それはセクハラなんだそうです」徳重はグラスを置いて言った。「私も人から聞いたんですけどね」

「そうですか。なんだか窮屈な時代になったなあ」

「みんなが住みやすいような世の中にしよう、という動きでしょうな。我々男は、細かいことに気づいてないんじゃないかと思います」

徳重はこの中では最年長だが、昇任試験をずっと受けなかったため、塔子や尾留川と同じ巡査部長だ。それに対して門脇、鷹野はひとつ上の警部補。年齢の差はあっても、徳重は立場をわきまえ、ふたりには敬語で話すのが普通だった。

運ばれてくる料理を、塔子たちは次々平らげていった。刑事は時間に追われることが多いから、ついつい急いでしまう。

食事を終えたところで、門脇は一度トイレに立った。彼が戻ってきたとき、煙草《たばこ》のにおいがするのに気がついた。

「あれ、門脇主任、どこで煙草を？」不思議に思って塔子は尋ねる。

「狭いから悪いと思って、外で吸ってきた」

「もう禁煙すればいいのに……」

ぼそりと言う鷹野を横目で見てから、門脇は咳払いをする。

「よし、打ち合わせを始めよう。如月、いつものノートを出してくれ」

わかりました、と答えて塔子はバッグの中を探った。捜査状況をまとめるためのノートを取り出し、テーブルの上で開く。

門脇が口にする疑問点などを、塔子は記入していった。

■立川事件
(一) 被害者・森達雄は何か目的があって敷地に侵入したのか。
(二) 森達雄は何者かによって、給水塔のらせん階段から転落させられたのか (十三ヵ所に骨折あり)。
(三) 犯人はなぜ森達雄の義眼を持ち去ったのか。
(四) 宗教団体・天空教はこの事件に関わっていないのか。
(五) アヌビスと称する人物はこの事件の犯人なのか。

■中野事件
(一) 佐武恭平は何者かによって、らせん階段から転落させられたのか (六ヵ所に骨折あり)。

(二)犯人が佐武恭平の左の眼球を摘出し、持ち去ったのはなぜか。
(三)被害者の上衣を脱がせて持ち去ったのはなぜか。
(四)午前2時24分、3時37分に駐車場前を通った人物は犯人なのか。
(五)ルミリア中野で事件を起こしたことには理由があるのか。
(六)十年前の立川事件を知る者の犯行なのか。★立川事件の犯人・アヌビスが中野
　事件を起こした?
(七)佐武恭平は立川事件と関係があるのか。

　今の時点で気になるのはこれらの項目だ。

「順番に見ていこう」門脇はノートを覗き込んだ。「まず十年前の立川事件だ。森達雄が多摩航空機の敷地に入ったのは、目的があったからなのか。……まあ当然、目的はあっただろうな。何かをしようと思ったのか、誰かに呼び出されたのかはわからないが」

「警備員や防犯カメラを避けて、塀を乗り越えたんでしょうな」おしぼりで手を拭《ふ》きながら徳重が言った。「過去の資料によると、森さんは身長百七十五センチでした。犯人が大柄な人間だったとしても、森さんを担いで塀を越えるのは難しいですよね」

「次に項番二。事故でらせん階段を転落した、という線も考えられるが、やはり不自

然だよな。誰かに呼び出されて給水塔の四階で落ち合い、何かの話をした。そのうち犯人に殴られてふらついたところを突き落とされた、といったところか。……項番三は義眼の件だ。森達雄は新興宗教の教祖だった。その義眼で自分の権威を高めるような工夫をしていた可能性がある。だとしたら、次の項番四につながりそうだな。義眼を持ち去ったのは、天空教の関係者だったということも考えられる」

「義眼には強い力が宿っている、と信じた人がいたのかもしれませんね」

そう言って徳重は太鼓腹を撫《な》でた。今日も遠慮なく食べて、満腹になったようだ。

天空教のことは、当時の特捜本部が詳しく調べていた。幹部や信者たちに話を聞いたが決め手がなく、犯人を特定することはできなかったらしい。

「アヌビスという名前ですが、これもある意味、宗教的な意味合いを持つのかもしれませんね」鷹野は手元のおしぼりでテーブルの上を拭いた。「何といっても冥界の神ですからね」

ただ、天空教がアヌビスを信奉していたという記録は残されていない、ということだった。

水を一口飲んでから、門脇はノートに手を伸ばした。

「次に、今回起こった中野事件だ。項番六、立川事件を知る者の犯行であることは間違いない。教祖の義眼がなくなったのを真似て、佐武恭平の左目を抉ったんだろう。

洋服を脱がせたのは、損壊しているとき自分の血が付いてしまったとか、そういう理由だったんじゃないのか？」

「あるいは、それもまた宗教的な理由によるとか……」

尾留川がそんなことを言ったので、塔子は首をかしげた。先輩の顔を見つめて尋ねる。

「上半身の服を脱がせるのが、どうして宗教的な話になるんです？」

「だって如月、アヌビスはミイラ作りと関係あるんだぜ。ミイラにするのに、洋服は邪魔だろう」

「服を脱がせて包帯を巻くつもりだった、ということですか？」

「途中で邪魔が入ったとか時間切れになったとか、そういうことじゃないかな。上半身だけというのは絶対、不自然だよ。奴はたぶん、全身を裸にしたかったんだ」

尾留川は真面目な顔で持論を展開する。単なる思いつきを話している、というわけではないようだ。

「たしかに上だけというのは気になりますね」徳重が低い声で唸った。「服を全部脱がせて、さらに遺体を損壊するつもりだった、ということも考えられます」

「そう、それですよ！」尾留川は徳重のほうを向いて、目を輝かせた。「左目だけに気を取られがちですけど、犯人はまだあちこち損壊するつもりだったのかもしれない。中途半端なところでやめてしまったから、おかしな状況になったんです。これが正解じゃないかな」

まあ待て、と門脇が諭した。

「結論を急がないほうがいい。現段階では立川事件と中野事件の関係を探っていくべきだ、というところまでだよな」

「そして、このことも考えなくてはいけません」みなを見回しながら鷹野が言った。「今回の中野事件も、アヌビスと称する犯人が起こしたのか。そうだとしたら、なぜ十年たって再び動きだしたのか。……奴は人の目を抉って快感を得ているんでしょうか。抉り取った眼球はどこへやったのか。冷蔵庫の中にでもしまってあるのか。あるいはもっと別の、何かグロテスクな目的のために使っているのか」

話を聞いて、門脇も徳重も険しい顔をしている。鷹野はなおも続けた。

「犯罪には必ずきっかけがあるはずです。我々の知る限り、犯人はこの十年の間に大きな事件を起こしてはいません。しかし今回、立川事件を思わせる形で新しい事件を起こしました。世間に見せつけるように死体損壊、死体遺棄を行った。犯人の心の中で、やらなければならないという気持ちが高じた、と考えるべきでしょう」

「何が犯行の引き金になったのか、ということですね」

塔子は鷹野の様子をうかがった。鷹野は腕を組み、厳しい表情でうなずいている。

「私、ふと思ったんですが」塔子は指先で、テーブルにうずまき模様を描いた。「らせん階段と眼球。何か関係ありそうな気がします」

「どういうことだい？」徳重が尋ねてきた。

「回転しながら落ちていきますよね。そうなると前後左右や上下の感覚さえなくなって……。単純に言えば、目が回ってしまうということですけど」

「たしかに、感覚がおかしくなってしまいそうだよねえ」

徳重は椅子に背をもたせかけながら言った。尾留川と門脇は顔を見合わせている。

塔子は先輩たちを見回した。

「空間認識と眼球。光や色の認識と眼球……。はっきりとはわかりませんが、左目を奪ったことには何か強いこだわりがあった、という気がします」

塔子は現場の様子を思い浮かべた。転落し、首の骨を折って死亡した被害者。遺体のそばにしゃがんで顔を覗き込み、ナイフを突き立てる犯人。鈍《にぶ》く光る刃《やいば》が、眼球と眼窩の骨の間に刺し込まれる。左目を傷つけないよう細心の注意を払いながら、奴は器用にナイフを動かしていく。やがて抉り出される眼球。被害者の眼窩には血が溜まっている。その中に浮いている皮膚の切れ端《はし》、筋繊維、脂肪、そして神経。

気分が悪くなりそうだった。だが塔子は捜査一課の刑事だ。どれほど残酷な場面を見ても、どんなに凶悪な犯罪者に遭遇しても、怯《ひる》むわけにはいかない。

「立川事件が解決されていたら、今回の事件は起こらなかったのかもしれないな」

苦いものを口にしたような顔で、鷹野がつぶやいた。

たしかにそうだ、と塔子も思った。残念だが、その可能性は否定できない。

過去に行われた捜査に不備はなかったのだろうか。当時の捜査員たちは先入観で情報を捨ててしまったり、何かを見落としたりすることはなかったのか。

ノートを見つめながら、塔子はふたつの事件について考え続けた。

第二章　グランドテラス

1

一月二十四日、午前八時三十分。特捜本部に捜査員たちが集まっていた。

窓ガラスの向こうには、雲の広がった冬空が見える。先ほどまで日が射していたのだが、まるでスイッチを切ったかのように弱まってしまった。今日もあまり気温は上がりそうにない。

起立、礼が済むと、いつものように早瀬係長が口を開いた。

「捜査会議を始めます。まず被害者・佐武恭平の携帯電話について。確認したところ、佐武が私用で使っていた携帯は、正規のルートを通ったものではないことがわかりました。おそらく他人名義の携帯を使っていたんでしょう」

闇《やみ》ルートの携帯電話は一定数存在する。暴力団や犯罪者グループの人間でなくても、金さえ出せばそれらを手に入れることができる。佐武は個人的な通話やメールの内容を、他人に知られないよう注意していたのかもしれない。

事件現場にその携帯は残っていなかったから、おそらく犯人が持ち去ったのだろう。

捜査員たちにてきぱきと指示を与えたあと、早瀬はみなを見回した。

「ここからは別の話になります。昨日の会議で、十年前に起こった立川事件のことを伝えました。その件に関わった捜査員が見つかったので、この特捜本部に参加してもらうことになりました。……藤村《ふじむら》さん、こちらへ」

藤村と聞いて塔子ははっとした。

後方の席から、ひとりの男性刑事が前に出てきた。ホワイトボードのそば、早瀬係長の横に立つ。その人物を見て、やはりそうだ、と塔子は思った。

身長は百六十センチ程度。見事な白髪頭に、皺の刻まれた額。年季の入ったスーツがベテランらしさを感じさせる。たしか今、五十九歳だったはずだ。

彼はみなに向かってゆっくりと頭を下げた。

「中野署刑事課の藤村忠義《ただよし》です。よろしくお願いします」

塔子のよく知っている巡査長だった。中野署にいると聞いていたから、この特捜本部で会うのではないかと思っていた。

「藤村さんは十年前、立川署の刑事課にいました」早瀬が説明した。「そのとき立川事件を捜査したそうです。昨日まで中野署で別件を担当していましたが、過去の事件をよく知っているから戦力になるでしょう。では藤村さん、お願いします」

わかりました、と答えて藤村は咳払いをした。それから、彼は木訥《ぼくとつ》とした口調で話しだした。

「ええ……すでにご存じの情報もあると思いますが、順を追って説明いたします。立川事件——私どもでは『多摩航空機死体損壊事件』と呼んでいたんですが、その事件が起きたのは今から十年前の十月六日です。多摩航空機の敷地内で天空教の教祖・森達雄の遺体が発見されました。

当時私は教団の関係者から事情を聞きました。森は信者を集めて、東大和市で共同生活をしていました。現代科学を否定して、疑似科学というんでしょうか、そういうものを信奉していたようです。代替医療なども行っていました。ですが、大きな事件を起こすような団体ではなかったので、公安部のほうでも厳しい監視はしていなかったと思われます。

森は若いころ病気で左目を摘出したということでして……。のちに義眼を使い始めたんですが、それを人にわざと見せてですね、怖がらせるというか、ちょっと神秘的な雰囲気を出すというか、そんなふうにしていました。そしてあるとき、宗教に目覚めたんですね。のちに教団を作ってからは、信者たちに義眼を見せて、権威を高めるのに使っていたそうです」

天空教の設立は今から三十年ほど前だと聞いている。最盛期には百人ほどの信者がいたという。

「森は宗教団体設立前に結婚していましたが、妻は今から二十年前に病死しました。子供がひとりいたんですが消息は不明。……といったところが、被害者関係の話です」

藤村はポケットからハンカチを出して、自分の両手を拭《ぬぐ》った。彼ほどのベテランでも、これだけの大人数の前では緊張するようだ。

「次に、事件当夜の状況ですが……」

彼は遺体が発見された経緯を説明した。その内容は昨日、尾留川が話してくれたものと一致していた。藤村の記憶も尾留川の調査も、双方正しかったということだ。

手元の資料を確認したあと、藤村は説明を続けた。

「多摩航空機はいくつかの敷地に分かれていまして、それぞれブロック塀で囲まれ、出入りする際には防犯カメラのある通用門を抜ける必要がありました。通用門にはそれぞれ警備員が配置されていたので、不審者がやってくれば必ずチェックが入ります。当日の夜、怪しい人物が出入りしたという記録はありませんから、可能性としては、森達雄は塀を乗り越えるなどして侵入したものと思われます。そのあと給水塔に上り、四階からでしょうか、らせん階段を転落して骨折、死亡したとみられます。

事件があった時間帯、給水塔のあるエリアで残業していた社員は三名でした。まず、施設管理課の喜多山繁俊《きたやましげとし》、三十三歳。敷地内にある機械や工具、倉庫などの施設全般を管理する立場にありました。給水塔を担当していたのも彼の部署です。従って業務の際、彼が給水塔に出入りする機会もあったでしょう。事件当夜はひとりで仕事をしていましたが、二十二時四十二分と二十三時七分、事務所の固定電話から関連会社に急ぎの連絡をとっていた事実があります。その二回のタイミングには事務所にいたということです。

ふたり目は開発支援課の所属で、航空機部品の性能テストなどを担当していた山根《やまね》隆也《たかや》、二十八歳。こちらも事件当夜はひとりでしたが、実験装置を二十二時から二十三時十五分まで使っていたことが確認されています。装置の稼働記録から、そのことは間違いありません。

そして三人目。経理課の石毛《いしげ》謙太郎《けんたろう》、三十六歳。同僚が急に入院したため業務が滞ってしまい、やむを得ず残業していたそうです。二十二時四十五分に取引先の会社へファクシミリを送信しています」

藤村はマーカーを手に取り、ホワイトボードに関係者の名前を書いた。

◆施設管理課　主任　喜多山繁俊（33）
22時42分、23時7分に事務所から架電。
◆開発支援課　山根隆也（28）
22時から23時15分まで装置にて実験。
◆経理課　課長　石毛謙太郎（36）
22時45分、取引先にファクシミリを送信。


　これを見て、幹部席の手代木管理官が口を開いた。

「その三人は事件が起こる前、警備員とは会っていないわけだな？」

「はい。それぞれ自分の事務所にいたということですので……」

「とはいえ、さっきの話によれば、彼らも塀を乗り越えて出入りすることはできた」

「それは否定できません」藤村はうなずいた。「ですが、この三人のうちの誰かが犯人だったとして、塀の外に出る必要があるでしょうか。被害者の遺体を運び出したというのならわかりますが、森達雄は給水塔で発見されています」

「可能性はいろいろ考えられるだろう？　社員の誰かが塀を乗り越えて森に会い、敷地内に案内したのかもしれない」

「それはそうですが……」藤村は口ごもる。

手代木は蛍光ペンの先を相手に向けた。

「思い込みで動いては駄目だ。常にさまざまな可能性を検討しつつ、捜査をだな……」

そこまで言って、手代木は言葉を切った。蛍光ペンを机の上に置き、左右に首を振る。

「まあいい。話を続けてくれ」

おや、と塔子は思った。会議の場で、手代木が追及の手を緩めるのは珍しい。

考えるうち、その理由がわかった。藤村は現在五十九歳、一方の手代木は五十五歳だ。階級は下だが、入庁年度では藤村が先輩にあたる。そのことを思い出して、手代木は叱責するのをやめたのだろう。

藤村は少し戸惑うような表情を見せたが、じきに気を取り直した様子で話しだした。

「事件当夜、敷地内を巡回していたのは警備員の岩永大志《いわながたいし》、二十六歳です。二十二時五十分、給水塔で物音がしたのを聞いて、彼は一階のドアを開けました。すると、らせん階段の下に森達雄が倒れていた。転落時に頸椎を骨折したようで、すでに息をしていませんでした。念のため四階まで調べたあと、応援を呼びに警備員室に戻ったということです」

「その時点で心臓マッサージを……」神谷課長が言いかけたが、すぐに渋い表情になった。「いや、慌《あわ》ててしまって、そんな判断はできなかったのか。そもそも首の骨が折れていては、心マも効果はないだろうな」

「残業していた三人にはアリバイがあったし、ほかの社員や警備員を調べても、確たる証拠はつかめませんでした。被害者自身、外から敷地に忍び込んだようですから、資材などを盗みに入ったんじゃないか、という意見も出ました。……ところが、そこへアヌビスと名乗る人物から犯行声明が出たんです。ええと、アヌビスというのはエジプト神話のですね……」

「ああ、それはみんな知っている」

神谷が言うと、藤村は意外そうな顔をした。白髪頭を軽く下げてから、彼は再び資料に目を落とした。

「結局、この立川事件はそのまま未解決になってしまいました。私もずっと気になってはいたんですが……」

藤村は申し訳なさそうに、神谷課長のほうをちらりと見た。

「当時、義眼を持ち去られたことは公表されていない」神谷は言った。「だが今回、それを模《も》した形で佐武の左目が抉られている。中野の事件もアヌビスとやらの仕業なのかもしれない。あるいはアヌビスが指示を出したとか、そういう関わり方をした可能性もあるな」

捜査員たちからいくつか質問が出ると、藤村は順番に答えていった。その口調には実直な性格がよく表れている。

一通り質問が終わったあと、早瀬係長は藤村のほうを向いた。

「藤村さん、どうぞ席に戻ってください」

「あ、はい。ありがとうございました」

ハンカチで額の汗を拭いてから、藤村は会釈をした。それから足早に自分の席へと戻っていく。塔子は彼の姿を目で追った。

連絡事項をみなに伝えると、早瀬は幹部席のほうをうかがった。それを受けて、神谷は深くうなずく。

捜査員たちを見回してから、神谷は言った。

「早い段階で、過去の事件と関係ありそうだとわかったのは幸運だった。捜査の手間は二倍になるが、それだけ手がかりを入手しやすくなったとも言える。いいか、十年前の殺人・死体損壊犯が再び動きだした可能性があるんだ。これでまた迷宮入りなどということは、絶対に許されない。……今後、奴がさらに別の事件を起こすことも考えられる。奴を止められるのは、我々特捜本部の人間だけだ。あらたな被害者を出さないためにも、全力で捜査に当たってくれ。気を抜くなよ」

号令に従って礼をしたあと、捜査員たちは厳しい表情で活動を開始した。

塔子が鷹野と打ち合わせをしているところへ、そっと近づいてくる姿が見えた。すみません、と鷹野に断ってから塔子は立ち上がる。

藤村忠義だった。彼は人のよさそうな表情で塔子を見ている。

「お久しぶりです、藤村さん」

「元気そうじゃないか」

穏やかなその声を聞いて、以前経験したさまざまなことが頭に甦《よみがえ》った。そうだ。自分はこの人から多くのことを教えてもらった。刑事としての心構え、尾行のテクニック、情報収集の方法、被疑者から事情を聞くときの留意点――。被疑者をただ力で押さえつけるのではなく、できるだけ後悔や反省を引き出すべきだというのは、今でも塔子の行動指針になっている。

「藤村さんもお変わりないようですね」

「いやあ、すっかり歳をとってしまったよ。もう無理は利かないな、はは」

そんなことを言って藤村は微笑《ほほえ》んでいる。

隣にいた鷹野は不思議そうな顔をしていたが、やがて椅子から立ち上がった。「知り合いなのか？」と訊かれたので、塔子は事情を説明した。

「私が所轄の交通課から刑事課に移ったとき、捜査のイロハを教えてくださった方なんですよ。……藤村さん、こちらは十一係の鷹野主任」

「鷹野です」彼は藤村に向かって頭を下げた。「如月とコンビを組んでいます」

「おお、あなたが鷹野さんですか」藤村は目を輝かせて言った。「お噂《うわさ》はかねがね。捜査一課のエースとして活躍なさっているそうで」

「とんでもない。仲間たちに助けられて、どうにか事件を解決しています」

「塔子も少しは役に立っていますか？」

藤村がそう訊くと、鷹野は驚いたという顔をした。

「ああ、これは失礼」藤村は白髪頭を右手で搔いた。「私は如月功くんと面識がありましてね。それで、彼女がまだ小さかったころから何度も会っているんです。如月くんと呼び分ける意味で、塔子と呼ぶ癖がついてしまって……」

「なるほど、そうだったんですか」と鷹野。

藤村は塔子の左手首に目を留めた。おや、という表情で尋ねてきた。

「その時計、まだ使っているんだな。親父《おやじ》さんの形見だろう？」

塔子は左手を上げて、腕時計を相手に見せる。

「おかげさまで、今でも使えます。一度壊れてしまったんですけど、うまく部品が手に入りました」

「そうか。大事にしていたことがよくわかるよ。親父さんも、塔子も……」そうつぶやいたあと、藤村は慌てた様子で言い直した。「いや、『如月さん』と呼ばなくちゃいけないな。私より階級が上の巡査部長なんだから、馴《な》れ馴《な》れしくしてはまずいですよね」

いいんですよ、と塔子は首を振ってみせた。

「藤村さんにいろいろ教えていただいたからこそ、捜査一課に入れたんです。あのころの経験がなければ、とても無理でした」

「嬉しいよねえ。お世辞でもそう言ってもらえると」

「いえ、私はお世辞なんて言うタイプじゃありませんから」

「そうだな、塔子は昔から真面目だった。真面目すぎて、ちょっと融通が利かないところがある。あと、鈍いところもね」

意外なことを言われて、塔子はまばたきをした。鷹野のほうを向いて小声で問いかける。

「私って鈍感ですか？　そんなことありませんよねえ」

「いや、うん、まあな」なぜだか鷹野は戸惑うような顔になった。「そういうことには個人差があるだろうし……」

「なんで歯切れが悪いんですか」塔子は首をかしげる。

鷹野は目を逸らしながら、軽く咳払いをした。それから、あらたまった口調で藤村に話しかけた。

「立川事件を知っている方に入っていただけて、ありがたく思います。中野の事件でも、何か気づいたことがあれば教えてください」

「もちろんです。今回は個人的にも、早く解決したいと思っていますから」

「個人的に、というと？」

鷹野に質問されて、藤村は少し考える表情になった。ぽつりぽつりと彼は答えた。

「長いこと刑事の仕事をしてきましたが、これまでに解決できなかった事件がいくつかあるんです。私はあと一年ほどで定年ですが、退職する前にひとつでも多くの迷宮入り事件を解決したい。立川事件もそうです」

穏やかさはそのままだったが、そこに強い意志が加わったように感じられる。刑事としてのプライドが彼を動かしているのかもしれない。

「解決しましょう！」相手を励《はげ》ますように塔子は言った。「被害者のため、遺族のためというのはもちろんですが、私、藤村さんのためにも全力で捜査します」

「ありがたいね。それが塔子からの退職祝いになったら嬉しいな」

本気なのか冗談なのか、そんなことを言って藤村は何度かうなずいた。

と、そこへ、うしろから低い声が聞こえてきた。

「藤村さん、特捜本部なんかに参加して大丈夫なんですか？」

歳はおそらく三十代後半。くたびれたスーツを着て、左手には皺の寄ったコートを抱えている。理髪店に行く余裕がないのか、天然パーマの髪がかなり伸びていた。紺色のネクタイを締めていたが、なぜか大きく左に曲がっている。

「赤倉《あかくら》か……」

藤村の表情が曇ったことに、塔子は気がついた。ふたりの間には何かあるようだ。

「赤倉保《たもつ》です」男性はそう言って、塔子たちに頭を下げてきた。「藤村さんと同じ、中野署刑事課に勤務しています。階級は巡査部長です」

そういえば昨日特捜本部が設置されてから、何度か顔を見ている。塔子も彼に会釈を返した。

赤倉は塔子たちにはあまり興味がないようで、すぐに藤村のほうを向いた。

「藤村さん、定年を控《ひか》えて手柄を挙げたいんでしょうが、くれぐれも勝手な行動は慎《つつし》んでくださいよ。そうでないと特捜本部全体が迷惑しますよ」

きつい言い方だな、と塔子は思った。赤倉から見て藤村は、二十年ほど先輩であるはずだ。それなのに敬意というものが感じられない。

だが藤村は甘んじてそれを受けるという様子だった。穏やかさの中に少し困ったような色を交えて、彼は答えた。

「わかっているよ、赤倉。安心してくれ。おまえの邪魔はしない」

「だったらけっこうです。じゃあ、俺は捜査に行きますんで」

身を翻《ひるがえ》して、赤倉は廊下に向かった。その背中が見えなくなるのを待ってから、塔子は藤村にそっと話しかけた。

「あの人と何かあったんですか？」

「いや……まあ、年寄りはどこへ行っても邪魔者扱いされるからね。せいぜい、みんなの足を引っ張らないように気をつけるさ」

藤村は白髪頭を掻いて、静かに笑った。何か不自然だと塔子は思ったが、それ以上尋ねるのも失礼だろう。事情は訊かないことにした。

鷹野も塔子のそばで、黙ったまま藤村をじっと見つめていた。

2

塔子たちはコートを着て、冬の町へ捜査に出かけた。

道を歩きながら、塔子は鷹野の顔を見上げる。身長差が三十センチほどあるから、話すときにはいつもこんな具合になる。

「私、今でも藤村さんには感謝しているんです。捜査指導を受けていたとき、家宅捜索で被疑者に抵抗されたことがあって……」

「どんな状況だったんだ？」

「被疑者の男は興奮して、同居の女性に刃物を突きつけたんですよ。私は男をうまく説得できませんでした。どうしていいのかわからず、一旦《いったん》引くしかないと思った。でも藤村さんは違いました。捕まっている女性のほうに声をかけたんです。まったく意外でした。被疑者の男も驚いていたようです」

「……それで？」

「藤村さんは女性を気づかって、大丈夫ですか、と穏やかに尋ねました。彼女の身元なんかを確認したあと、質問を続けて、彼女がいかにその男のことを想《おも》っているか聞き出していったんです。最初は興奮していた男も、話を聞くうち落ち着いてきて、最後には刃物を捨てました。本当に見事だと思いました。人の心に寄り添うというのは、こういうことなんだな、と」

「なるほど。それはプロの仕事だ」

鷹野も感心しているようだった。それなのに、先ほどの赤倉という刑事は藤村を見下していた。納得のいかないことだった。

ひとつ呼吸をしたあと、塔子は気を取り直して言った。

「今日はまずルミリア中野の現場確認ですね」

ふたりの間で、そういう打ち合わせができていた。昨日は人の出入りが多くて、現場をじっくり調べられなかったからだ。

「刑事は現場百遍というからな。何度か行くうち、新しい発見があるかもしれない」

塔子と鷹野は事件現場となったルミリア中野に移動した。

建物の出入り口には立入禁止テープが張られている。制服警官に挨拶してから、塔子たちはビルの中に入った。昨日は三十人以上の捜査員が集まっていたが、今は鑑識課員がちらほら見えるだけだ。彼らは各フロアをチェックしているようだった。遺体の周囲ではすでに指紋、靴跡、微細証拠品などの採取が行われたが、それ以外の場所は後回しになっていたのだろう。

ひとけの少ない一階を、鷹野は大股《おおまた》で進んでいった。塔子は歩幅が狭いから、急ぎ足で先輩のあとを追いかけた。

昨日、遺体があった場所の近くで鷹野は足を止める。そのあと、らせん階段を下から上へと目で追っていった。

「ここ、上ってもいいですか」

知り合いの鑑識課員を見つけて、鷹野は尋ねた。

「ああ、どうぞ。そこは採証済みです」若い鑑識課員は階段を指差して答えた。「足下に気をつけてください」

「ありがとう」

軽くうなずいてみせてから鷹野は階段を上り始めた。バッグを肩に掛け直して、塔子も彼に続く。

普通の階段と違って、回転しながら上っていく特殊な構造だ。塔子はドリルの刃を思い出した。十段、二十段と進んでいくうち違和感が強くなってくる。強化プラスチックを通して外が見えるのだが、目が回りそうだった。

「ここが二階だ」

鷹野の声が聞こえた。顔を上げると、一足先に彼は二階へ到着していた。持参したデジタルカメラで、階段の内外を撮影している。

らせん階段の途中で手すりが途切れ、そこが二階フロアへの接続部分になっていた。ただし、上から勢いよく転がってきたのなら、ここで止まることはないだろう。

再び鷹野は階段を上りだした。手すりにつかまりながら塔子も上を目指す。

三階への接続部分で鷹野はまた足を止めた。彼はらせん階段の外側から下を覗き見る。

「さすがにここまで上ると、けっこう高さがあるな」

鷹野の横に並んで塔子も下を見た。その直後、後悔することになった。

一階フロアからここまで、十メートルぐらいあるだろうか。あるいはそれ以上か。

吹き抜けになった広い空間の隅に、このらせん階段は直立している。耐久性に問題はないとわかっていても、どこか頼りなく感じられる。

吹き抜けの壁に設けられた窓から、陽光が射し込んでいた。ステンドグラスから入る光は、赤や青や、さまざまな色に染まっている。どこか幻想的な雰囲気だ。

塔子が黙り込んでいると、鷹野が問いかけてきた。

「どうした。気分でも悪いのか」

「鷹野さんは、高いところは平気なんでしたっけ？」

「ああ、あまり気にしたことはないな」

そう答えて鷹野はまた階段を上っていく。手すりを頼りにしながら塔子もあとを追った。

四階に着いて、ようやく塔子はらせん階段から解放された。時間にして数分というところだが、回転し続けたせいだろう、少しふらつくような気がした。

手すりから離れて、塔子は深呼吸をした。もう吹き抜けを見下ろす勇気はない。

「昨日、鑑識の鴨下さんが言っていたのはこれだな」

鷹野は四階の階段入り口にしゃがみ込み、手すりを観察している。塔子もうしろからその部分を確認した。鴨下の報告によれば、被害者の腕時計がぶつかった跡だということだ。

「なぜルミリア中野だったのか、という点についてはある程度、想像がつく」鷹野は立ち上がって、こちらを振り返った。「このビルには佐武さんの行きつけのレストランがあった。あそこだ」

彼が指差した一角には飲食店の看板があった。中華料理の店、日本料理の店などの向こうに、キリシマダイニングという文字が見える。洒落たイタリアンの店だ。

「犯人は佐武さんと一緒によくこのビルを訪れていた。だからここで事件を起こした、と?」

「さらに、解体準備中だから事件を起こすにはうってつけだった。……そう考えると、やはり連れの女性が怪しくなってくる」

「ですよね」

塔子は事件当時の状況を考えてみた。解体前だから、事件のとき辺りはかなり暗かったはずだ。佐武や犯人はハンドライトを持っていたのではないだろうか。

手すりの傷を撮影したあと、鷹野はまたらせん階段に向かった。

「よし、下りるぞ」

「えっ、今上ってきたばかりですけど」

「被害者はここから階段を落ちた。せっかく来たんだから、被害者の動きをなぞってみたほうがいい」

こちらの返事を待たずに、鷹野は階段を下り始めた。

塔子も慌ててあとに続いたが、高さを意識すると、また目が回りそうになる。できるだけ外を見ないよう気をつけながら下りていった。早くこの状態から逃れたいという気持ちのせいか、つい足早になってしまう。

一階へ出る部分まで来て、急に鷹野が立ち止まった。うわ、と声を上げて、塔子は鷹野の背中にぶつかった。

「す……すみません」

「大丈夫か。あまり急ぐと危ないぞ」

ばつの悪い思いをしながら、塔子は体勢を立て直す。それから鷹野の顔を見上げた。

「急に止まって、何かあったんですか？」

「場所がおかしい。上から転げ落ちてきたら、たぶんこうなるよな」

鷹野は鞄《かばん》を置いて床に膝をつく。そのまま横になってしまったのを見て、塔子は面食らった。

「ほら、な？」鷹野は床に寝転んだ状態で塔子を見た。「おそらくこのへんまで転がるはずだ。しかし実際、佐武さんはどうだった？」

「この辺りに横たわっていました」

塔子は床を指差した。今、鷹野がいる場所から一メートルほど正面玄関寄りの位置だ。

天井を見上げたまま、鷹野は首をかしげた。

「なぜ犯人は遺体の位置をずらしたのか。まさか、次の遺体が転がってくるから邪魔になる、というわけじゃないだろうし」

「上着を脱がせるためでしょう」塔子は言った。「最初そこに倒れていた遺体を、こうひっくり返して……」

塔子はしゃがんで、鷹野の背中の下に手を差し込んだ。力を込めて玄関の方向へ転がしてみる。鷹野の体は反転して、うつぶせの状態になった。

「ここでジャケット、ワイシャツ、アンダーシャツなどを脱がせた。そしてまた反転させて……」

もう一度玄関の方向へ鷹野を転がした。彼は元どおり仰向けになった。おおむね、遺体が発見されたのと同じ位置だ。

「なるほど」鷹野は起き上がり、コートの埃《ほこり》を払いながら言った。「そうすると、根本的な問題に行き着くよな。なぜ犯人は、遺体の上半身を裸にしたんだろう」

それについては塔子も考えているのだが、まだ納得のいく答えは出ていない。

鷹野はらせん階段の周囲を歩きだした。ひとり、ぶつぶつ言いながら何周もしている。その姿は、檻《おり》に閉じ込められた熊《くま》か何かのように見える。

「すぐには思いつきそうにないな。よし、次はフロアを順番に確認していこう」

「らせん階段で、ですか？」

「いや、エスカレーターがあるだろう。あれでいい」

塔子と鷹野は一階の売り場を見て回った。犯人の気持ちになって考えるべきだ、と塔子は思った。奴はこの廃墟に入って、どんな行動をとったのか。

一階には特に不審なものはない。鷹野はフロアの中央に戻って、停止しているエスカレーターに向かった。だがステップを歩き始めてすぐ、彼がつんのめるような動きをしたので塔子は驚いてしまった。

「大丈夫ですか」

そう言いながら自分もエスカレーターに差しかかり、同じく前のめりになってしまった。バランスを崩して鷹野の背中に、どすん、とぶつかる。

「うわ、すみません」

「慣れというのは恐ろしいな」鷹野はこちらを振り返って言った。「動いているのが当たり前だから、体がそう反応してしまったんだ」

塔子たちは足下に気をつけて、ただの階段になったエスカレーターを上っていった。

二階、三階、四階とふたりで調べていく。ときどき出会う鑑識課員たちに話を聞いてみたが、今のところ気になる点はないという。

最後に鷹野は屋上への階段を上っていった。ルミリア中野の屋上は来店客に開放されていたそうだ。

ドアを押し開けると、冷たい風が吹きつけてきた。

屋上の半分ほどのスペースに、子供向けの遊具が設置されている。丸い小さなクッションで作られた遊び場もあった。食べ物を販売する露店もいくつか並んでいたらしい。

屋上の縁のほうへ歩いていくと、フェンスの手前に望遠鏡があった。硬貨を入れると何分間か、風景が見えるというタイプだ。

フェンスの前に立って鷹野は腕組みをした。塔子も横に並んで、町の様子に目をやった。

通り沿いには雑居ビルが建ち並んでいる。車道にはバスやトラック、商用車などの列が見えた。歩道を進んでいく通行人たち。自転車で走っていく若者。町は穏やかだ。

「こうして眺《なが》めると、事件なんてどこで起こっているんだ、と思ってしまうけどな」

「たしかに……。人間って小さな存在だな、という気がします」

「その小さな存在が、社会を揺るがすような大事件を起こす。俺たちはそれを追いかけ、捜査をする。どんな犯人も逃がすわけにはいかない」

東京では常に何らかの事件が起こっている。こうして塔子たちが町を眺めている間にも、犯行計画が進んでいる可能性があった。人が社会というものを作ってしまった以上、犯罪は必ず発生する。この世から事件が消えてなくなることは、おそらくない。

塔子たち警察官はそれらの事件を根気よく、順番につぶしていかなければならないのだろう。根絶は不可能だとわかっていても、その作業を続けるしかない。

「よし、下に戻るか。早く情報を集めないとな」

そうですね、と言って塔子はうなずいた。

捜査はまだ始まったばかりだ。犯人の手がかりはいくらも得られていない。屋上でのんびりしている暇はなかった。

ふと見ると、鷹野がポケットから携帯電話を取り出すところだった。彼は通話ボタンを押して、携帯を耳に当てる。

「お疲れさまです、鷹野です。……今、ルミリア中野で現場を確認しているところですが。……ああ、そうですか。わかりました。すぐに向かいます」

電話を切ってポケットにしまうと、鷹野はこちらを向いた。

「早瀬さんからだ。科捜研で何かわかったらしい。これからすぐ話を聞きに行ってくれ、ということだった」

「手がかりがつかめるといいですね」

「科捜研で藤村さんと落ち合うことになった。あの人は今、十年前の立川事件を追っている。当時の証拠品について、報告を受けているそうだ。それが終わったら、我々と一緒に中野事件の話も聞いてもらう」

「わかりました。急ぎましょう」

塔子たちはフェンスから離れて、ひとけのない屋上を歩きだした。

科学捜査研究所は桜田門《さくらだもん》の警視庁本部庁舎、六階にある。

塔子たちが所属する捜査一課と同じフロアだが、渡り廊下を通って少し歩かなければならなかった。

ドアをノックして室内を覗くと、打ち合わせ用のスポットにふたりの男性が見えた。ひとりは今朝会った藤村忠義だ。

塔子たちが近づいていくと、彼は人なつこい顔をこちらに向け、椅子から立ち上がった。隣にいた若手の刑事も素早く立つ。

「ああ、鷹野さん。私たちは早瀬係長から命令を受けまして……」

そう言いかけた藤村に、鷹野はうなずきかけた。

「別件だそうですね。そちらの用事は済んだんですか？」

「そろそろ終わります。今、担当の方が資料を取りに行っているところでして」藤村は部屋の奥を指差した。「ああ、あの人ですよ」

そちらに目をやると、白衣を着た人物がやってくるところだった。少し形の古い黒縁眼鏡をかけた男性で、歳はたしか三十八歳。塔子たちの捜査を技術面からサポートしてくれる研究員・河上啓史郎《かわかみけいしろう》だ。

河上は真面目を絵に描いたような人物だが、塔子の姿を見ると表情を緩めた。これまでさまざまな事件でつきあいがあって、塔子や鷹野とはかなり親しい間柄だ。

「如月さん、ご無沙汰しています。……といっても、およそ一ヵ月ぶりというところですか」

「青海《あおみ》の事件ではお世話になりました」

塔子は彼に向かって会釈をした。昨年十二月に青海・台場《だいば》地区で商業施設に人の指が遺棄される事件があり、証拠品の分析などで河上に助けてもらったのだ。

河上は持ってきた資料を藤村たちに手渡した。藤村と若手刑事は椅子に腰掛け、写真を確認しながら言葉を交わしている。

塔子たち三人はパーティションの外に立ち、藤村と相棒が資料をチェックし終わるのを待った。その間に、河上が小声で話しかけてきた。

「あの……如月さん。先月の食事、つきあっていただいて、ありがとうございました」

おや、と塔子は思った。河上にしては珍しくプライベートな話だ。

青海の事件が解決したあと河上から電話があって、塔子は食事に誘われたのだった。ちょうど鷹野も夕食に行くところだったようで、一緒に台場のレストランに行った。河上が案内してくれたのはフレンチの店だったから、塔子は驚いてしまった。今までまったく知らなかったが、河上はグルメだったのかもしれない。

「あの店いかがでした？　なかなかよかったですよね」

河上が重ねて尋ねてきた。ええ、本当に、と塔子が答えようとすると、横から鷹野が口を挟んできた。

「まああですかね。鯛《たい》のポワレは、もう少し味が濃いのが一般的だと思いますがね」

すると、河上は慌てた様子で何度かうなずいた。

「そ……そうなんです。あのポワレはね、私もイマイチだと思っていました。残念でしたよね」

「でも全体に上品な味でよかったと思いますよ。お肉は柔らかかったし」と塔子。

「……ですよね。あのフィレステーキは美味しかったでしょう？」

「焼き加減がねえ……」鷹野はぶつぶつ言っている。「ミディアムで頼んだのに、あれは火を通しすぎじゃないかなあ」

塔子は鷹野の顔を見上げ、眉をひそめて軽く睨《にら》んだ。

「ちょっと鷹野さん。要求レベルが高すぎるんじゃないですか？　それじゃ、お料理が楽しめないでしょう」

「いや、楽しむというより、ものを食べに行くわけだから」

「そんなことはないと思いますよ」河上が鷹野のほうを向いた。「文句ばかり言っていたら、せっかくの料理もまずくなります。鷹野さんは、その……少し他人に厳しすぎるんじゃないですかね」

鷹野は黙り込んでしまった。河上も相手から視線を逸らし、口を閉ざしている。

──あれ？　なんか空気が悪いような……。

ふたりの顔を見比べながら、塔子はそう思った。子供ではあるまいし、鷹野も河上も、料理のことぐらいで何を怒っているのだろう。

「また食べに行けばいいじゃないですか。あ、そうだ！　どちらもグルメみたいだし、今度、鷹野さんと河上さん、ふたりで食べ歩きをしたらどうです？」

塔子がそう言うと、河上は目を丸くした。鷹野のほうは口をへの字に曲げて、こめかみを掻いている。

「河上さん、どうもありがとうございました」

打ち合わせスポットから藤村の声が聞こえた。彼は資料を鞄にしまい込んだあと、椅子から立ち上がった。

「鷹野さん、お待たせしました。私のほうの打ち合わせは、これで終わりです。……塔子も待たせて悪かったな」

「と、塔子？」

ぎくりとした様子で河上が藤村を見つめた。信じられない、と言いたげな顔をしている。

それを見て藤村が、しまった、という表情を浮かべた。いつもの癖でまた、下の名前で呼んでしまったようだ。

河上は眼鏡のフレームを押し上げ、小声で塔子に尋ねてきた。

「あの、如月さんと藤村さんは、どういうご関係で？」

「藤村さんは父の古い知り合いで、子供のころから私のことを知っているんです。私が所轄の刑事になったときには、捜査指導もしてくれました。当時から私、塔子と呼ばれていまして」

「へ……へえ、そうなんですか」

落ち着かない顔で河上は言った。そのあと彼は鷹野を呼んだ。

「ちょっとこちらへ」

河上は鷹野を部屋の隅へ連れていき、低い声でぼそぼそと何か話している。ときどき「だって」とか「しかし」とか「ですよね」とかいう声が漏れてくる。

一分ほどで、ふたりは打ち合わせスポットに戻ってきた。腕時計を見てから、河上は言った。

「藤村さんはここまでですよね。気をつけてお帰りください」

「いや、早瀬係長の指示を受けていましてね。鷹野さんたちの打ち合わせにも同席して、情報を共有するようにと」

「え……。本当に？」

「そうだよな、塔子」

藤村はこちらに問いかけてきた。ええ、と塔子は答える。

「早瀬係長から鷹野さんへ、そういう電話がありました」

河上は鷹野の顔を見た。うん、と鷹野はうなずく。

何か言いたそうだったが、河上は口を開かなかった。えへん、えへんと何度も空咳《からせき》をしている。そのあとひとつ深呼吸をしてから、彼は自分の机に向かった。二分後、人数分の資料を用意して、河上は打ち合わせスポットにやってきた。

「わかりました。では、進めましょうか」

スポットのテーブルにある椅子は四脚だ。塔子と鷹野を空いている椅子に座らせ、河上自身は事務机の椅子を運んできて腰掛けた。

鷹野組と藤村組が合流して、二件目の打ち合わせが始まった。

「十年前の立川事件で被害者・森達雄は何者かに義眼を外され、持ち去られました」

河上は説明を始めた。「通院歴やカルテを調べた結果、病気で眼球を摘出したものと判明しました。彼が使っていたのはごく一般的な半球形の義眼だと思われます。材質はプラスチック。個人によって形、大きさなどが異なるため、多くの場合、義眼はオーダーメイドとなるようですね」

ここで河上は、持ってきた資料を塔子たちに配った。

「一方、中野事件では左の眼球が抉り取られています。眼窩の周辺を調べたところ、小型の刃物を使ったことがわかりました。おそらく薄刃のナイフか、それに類するものでしょう。眼窩の周りの骨と眼球の間に刃を刺し込んでいますから、眼球を破裂させないようにしたのではないかと……」

「まさに『抉る』という感じだったわけですね」

鷹野は手首を返して、何かをほじくるような動作をしてみせた。

「そうだと思います」河上はうなずいた。「なぜ犯人がそうしたのかはわかりません。ですが、立川事件を真似したかったのではないか、という想像はできます」

「特捜本部ではオカルトに近いような意見も出ましたよ。立川の被害者が宗教団体の教祖でしたから、何か関係あるんじゃないかと。あるいは、アヌビス神と関わりがあるのかもしれない、とか……」

「古代エジプトではミイラが数多く作られましたが、問題になったのは内臓でした」

河上は自分の腹部を指でつついた。「腐敗してしまうとまずいんですね。それで、遺体から内臓を取り出したあとで、ミイラを作ったそうです」

「今回は左目でしたけど」と塔子。

「ミイラを作るのに眼球を摘出する、という話はあまり聞きません。ただ、臓器を取り出す、抉り出すという意味では、通じるところがあるように思います」

ここで塔子は、尾留川の言葉を思い出した。中野事件でなぜ犯人は上衣だけ脱がせたのか、という話が出たときのことだ。

「本当は内臓まで全部取り出すつもりだった、とか……」

塔子がつぶやくと、河上はびくりと体を動かした。テーブルの向こうで、藤村とその相棒は眉をひそめている。

「途中で邪魔が入ったとか時間切れになったとか。そういうのは考えすぎでしょうか」

塔子に問いかけられ、河上は腕組みをして考え込む。

「そうですね……。ちょっと飛躍しているかな、という印象はありますが」

「アヌビスという名前にこだわりすぎじゃないかな」鷹野が言った。「立川事件では、意図的な死体損壊はなかったぞ。今回の中野事件で、急にミイラ作りを始めたというのか？」

「うーん、やっぱり変ですかね。藤村さんはどう思います？」

塔子に訊かれて、藤村は驚いたようだ。しばらくまばたきをしていたが、やがて彼はつぶやいた。

「左目というところに、何か意味があるのかな」

「どういうことです？」

「いや、何となくそう思っただけなんだが……」

塔子は左目をつぶってみた。それから右目をつぶった。犯人にとって、左目を奪うことにはどんな意味があったのか。アヌビスにとって、左目は右目より価値のあるものだったのだろうか。

「別の話なんですが、よろしいですか」

河上が口調を変えて尋ねてきた。鷹野は右手を差し出し、どうぞ、という手振りをする。

「佐武恭平の左の眼窩付近に、塩素系漂白剤が付着していたんです」

「塩素系漂白剤？」

塔子と鷹野は思わず顔を見合わせた。なぜここで、年末の大掃除のようなものが出てくるのだろう。

「私の家にもありますよ。台所で食器を漂白するのに使うものですよね」

「そのほか衣類にも使うようです。その漂白剤が、左の眼窩のそばに付いていたんです」

「どういうことでしょう。目を抉り出すのに、そんなものが必要とは思えないし。……それとも鷹野さん、何か特殊な使い方がありますかね？」

塔子に訊かれて、鷹野はまばたきをした。

「特殊な使い方というのは？」

「たとえば眼球を溶かすのに塩素系漂白剤が有効だったとか……。犯人は刃物も使ったけれど、もっと簡単に目玉を取り出すため、薬品を使ったんじゃないでしょうか」

戸惑うような顔をして、鷹野は河上のほうを向いた。河上は左右に首を振る。

「酸との化学反応で塩素ガスを出す、といった危険性はありますが、眼球を溶かすようなことはないはずです」

藤村たちも不可解だという顔で黙り込んでいる。

漂白剤、漂白剤、とつぶやいているうち、塔子ははっとした。

「ちょっと待ってください。佐武さんは上半身の服を脱がされていましたよね。洋服と漂白剤。その関係はすぐに思い浮かびます」

「洋服に付いた汚れを漂白剤で落とそうとした、ということか？」

「そうです。昨日、門脇主任も言っていましたが、汚れというのは犯人の血液じゃないでしょうか。被害者の眼窩の周りや洋服に、自分の血が付着してしまった。眼窩の周りだけは、その場できれいにすることができました。でも洋服の汚れはなかなか落とせません。それで遺体から脱がせることにしたんです」

「ジャケット、ワイシャツ、アンダーシャツ……全部か？」

「実際にはジャケットに血が付いただけだったのかもしれません。でも作為がばれないよう、上半身すべての服を脱がせたんですよ」

鷹野は黙って、しばらく考え込んだ。低い声で唸っていたが、そのうち彼はまた河上のほうを向いた。

「遺体から、被害者以外の血液は検出されましたっけ？」

「いえ、見つかっていません」

「それこそ漂白剤の威力じゃありませんか？」塔子は言った。「目を抉っているとき犯人は怪我をした。眼窩の近くやジャケットに自分の血が付いてしまった。それで漂白剤を使ったんじゃないでしょうか」

「その漂白剤はどこから出てきたんだ？」鷹野は首をかしげる。

「ルミリア中野にあったんだと思います。たとえばトイレの用具入れなんかに」

それを聞いて、鷹野は意外だという顔をした。

「可能性はあるな。わかった。あとで早瀬さんに確認してもらおう。……しかし、如月からそんなアイデアが出るとは思わなかった」

「なかなかやるじゃないか、塔子——いや、如月巡査部長。さすが、俺の育てた刑事だよ」

藤村は自慢げにうなずいている。

打ち合わせを終えて、塔子は資料をバッグにしまい込んだ。

鷹野は携帯を取り出し、早速、塩素系漂白剤の件を早瀬に連絡しているようだ。

「河上さん、ありがとうございました」塔子は会釈をした。「いつも助けていただいて、感謝しています」

「いえ、自分の仕事をしたまでですから」河上は口元を緩める。

と、そのとき、鷹野の声が大きく響いた。

「本当ですか？　それは間違いないんでしょうか？」

塔子たちは驚いて、彼のほうに目を向けた。鷹野は険しい顔で携帯を握り締めている。明らかに動揺していることがわかった。

「……ええ、すぐに臨場します。詳しい所在地はメールしてください。……わかりました。お願いします」

電話を切ってから数秒、鷹野は黙り込んでいた。彼のそんな姿を見るのは珍しい。

「何かあったんですか？」

声をひそめて塔子は尋ねた。我に返った様子で、鷹野はこちらを向いた。

「建設工事中のビルで、男性の遺体が発見された。どうやら階段から転落したらしい。その遺体の左目が抉られているそうだ。中野事件と同じ人物の犯行だと思われる」

冷たい手で背中を触られたような、ぞくりとする感覚があった。現場の様子を想像して、塔子は大きな衝撃を受けた。

——恐れていたことが起こってしまった……。

捜査会議でも、次の被害者が出るのではないかと、みな気にしていた。すぐにも犯人を突き止めるよう、神谷課長は捜査員たちに強く指示していた。それなのに、あらたな殺人事件が発生してしまったのだ。

塔子は唇《くちびる》を嚙んだ。いったい、今度は誰がアヌビスの犠牲になったというのか。

「なんてことだ……」

うしろから声が聞こえた。振り返ると、藤村が両目を大きく見開いていた。

「塔子、大変なことになった。俺の責任かもしれない。十年前、立川事件を解決していれば、こんなことにはならなかったんだ。あのときの捜査で犯人を捕らえていれば……」

温和な藤村がこんな表情を見せるのは初めてかもしれない。それだけ強い後悔と、自責の念にとらわれているのだろう。

「とにかく現場へ行きましょう。場所は目黒《めぐろ》です」

そう言って鷹野は鞄を手に取った。河上に挨拶をして、塔子たちは足早に廊下へ向かった。

3

タクシーはJR目黒駅のそばを通り、坂を下っていく。

目的地で塔子は料金を払い、助手席から外に出た。後部座席からは鷹野、藤村、若手刑事が降りてきた。

七階建てのビルが目の前にあった。周囲にはぐるりと仮囲いが設けてあり、中を覗くことはできない。

ただ、中野の現場が廃墟だったのに対して、このビルは建設工事の途中だ。歩道もきれいに整備されているし、外壁にも新しい建材が使われている。

正面入り口の横に通用口がある。工事内容の表示板によると、ここは「グランドテラス目黒」という建物らしい。

通用口のそばに早瀬係長と門脇が立っていた。ふたりは塔子たちの姿を見ると、ほぼ同時に手招きをした。どちらも白い手袋をつけている。

「遅くなりました。鑑識の作業は？」

鷹野が尋ねると、早瀬は硬い表情のままうなずいた。

「さっき終わったところだ。鷹野たちが到着するのを待っていた」

塔子は通用口のドアに注目した。ルミリア中野のときと同じで、ノブの脇に数字の書かれたボタンが付いている。

「中野と同じタイプですね。犯人はこの錠に詳しいんでしょうか」

「そうかもしれない。……よし、中に入るぞ」

門脇が通用口のドアを開けた。学生時代にラグビーをやっていた彼は肩幅が広く、体ががっしりしている。付いたあだ名はラッセル車だ。今まさに彼は、先頭に立ってほかの捜査員たちを率いていく。門脇のうしろに早瀬、鷹野、塔子と続き、そのあとに藤村と相棒が遠慮がちについてきた。若手刑事はまだこうした殺人事件の現場に慣れていないのかもしれない。

　歩きながら、塔子は両手に白手袋を嵌めた。鷹野や藤村たちも同様だ。

　この建物は一階、二階が店舗などのフロアで、三階から上がマンションになっているようだった。

　まだ内装工事中らしい飲食店の前を通り、向かって左側に進んでいく。住民用のエントランスに入り、管理人室の横を抜けた。その先のドアが開かれていて、階段室が見えている。ブルーシートが張ってあるせいで、そこが遺体発見現場だとわかった。ドアのそばに小柄な鑑識主任が立っていた。今日は鴨下とは別のチームが臨場しているらしい。

「現場の確認ですね。どうぞ、この奥になります」

　主任がブルーシートをめくって、塔子たちを階段室に案内してくれた。建物には当然エレベーターが設置されているから、この階段は非常用のものだ。

　現場は今、鑑識の照明器具で明るく照らされている。

　五十代ぐらいの男性が、仰向けに横たわっていた。眉毛が濃く、彫りが深くて強面《こわもて》と言える人相だ。顔の左半分が血に染まっていた。

　――犯人はまた左目を奪っていった……。

　なぜ奴がそんなことをするのか塔子にはわからない。わからないから、よけいに怒りが湧《わ》いてくる。犯人は猟奇的な犯行を楽しんでいるのだろうか。奪った左目を眺めて、悦に入《い》っているのか。そんな場面を想像して、塔子はひとり眉をひそめた。

ただ、これが重大な手がかりになるのは事実だった。奴は左の眼球に固執している。連続して左目が奪われたことから、それは明らかだ。

「死亡したあと、鋭利な刃物で左目が抉り出されています。それから、この腕を見てもらえますか」

鑑識の主任は、遺体の右腕を指差した。塔子たちはその部分に注目する。じっくり観察すると、右腕が不自然な形に曲がっているのがわかった。左腕もそうだ。

「腕の骨折ですね？」塔子は尋ねた。

「ええ。右腕と左腕、両方なんですが、一点に強い力を加えて折ったように見えます。つまり足で勢いよく踏みつけるとか、バットのようなものを叩きつけるとか……」

「え……。階段から落ちたとき、折れたんじゃないんですか？」

「たぶん違います。この階段には、充分な広さの踊り場があるんですよ。勢いよく転がり落ちたとしても、途中の踊り場で止まってしまうはずです」

中野事件とは状況が違っている、ということだ。

「被害者はどこから落ちたんですか？」と鷹野。

「詳しい分析はこれからですが、四階だと思われます。階段室に争ったような、複数の轍跡がありました。ひとつは被害者のものと確認できています」

「四階から落ちて、被害者は途中の踊り場で止まった。そのたびに犯人が体を押して、また階段を転がるようにした、ということですか？」

「そう考えるのが、もっとも合理的だと思います」

「妙な話じゃないか」門脇が腕組みをして言った。「なぜ、わざわざそんなことをする必要がある？」

「遺体の状況を同じにするため、でしょうね」

鷹野が答えると、門脇は怪訝そうな顔になった。

「……遺体を必ず一階まで落とす、ということか？」

「十年前の事件もそうだったし、昨日の中野事件もそうでした。今回も同じような現場にしたかったんでしょう」

「理由は？」

「わかりません。犯人のこだわりなのか、何か目的があったのか。……そういえば、今回は洋服を脱がされていませんね。状況が違っているのは気になります」

遺体を見ながら鷹野は考え込む。その隣で、鑑識の主任が説明を続けた。

「何らかの理由があって、犯人は一階まで被害者を転がしていった。でも大きな衝撃ではないから、たいした骨折はしなかった。それを知った犯人は、直接的な行動をとって腕を折った、ということだと思います。……私は臨場していませんが、中野の遺体は六ヵ所に骨折があったんですよね？」

「ええ」鷹野はうなずいた。「犯人はそれと同じ形にしたかったのではないかと」

「しかし、死因までは似せられなかったようです」主任は続けた。「話が前後しますが、この男性はロープなどで首を絞められているんです。転落させられたあと、殺害されたと考えられます」

遺体を見下ろしていた鷹野が、ふと顔を上げた。

「なるほど……。中野事件と同じ形を目指すなら、四階から階段を転落させ、頸椎を骨折させる必要があった。頭蓋《ずがい》骨骨折とか、そのほかの死因でもかまわなかったとは思いますがね。しかしやってみると頸椎骨折どころか、腕の骨も折れずに、被害者は呻《うめ》いている。仕方なく犯人はロープで絞め殺した。さらに遺体の腕を折り、左目を抉り出した。そういう経緯だったのかもしれません」

塔子は事件当時の様子を想像して眉をひそめた。階段を落とされ、被害者は痛みに苦しんでいた。その首にロープをかけ、犯人は力ずくで命を奪ったのだろう。さらに死体損壊まで行った犯人は、いったいどんな表情を浮かべていたのか。淡々と作業をするように無表情でいたのか。それとも冷たい笑みを浮かべ、楽しむように遺体を傷つけたのだろうか。

「殺害の方法は少し異なるが、環境のせいだと見るべきだろう」早瀬係長が冷静な口調で言った。「犯人はアヌビスを名乗る人物だと考えられる。……藤村さん、あなたは十年前の事件を詳しく覚えていますよね。どう思います？」

急に訊かれて藤村は戸惑っているようだ。彼の顔はひどく強《こわ》ばっていた。

「私は……」絞り出すように藤村は言った。「アヌビスという人物を見たことはありません。ですが、奴は間違いなく存在します。この十年、あいつは水面下で何かを企《たくら》んでいたんです。今回の事件が起きてしまったのは、たぶん私の責任なんです」

藤村という人は、警察の中では少し浮いた存在だった。警察官は誰の前でも毅《き》然《ぜん》とした態度をとるべきだが、彼はいつも穏やかな表情で相手に接する。優しい性格なのだ、と塔子は理解していた。

だがその藤村が今、見たことのないほど険しい表情を浮かべている。いや、ただ険しいというだけではない。あれは悔恨と苦悩の入り混じった顔ではないだろうか。

コンビを組んでいる若手刑事は、藤村にどう接したらいいかわからない、という様子だった。経験の少ない彼では、それも仕方のないことだろう。

「藤村さん、気持ちはよくわかります」塔子は言った。「今度こそ奴を捕まえましょう。みんなで協力して必ず逮捕するんです」

「そうだな。そのとおりだ」

藤村はぎこちなくうなずいた。彼の中には、十年前に犯人を捕らえていれば、という後悔があるのだろう。藤村さんらしいことだ、と塔子は思った。彼は粘《ねば》り強《づよ》い捜査を得意とする人だが、刑事としては穏やかすぎる一面を持っている。その性格ゆえに、どんな場合でも最後には自分自身を責めてしまうのだ。十年前の事件についても、すべて自分の責任だと感じているのではないだろうか。

一方で、塔子の中にも後悔があった。早く犯人の手がかりがつかめていれば、もしかしたらこの男性は死なずに済んだかもしれないのだ。

――死の間際、この人は助けを求めていただろうに……。

塔子は唇を噛んだ。

気を取り直した様子で、早瀬が鑑識の主任に尋ねた。

「被害者の身元はわかっていますか？」

「そうでしたね」主任は証拠品保管袋を差し出した。「財布や携帯はなかったんですが、所持品の中に手帳がありました。片岡昭宏《かたおかあきひろ》さん、五十二歳。自宅は荻窪《おぎくぼ》です。吉《きち》祥寺《じょうじ》にある健康食品の販売会社を経営しているようです」

塔子はその情報をメモ帳に書き込んだ。

早瀬は腕時計をちらりと見てから、塔子たちのほうを向いた。

「鷹野と如月は荻窪に行って、被害者の自宅を調べてくれ。そのあと勤務先や交友関係を探ってほしい」

「了解しました」

塔子は鑑識の主任から手帳を受け取った。アドレス帳のページには取引先や知人の名前が記されている。健康食品販売会社のことも書かれていた。塔子はそれらをメモしていった。

念のためということだろう。鷹野がデジカメを取り出し、アドレス帳のページを撮影してくれた。

「犯人は手帳を残していった、か」鷹野はつぶやいた。「財布や携帯は持っていったのにな」

「……中野事件でも、免許証は残してありましたね」と塔子。

「この犯人、被害者の身元を隠すつもりはないようだ」

そう言って、鷹野はさらに写真を撮り続けた。

片岡昭宏の自宅は、ＪＲ荻窪駅から歩いて十分ほどの場所にあった。

住宅街の中にある、二階建ての木造アパートだ。室内はあまり広くないようで、共用通路に洗濯機を設置するスペースがある。かなり古いタイプの建物だと思われた。

近くに住んでいた大家を訪ねて、塔子は事情を説明した。殺人事件が起こったと聞いて、大家の男性はひどく驚いていた。

「片岡さんは独身でしたか？　職業について何かご存じのことは？」

鷹野が尋ねると、大家は記憶をたどるように首をかしげた。

「独身なのは間違いありません。女性が出入りしていたという話も聞きませんでした。職業は……ええと、覚えていないです。何かのお店をやっているとか」

「そうですか。ありがとうございます」

「それにしても、片岡さんが殺されるなんて……」

大家は動揺しているようだ。驚くのも無理はない、と塔子は思った。彼の身辺で起こる犯罪といったら、ほとんどは車上荒らしや空き巣狙《ねら》い、窃盗などだろう。

大家に開錠してもらい、塔子と鷹野は手袋を嵌めてドアを開けた。

「すみませんが、外で待っていてもらえますか」

鷹野が言うと、大家は小さくうなずいた。捜査の内容に興味はあるようだが、無理に覗こうという気はないらしい。

塔子たちは靴を脱いで部屋に上がった。間取りは２ＤＫだ。

思ったとおり古い造りのアパートだった。壁や床の様子からすると、築四、五十年はたっているようだ。それに加えて、片岡という男性はあまり掃除が得意ではなかったらしい。流しのそばには空のペットボトルが何本も置いてあったし、居間の床には雑誌の山が出来ている。洗濯物も室内に干したままだ。

「こういう部屋の捜索は、やり甲斐《がい》がある」鷹野は言った。「どこに何が隠れているかわからないぞ。慎重に探してくれ」

「私は居間を調べます。書棚やカラーボックスに何かあるかもしれません」

「わかった。俺は寝室を調べる。クローゼットがあるはずだ」

手分けして捜索を始めた。

片岡は犯人ではないから、ここで不審なものが見つかるとは限らない。だが通り魔的な事件でない限り、被害者の身辺に何か手がかりが残されている可能性はある。場合によっては、脅迫状などが出てくることも考えられる。

六畳の居間にはテレビやパソコンデスク、オーディオ機器、カラーボックス、書棚などがあった。パソコンデスク、カラーボックスを調べたあと、塔子は書棚に向かった。読書家というわけではなさそうだが、それなりに書籍が並んでいる。目立つのは自然科学系の本だ。食品、栄養、薬品、医療、心理学などの本。さらに死生学、夢占い、運命論、宇宙人、超能力など、オカルト的なものやスピリチュアル系のものが目についた。

「どうだ、何か見つかったか」

寝室の捜索を終えて、鷹野が居間にやってきた。塔子は本を数冊手にしたまま、彼のほうを向く。

「何かこう、心霊的なものに興味を持っていたようなんですが……」

「そっちにもあったか。寝室のカラーボックスにも、スピリチュアル系の雑誌がたくさんあった」

「それから、気になるのはこれです」

塔子は持っていた書籍を差し出した。癌《がん》などの治療について書かれた本なのだが、体を温めて免疫力を高めるとか、栄養面で体質を変えるとか、特定の食品や飲料を摂取するなどの内容だ。これらは民間療法と呼ばれるものだろう。中には、森林浴で大地のエネルギーを取り込むとか、宇宙から降り注ぐ何かを受け取るとか、そんな方法も交じっていた。

「どうも、私には信じられないようなものばかりです」と塔子。

鷹野は本を受け取って、ぱらぱらとページをめくった。

「なるほど。……ところどころ信じがたい部分もあるが、すべて疑似科学だと切り捨ててしまうのも難しいな。たとえば森林浴だが、ストレスが減ってリラックスできるという効果はあるだろう。目には見えないが、ストレスは万病のもとだ。都会に住む人間が森の中へ行けば、実際、健康になれるかもしれない」

「でもそれ、大地のエネルギーというわけじゃないですよね」

「まあ……そこは表現の仕方だよな。如月のように、呼び方に抵抗がある人もいると思う。しかし森で暮らして病気が回復した人にとっては、まさに大地のエネルギーとしか言いようがないんだろう」

塔子は意外に感じた。鷹野がそんなことを言うとは思わなかったからだ。

「鷹野さんは、スピリチュアル的なものに抵抗はないんですか？」

今まで気にしたことがなかったが、もしそうだとしたら、今後は言葉に注意したほうがいいかもしれない。

真剣な顔で塔子が見ているのに気づいて、鷹野は口元を緩めた。

「いや、俺自身はそういう立場ではないけどね。ただ、死を意識するようになったとき、人間はずいぶん変わるらしいよ。それまで見えなかったものが見えてくるというか、ものの価値観がまったく変わるというか」

「そういうものでしょうか」

半信半疑という思いで、塔子は鷹野に尋ねる。

「ガチガチの理論派だった科学者が晩年、急に霊的なものに目覚めた、なんて話もある。そんなところも、科学で説明できたらすっきりするんだろうが……」

「鷹野さんはガチガチの理論派のほうですよね」

「今はそうだが、この先どうなるかはわからない。死を待つ本人もそうだし、周りの人間もね。まったく、不可解なことだ」

表情を曇らせながら彼は言った。何か過去の出来事を思い出しているように見える。

「もしかして、鷹野さんの知り合いに誰か……」

塔子がそう言いかけると、鷹野はわざとらしく咳払いをして話題を変えた。

「つまらないことを話したな。すまない。作業を続けよう」

「わかりました……」

塔子はうなずいて再び書棚に向かった。だが、先ほどの鷹野の様子が気になって仕方がなかった。

一口にスピリチュアル系と言っても、その範囲はかなり広いように思われる。鷹野の言うとおり、一概にそれらを根拠のないものと呼ぶわけにはいかないのかもしれない。特に、食品や飲み物から特定の効果を得る方法は、古くから伝えられてきたものでもある。薬草の効用を無視するとしたら、漢方薬などをすべて否定することにもなりかねない。

ただ、それにしても片岡の蔵書には怪しげなものが多かった。科学的な治療を否定して、ある植物を煎《せん》じて飲めば病気が治る、とする本もある。これは代替医療と呼ばれるものだろう。

「片岡さん自身、どこか具合が悪かったんでしょうか」

「あるいは、身内や知り合いに病気の人がいたのか……」

鷹野はデジタルカメラを構えて、書棚を撮影し始めた。それから本を一冊ずつ手に取り、ページをめくっていく。奥付を見て、彼はわずかに首をかしげた。

「三十年以上前のものか」別の本を調べて、また鷹野は言った。「こっちもそうだ」

「古書店で買ったんでしょうか」

「いや、値札ラベルが貼ってあった形跡はないし、研磨した跡もない。昔、新刊で買ったんだろう。三十年以上前から、片岡さんはこのジャンルに興味を持っていたようだ。……ええと、これは東京西部の地図か。こんなところに付箋《ふせん》が貼ってある」

鷹野はぶつぶつ言いながら、本を調べ続けている。

その横で、塔子は雑誌の並ぶ段を調べ始めた。週刊誌が何冊もあるので不思議に思ったが、ページをめくっていくうち理由がわかった。特集記事として代替医療のことや、薬草、健康増進法などが載っていたのだ。片岡が相当熱心に情報を集めていたことがわかる。

しかし、一冊だけ代替医療の記事が見当たらない雑誌があった。今から三ヵ月前の週刊誌だ。

おかしいな、と思いながら調べていくと、角を折り曲げたページが見つかった。そこにはこんな記事が載っている。

《健康食品販売の闇？　アークサロン東京の黒い噂》

ざっと目を通してみた。吉祥寺にアークサロン東京という会社がある。健康食品の販売を行っているのだが、その実態は会員に商品を卸して個々に販売させるもので、いわゆるマルチ商法であるという。マルチ商法自体は法律に引っかかるものではないが、記者が詳しく取材したところ、商品はかなり高額なもので、しかもクーリングオフについて事前に説明しないなど、ルール違反が多数ある。そのせいで購入者との間にトラブルが起こっているそうだ。また、会員に高い販売目標を持たせ、達成できない場合は親戚《しんせき》や知人に強引な販売をさせるなど、社会的な問題も生じているという。

この記事を読んで思い出したことがあった。

「たしか片岡さんは、健康食品の販売会社を経営していましたよね」

「ああ、そういう話だった」

鷹野も誌面から顔を上げて深くうなずく。

塔子はバッグからメモ帳を取り出した。先ほどの事件現場で、片岡の手帳を書き写したページを開いてみた。

「やはりそうです！　片岡さんの経営していた会社はアークサロン東京です」

「一見して、健康食品を販売するようには思えない社名だよな」

「そこがまた怪しく見えますね」

記事の中で、アークサロン東京の幹部は「K」「N」という頭文字で記されているだけだった。Kというのは片岡昭宏のことではないだろうか。

三ヵ月前、アークサロン東京を告発するような記事が週刊誌に載った。片岡としては当然それが気になったはずだ。片岡はこの週刊誌を買い、その上でNという人物と善後策を相談したのではないか。

鷹野は何か思いついたという様子で携帯を取り出し、どこかへ架電した。

「ああ、尾留川か。おまえはデータ分析班だったよな。ちょっと調べてほしいことがあるんだ」

鷹野はアークサロン東京の件で警察が動いたかどうか、尾留川に確認してもらったようだ。五分ほどで電話を切ると、彼はこちらを向いた。

「表立った捜査は行われていないな。もちろん、水面下で所轄の刑事が動いていた可能性はあるが……」

知能犯捜査の場合、まず事件として成立するかどうか、という部分から刑事は調べていくことになる。もしこの件で捜査員が動いていたとしても、立件できるだけの材料が揃わなければ警察は手出しできない、ということになる。

「この部屋を調べ終わったら、アークサロンに行ってみましょう」

塔子は鷹野とふたり、残りの本を手早くチェックしていった。

4

疑似科学、代替医療、健康食品、そしてマルチ商法。それらの情報がつながって、何かを指し示しているような気がする。自分たちの捜査は今、大きな転換点に差しかかっているのではないだろうか。

吉祥寺駅から五分ほど歩いた場所に、目的の雑居ビルがあった。その一階にアークサロン東京の看板が出ている。

正面のガラスドアから内部が見えた。店舗と倉庫を併設したスペースらしい。会社で扱っている健康食品だろうか、壁際に数多くの段ボール箱が積み上げてある。七、八人の男女が箱の中身を取り出し、テーブルの上で仕分け作業をしているようだった。

鷹野はしばらく様子をうかがっていたが、やがて塔子にささやいた。

「ごく普通に仕事をしているな。店舗の従業員は、まだ社長の死を知らされていないようだ」

現在、会社の上層部が警察とやりとりをしている、ということだろう。

「ごめんください」ドアを開けて鷹野は言った。

「はい、何でしょう」

近くにいた眼鏡の男性が、作業の手を止めて尋ねてきた。歳は四十代前半というところだろう。ネームバッジには《小谷《こたに》》とあった。暖かそうな白いセーターと茶色のスラックスを身に着け、エプロンを掛けている。

「ここで健康食品を扱っていると聞いたんですが……」

鷹野が尋ねると、小谷は申し訳ないという顔で首を横に振った。

「すみません、店舗ということになっていますけど、ここでは販売していないんですよ。ご購入いただく場合は、うちの会員からお求めいただく形になります」

「会員というのは？」

「うちと契約している販売員、というふうに思ってもらえれば」

「それは知りませんでした。……ところで、どんな商品を扱っているんですか。よかったら、ちょっと見せてもらえませんか」

どうやら鷹野は一般の買い物客を演じているようだ。週刊誌の記事を意識して、現場の社員から生の声を聞こうと考えたのだろう。塔子から見て、その演技自体は自然なものだと思われた。だが話の内容が引っかかったのか、小谷の表情が硬くなった。

「取扱い商品はホームページに載っていますので、確認していただけますか?」

失礼な言い方ではないが、警戒していることがよくわかる。

「ああ、なるほど」鷹野は咳払いをした。「仕事で近くまで来たんですが、吉祥寺にこちらのお店があると思い出したもので……。急に押しかけてしまって申し訳ありません」

「いえ、まあ……」

「じつは身内に具合の悪い者がいるんです。病院で出される薬は、使い方によっては毒にもなりますよね。身内にはできるだけ自然のものを食べさせて、少しでも長生きしてもらえないかと思っていまして」

それを聞いて、小谷の顔から警戒の色が薄れたようだった。

「どこがお悪いんですか?」

「肝臓を長く患っているんです」

「そうでしたか。薬をのみすぎると肝臓が悪くなることがありますからね。お察しします」

「最初は急性肝炎のような状態だったんです。ずっと薬をのんでいたものですから、一度服用を中断して原因を探ろう、という話になったんですが、なかなかわからないんですよね。本人は疲れやすいというし、肌荒れもひどいし。もっと早く気づいてあげればよかったんですが、私も仕事が忙しくて……」

鷹野は顔を曇らせる。後悔しているという気持ちがよく伝わってくる表情だ。

「薬を中断するとなると、健康食品に頼るしかないですね」

慰めるような口調で小谷は言った。鷹野は深くうなずいて、

「それで、こちらの会社でいろいろ教えていただけたらと思ったんです」

「うちは、母親が脳梗塞《のうこうそく》で倒れたんですよ。リハビリをしても、よくならなくて……。でもアークサロン東京で扱っている生薬をのんだら、腕が動くようになったんです。私、感激してしまって、今はこの会社で働いています」

「何か特別な生薬なんでしょうか」

「中国から取り寄せたものとか、奄美大島《あまみおおしま》の農家から買ったものとか、いろいろ使っていますよ」

「だとすると、かなり高いんでしょうね」

「高いかどうかは本人の気持ち次第だと思います。値段をとるか効き目をとるか、ということでしょう。母があと何年頑張れるかわかりませんが、私はお金が許す限り、前向きに生きてほしいと思っています。だから生薬をのませているんです」

はたして真相はどうなのだろう、と塔子は考えた。彼の母は、実際に生薬のおかげで回復したのか。それとも偶然そうなったのか。あるいは、いい薬をのんだという気

持ちが回復に役立ったのか。

「ここで働いている方は、みなさん、いろいろな事情で？」

鷹野は声を低めて尋ねた。だが今の質問は、ほかの社員たちにも聞こえているはずだ。

「多かれ少なかれ、病気で苦労している人たちですよ」小谷は言った。「家族が病気だという人もいるし、中には自分が病気だという人もね。みんな、藁《わら》にもすがる思いでやってきて、この会社の商品を試したんです。効果が出れば、やっぱり使ってよかったという気持ちになりますよね。ほかの人にもぜひ勧めてあげたいと思うわけで……。みんなそうですよ」

彼のうしろにいた社員たちも、小さくうなずいていた。

片岡の部屋で鷹野が話していたとおり、死を意識すると人間は変わるのかもしれない。死を間近に控えた本人もそうだし、周りの人間たちも同様なのだろう。

「社会に貢献している会社、というわけですよね。社長さんとは、そういうことをお話しになっていますか？」

「いえ、社長は忙しい人ですから」

「こちらの会社、社長さんは片岡さんという方ですよね。あともうひとり、一緒に経営している方が……」

鷹野が言いかけたとき、出入り口のドアを開けてジャンパー姿の男性が入ってきた。ドアの外、路上には軽ワゴン車が停まっている。

「こんにちは。午後便の引き取りにうかがいました」

帽子をかぶった運送業者だ。歳は四十ぐらいだろうか。面長で真面目そうな雰囲気がある。グリーンのジャンパーは薄手で、少し汚れや変色がみられた。小谷たちに比べると寒々しく見える服装だ。

「あ、里見《さとみ》さん。待っていたんですよ」

小谷は鷹野から離れ、運送業者のほうへ近づいていった。業者が来てくれてちょうどよかった、と思っているようだ。

「今日の荷物はここにある二十箱」小谷はテーブルに積んである、小型の段ボール箱を指差した。「伝票はこっちね」

「ありがとうございます。……自然水が十、生薬が五、PSが五……」

里見と呼ばれたその業者は伝票を受け取り、荷物のチェックを始める。

鷹野は段ボール箱に興味を持ったようだ。業者のそばに歩み寄り、小声で尋ねた。

「PSというのは何ですか？」

「パワーストーンですよ」

伝票に押印しながら里見は言う。それを聞いて、小谷がはっとした表情になった。

「ちょっと里見さん！　勝手に答えないで」

相手の剣幕に驚いたのだろう、里見はまばたきをした。

「あの、ええと……」彼はしばらく口ごもってから肩をすぼめた。「まずかったですか。それはすみませんでした……」

「早く荷物を持っていってください」と小谷。

慌てた様子で、里見は段ボール箱に手を伸ばす。何度か往復して二十箱を運び出し、ほうほうの体で店から出ていった。

「パワーストーンなんかも扱っているんですか」

鷹野が真顔になって小谷に尋ねた。小谷は目を逸らして、

「お答えできません。お帰りください」

「じゃあ引き揚げます。……ああ、そうだ。社長の片岡さんはどこにいらっしゃるんですか？　本社でしょうか」

「……久我山《くがやま》にある本部事務所です。ここから普通電車で三駅」

会社のパンフレットを差し出すと、小谷は黙り込んでしまった。鷹野はこめかみを掻いた。

「では最後にうかがいますが、みなさんは……」そこで言葉を切り、鷹野は首を左右に振った。「いえ、失礼しました」

社員たちに一礼したあと、彼は踵《きびす》を返して出入り口に向かった。

事務所の外に出ると、先ほどの運送業者が軽ワゴン車のそばにいた。荷物を積み込み、あらためて伝票を確認しているようだ。

何を思ったのか、鷹野は彼に近づいていった。

「里見さんでしたね。この仕事を始めて、もう長いんですか？」

急に話しかけられ、里見は驚いている。

「ええ、まあ。……どちら様ですか？」

「アークサロンの会員になろうかと考えている者です。家族の調子が悪いもので」

「ああ、それは大変ですね」

「ところで、さっきのPSの件なんですが……」

鷹野が言いかけると、里見は慌てて首を横に振った。

「その話は勘弁してください。社員さんに叱られますから」

決まり悪そうに、里見は鷹野から目を逸らす。

あの、ちょっといいですか、と塔子は彼に話しかけた。

「里見さん、右手にブレスレットをしていますよね」先ほど店内で、塔子はそのことに気づいていた。「それ、パワーストーンじゃありませんか？」

はっとした顔で、里見は右手首をジャンパーの袖に隠そうとした。だが塔子も鷹野も、しっかりブレスレットを目撃していた。二十個以上の黒い石を連ねた腕輪だ。

「もしかして、里見さんもアークサロンの会員なんでしょうか」

「いえ、そういうわけでは……」

何か事情がありそうだ。塔子は相手の不安を取り除こうと、できるだけ穏やかな口調で言った。

「私、占いが好きでパワーストーンにも興味があるんです。里見さんが着けているのはオニキスですよね。たしか、魔除けの効果があると言われている石ですね」

里見は戸惑う様子だったが、塔子の表情を見て警戒心を解いたようだった。ためいを見せながら、彼は声をひそめて言った。

「私みたいな零細業者はいつ仕事を切られるか、わからないんですよね。だからつきあいで、取引先からいろいろな商品を買うんです。いい印象を持ってもらいたくて」

「なるほど。だからブレスレットを着けているんですか」

「ここへ仕事に来るときは、必ず身に着けるようにしています。そうやって誠意を見せているようなわけで」

彼はジャンパーの右袖を少しずらして、パワーストーンを見せてくれた。男性がブレスレットをするのは珍しい、と塔子は思ったのだが、取引先への配慮だったらしい。

「でもね、石だけで調子がよくなるなんて、そんなこと……」言いかけたが、途中で里見は咳払いをした。「いや、今のは聞かなかったことにしてもらえますか。すみません、ちょっと口が滑《すべ》ってしまって」

里見は右手で頭を掻いた。その弾みにブレスレットがずれて、ジャンパーの袖がめくれそうになった。あ、と言って彼は左手で右の袖を押さえた。

気まずそうな顔をして、里見は右手首をさすっている。

「アークサロンに出入りして、何かトラブルの話は聞いていませんか？」

鷹野がそう尋ねると、里見はまばたきをしてから眉をひそめた。

「トラブル、というと？」

「生薬に水にパワーストーン。満足している人はいいんですが、中には、効果に納得できない人もいるでしょう。そういう関係のトラブルです」

「あなたはアークサロンの会員になろうとしているんですよね？　どうしてそんなことを訊くんですか」

少し考えたあと、鷹野はポケットから警察手帳を取り出した。

「我々は刑事です。今、アークサロン東京について情報収集をしているところです」

これには驚いたようで、里見は目を丸くした。

「私の口からそういう話はちょっと……」

「あなたから聞いたとは言いません。ですから、知っていることを聞かせてもらえませんか」

鷹野は真剣な目で相手を見つめる。里見は困ったという顔をしていたが、そのうち根負けしたようだった。彼は小声で話しだした。

「アークサロンさんは取引相手ですが、私、ちょっと思うところがあります。ここで扱っているのはハーブとか天然水、動物や昆虫の内臓から作った生薬、そういったものが中心です。正直な話、薬事法というんですかね、法律に引っかかりそうなものも売っているみたいなんですよ。私はその点を心配していまして」

日ごろから気にしていたことなのかもしれない。だから里見は、ためらいながらも話してくれたのだろう。

「じつを言うと、私の家族が前に病気で亡くなったんです」里見は続けた。「だから生薬に頼りたいと思う半面、これでいいんだろうかという気持ちがあるんですよね。私は出入りの業者でしかありませんが、アークサロンさんにはしっかりした商売をしてほしいな、と」

そういうことですか、と鷹野はうなずいた。

「貴重な話をありがとうございました」

彼は深く頭を下げる。隣で塔子もそれに従った。

塔子たちを見て、里見は急にそわそわし始めたようだ。

「……あの、私が喋ったというのは内緒にしておいてください」

「ええ、もちろんです」

「じゃあ仕事がありますので、これで」

里見は軽ワゴン車のバックドアを閉めた。それから塔子たちに向かって深く一礼し、運転席に乗り込んだ。

車を見送ったあと、鷹野はひとつため息をついた。彼の表情をうかがいながら、塔子はそっと問いかけた。

「どうかしたんですか？」

「いや、話をするうち、あれこれ思い出してしまってね。まったく、病気というのは厄介だよ」

「もしかして、どなたか身近な方が？」

思い切って塔子は尋ねてみた。

少しためらう様子だったが、低く唸ってから鷹野はこう答えた。

「うちの父親が老人ホームにいるんだ。そこは医療ケア付きの施設でね」

あ、と塔子は思った。以前、鷹野が負傷する事件が起こり、病院で彼の伯母さんと会う機会があった。そのとき、鷹野の父・秀一郎《しゅういちろう》は老人ホームにいると聞かされたのだ。

彼の父が病気だとは知らなかった。先ほどの店でのやりとりを考えると、もしかしたら重病なのかもしれない。

「……まいったな。どうも今日は調子が出ない。寒いせいかな」

冗談とも本気ともつかない表情で、鷹野はそんなことを言った。どうやら父親の話をするつもりはないようだ。塔子はもう少し聞きたかったが、この雰囲気では無理だろう。

気を取り直した様子で、鷹野は腕時計に目をやった。

「本部事務所に行ってみるか」

「そうですね。片岡さんがいない今、誰が出てくるのか気になります」

塔子たちは京王井《けいおうい》の頭線《かしら》で三駅、久我山へ移動した。教えてもらった住所に行くと、雑居ビルの二階にアークサロン東京の本部事務所があった。

階段で二階に上がり、ノックをしてドアを手前に引く。

ごく狭い事務所だった。パーティションで仕切られているが、隙間から部屋の奥が見える。十人分ほどの机が用意してあり、灰色のジャンパーを着た社員たちがそれぞれパソコンを操作したり、電話をかけたりしていた。

その中のひとりが椅子から立って、こちらへやってきた。髪をうしろで縛った、線の細い女性だ。

「いらっしゃいませ」

「責任者の方はいらっしゃいますか」

鷹野がそう尋ねたので、塔子は思わず彼の横顔を見てしまった。ここの責任者といえば社長である片岡のことだろう。

応対に出た女性は、戸惑っているようだ。

「社長の片岡は……ただいま不在ですが」

「片岡さんの代わりの方といったら、どなたですか？」

「専務の夏木《なつき》です」

夏木のイニシャルはNだ。あの週刊誌の記事に出ていたのは、その人物のことだった可能性が高い。

「では夏木専務をお願いします」

「……失礼ですが、どちらさまでしょうか」

「鷹野といいます」彼はここで警察手帳を呈示した。「警視庁から来ました」

女性社員は手帳を凝視した。それから彼女は慌てた様子で、パーティションの向こうに戻っていった。

ややあって、五十代半ばの男性がこちらへやってきた。目尻《めじり》に皺が寄っているのは年相応だが、顎ひげを生《は》やしていて個性的な印象だ。スーツも高級なものに見えた。

「専務の夏木です。こちらへどうぞ」

緊張した表情を浮かべて、夏木は塔子たちを応接セットに案内した。彼が差し出してきた名刺には《専務取締役　夏木友康《ともやす》》とある。鷹野はあらためて警察手帳を相手に見せ、塔子もそれにならった。三人はテーブルを挟んでソファに腰掛けた。

「連絡をいただきました。片岡が亡くなったんですよね？」と夏木。

「そのとおりです。夏木さん、昨日、中野で発生した殺人事件はご存じですか」

「ああ、テレビで見ました。解体工事前のビルで、男性が階段から落ちて死んでいたとか……」

「他言しないでほしいんですが、その中野の事件と似た形で、片岡さんは亡くなっていたんです。現場の状況から、同一人物の犯行だと思われます」

「つまり連続殺人ってことですか。片岡はどこで亡くなっていたんです？」

「目黒区の、あるビルの中です」

低い声で唸りながら、夏木は顎ひげを撫でた。

先ほどの女性がお茶を運んできてくれた。夏木も鷹野も一旦、話を中断する。

不自然な沈黙が続いた。彼女が立ち去るのを待ってから、鷹野が再び口を開いた。

「佐武恭平さんという方をご存じですか」

「知りません。誰です？」

「中野で殺害された方です。片岡さんと関係があるんじゃないかと思ったんですが……」

今の時点ではできるだけ捜査情報を伏せておきたい、というのが正直なところだろう。だが鷹野の真意は、塔子にもよくわかった。こちらから一定の情報を出さなければ、向こうも真剣に応じてはくれないはずだ。

夏木は辺りを気にするような表情を見せた。それから鷹野に近づこうとして、体を前に傾けてきた。どうやら、こちらの思惑どおりになったようだ。

「佐武という名前を聞いたことはありません。でも、私の知らないところで片岡はその人とつながっていたのかもしれない。……佐武さんというのは、どういう人なんですか？」

少し考えたあと、鷹野は慎重な口ぶりで答えた。

「詳しいことは話せないんですが、ルミリア中野のテナントを利用していたようです」

「うちの片岡がルミリアに出入りしていた、という話は聞いていません。それから……片岡が見つかったのは目黒のビルでしたっけ？　仕事でも遊びでも、彼が目黒へ行ったことはなかったと思うんですが……」

鷹野は夏木の目をじっと見ながら、「そうですか」とつぶやいた。この夏木という男性に疑いを抱いているのかもしれない。

「話は変わりますが、あなたは森達雄さんのことをご存じではありませんか？」

いきなり鷹野がそう尋ねたので、塔子は意外に思った。

驚いたのは塔子ばかりではなかったようだ。夏木もまばたきをしている。

「森達雄……。誰でしょうか」

「十年前、立川で起こった殺人事件の被害者です。いえ、ある宗教の教祖だったと言ったほうがいいでしょうか」

「宗教？　教祖？　いったい何の話をしているんです？」

「わかりました」鷹野は相手に視線を向けたまま言った。「遠回りするのはやめましょう。今から三ヵ月前、ある週刊誌にこの会社の記事が出ましたよね。『健康食品販売の闇？　アークサロン東京の黒い噂』というタイトルです」

途端に夏木が眉をひそめた。彼が不機嫌になったことがよくわかる。

「あれは事実ではありません。あの週刊誌には誤報が多いのをご存じありませんか？ろくに取材もしないで、事件をでっち上げるのが彼らのやり方ですよ」

「でもアークサロン東京の商売は、マルチ商法ですよね」

「マルチ商法は違法ではありません。いわゆるネズミ講とは違います」

「とはいえ、グレーな部分も存在するんじゃありませんか？　だから週刊誌に書き立てられたんでしょう？」

「いくら週刊誌が騒ごうと、私たちの商売に問題はありません。その証拠に、うちの会社は何の警告も受けていないし、捜査もされていませんよね？」

「商売として問題はないかもしれませんが、道義的な部分はどうですか」

「え？」

　夏木は怪訝そうな顔で鷹野を見つめた。その視線を、鷹野は正面から受け止めた。

「我々は先ほど片岡さんの部屋を調べてきました」鷹野は言った。「書棚には疑似科学や代替医療、スピリチュアル系と呼ばれる本がたくさん並んでいました。現在、アークサロン東京が扱っているのも、通常の医療から離れたものですよね。各種のハーブ、山奥で汲《く》んできた天然水、動物や昆虫の内臓、それらを加工して作った生薬。さらにはパワーストーンまで……」

「ちょっと待ってください」

　夏木は鷹野の言葉を遮った。これまでより口調が厳しくなっていた。

「西洋医学が万能だというのなら、人は病気で苦しんだりしませんよ。西洋医学に限界があるから、私たちを頼ってくるお客さんがいるんです。あなたはその人たちを否定するんですか」

「偽薬のことをプラシーボといいますよね。新薬の治験のときに使われますが、偽の薬をのんでも症状が改善する人はいます」

「気の持ちようで病気がよくなる、と言いたいんですか？」

「そういう可能性もあるでしょう。生薬はともかく、パワーストーンで病気がよくなる、というのは考えにくいことです」

ふたりのやりとりを聞いて、塔子は戸惑っていた。片岡のアパートで、鷹野は代替医療を擁護《ようご》するようなことを口にした。だが今、彼の意見は百八十度変わってしまっている。

「あなたには、うちの商品のよさはわからないんですよ」

眉間に皺を寄せながら、抗議するように夏木は言う。鷹野は不敵な笑みを浮かべて、相手を挑発した。

「そのよさがわかるのは、騙《だま》されている人たちだけじゃありませんか？」

「失礼だな！」

夏木は声を荒らげた。近くにいた社員たちが、驚いてこちらを向いた。彼らを気にして空咳をしたあと、夏木は声を落として、こう続けた。

「結果を決めるのはあなたじゃありません。うちの商品を使った人がよかったと思うのなら、それは効果があったということなんです。我々は人助けをしているんですよ」

なるほど、と言って鷹野はうなずく。それから彼はポケットを探り、デジタルカメラを取り出した。

「これは片岡さんの部屋の書棚ですが」液晶画面を夏木のほうに向けた。「本の奥付を調べたところ、どれも三十年以上前に刊行されたものでした。そして、ここに写っているのは東京西部の地図です。付箋が貼られたページを開いてみると東大和市だったんですよ」

それを聞いて塔子ははっとした。鷹野が何を言おうとしているのか、わかったのだ。

「さっきの森達雄さんですがね」鷹野は続けた。「今から三十年ほど前に、天空教という宗教団体を設立しているんです。その天空教の本部があったのが東大和市なんですよ」

「宗教団体がいったい何だというんです？」

夏木は強い調子で尋ねてきた。だがよく見ると、彼の目は落ち着きなく動いている。

「天空教は疑似科学や代替医療を使って、信者の病気を治療するなどの活動をしていたようです。あなたの会社と通じるものがありますよね。そして教祖の森達雄さんと似た形で今回、片岡さんが殺害されました。……このアークサロン東京の前身は、天空教だったんじゃありませんか？」

「いや、この会社は……」

「捜査員を増やして詳しく調べれば、はっきりするでしょう。夏木さん、もう時間の問題ですよ。ごまかすことはできません」

夏木は苦しそうに何度か息を吸った。その姿は、空気の薄い場所で必死に呼吸しようとする登山者を思わせた。

「本当のことを話してください。それが、亡くなった片岡さんのためでもあります」

鷹野にそう促され、とうとう夏木は抵抗を諦めたようだ。彼は渋い表情を浮かべたまま、ゆっくり話しだした。

「私と片岡は以前、天空教に所属していました。十年前に教祖の森が亡くなって、組織は求心力を失いました。最盛期に百名ほどいた信者は、そのときすでに十五名ぐらいまで減ってしまっていた。教祖を継ぐ者はなく、幹部だった片岡が教団の解散を決めたんです。……そのあと彼は、天空教で培った健康食品や代替医療のノウハウを、新しい事業に活かそうと言い出しました」

そういうことか、と塔子は納得した。片岡と夏木には、宗教団体を続ける気はなかったのだ。ただ利益を求めるためだけに、起業してマルチ商法を始めたのだろう。

だが、そうだとすると気になるのは、夏木たちと教祖との関係だ。

「あなた方は、森達雄さんの信奉者ではなかったんですか？」

「森はカリスマ性を持った人で、それは素直にすごいことだと思っていました。でもあの人には組織を運営する力はなかった。だから私たちがサポートしていたんです」

片岡と夏木は教義などとは関わりなく、教団を運営するスタッフとして採用されていたらしい。森達雄を通して信者たちに財産を出すよう呼びかけ、組織の運営費用に充てていた可能性がある。いや、もしかしたらその一部を自分のポケットに入れてしまっていたのかもしれない。

「夏木さん、あなたたちは、最初から信者たちを利用するつもりだったんですか」

塔子は感情を抑えながら、そう尋ねた。夏木たちを咎《とが》めるわけではない。ただ、彼らの真意が知りたかった。

「さっきも話しましたが……」夏木は言った。「偽薬でも何でも、信じてのむ人がいるんです。そういう人が心安らかになるとしたら、そこには救いがありますよね。たしかに私たちは、信者に金を出すよう促していました。でも、出してもらった分だけ、彼らに安らぎを与えてきたつもりです。ただの金儲《かねもう》けだとは思われたくありません」

塔子と鷹野を交互に見ながら、夏木は持論を語った。

はたして彼の言うことは正しいのだろうか、と塔子は考えた。第三者から見れば、信者が一方的に財産を奪われているように思える。信者たちはそれでいいのだろうか。

「正直に答えてください」夏木の表情をうかがいながら、鷹野は尋ねた。「森達雄さんが多摩航空機で殺害された件、あなたはもちろん知っていましたよね？」

「知っていました。でも、誰が森を殺害したのかは見当もつきません」

「森達雄さんは左目に義眼をつけていたそうですが……」

「ええ。あれは森の武器でしたね」

「武器？」

「森はときどき、信者たちに義眼を外して見せることがありました。そうすると、左目のあった場所にぽっかり穴が開くんです。見つめていると、何か吸い込まれそうな気分になるんですよ。眼窩を見せながら、森は神がかった状態で予言や託宣を与えました。とにかく異様だった。教団には信者の子供もいましたから、みんな泣きだしてしまってね。でも森の予言のうちいくつかは当たったから、信者たちはありがたくその話を聞いていたようです。コミュニティの中で、あの義眼には霊力があるという噂が流れていました」

「十年前の事件では、その義眼が持ち去られましたよね」

「もしかしたら、誰かが森のカリスマ性を受け継ぎたくて、義眼を奪い取ったんじゃないでしょうか」

真顔になって夏木はそんなことを言う。塔子と鷹野は顔を見合わせた。

「当時、森さんを恨んでいる人はいませんでしたか？」と鷹野。

「どうでしょうね。信者のほとんどは森を崇拝していたと思いますが……」

なるほど、と鷹野はうなずいた。しばらく指先でこめかみを掻いていたが、やがて彼はこう尋ねた。

「アークサロン東京の会員名簿や、顧客名簿を見せてもらえないでしょうか」

夏木は眉を大きく上下させたあと、ゆっくりと首を横に振った。

「それはお断りします。会員情報は会社の財産ですので」

「我々の捜査に協力していただけませんか。会員の中に、片岡さんを殺害した犯人がいるかもしれません」

「捜査には協力しますが、その情報は出せません」

しばらく押し問答を続けたが、夏木は折れなかった。強制的に調べるというのなら、令状なり何なり、書類を揃えなくてはならないだろう。今は難しいと考えて、鷹野は諦めたようだった。

　これ以上の情報は得られそうにない。塔子と鷹野は目を見交《みか》わし、ソファから立ち上がって夏木に礼を述べた。

5

　アークサロン東京の本部事務所を出て、塔子はコートの襟を立てた。

　十年前に解散したという宗教団体。そのノウハウを利用して設立された健康食品販売会社。どちらも、対象とするのは病気や不健康に悩む人たちだ。本人が満足しているのだからそれでいい、とする考え方には違和感がある。だがそれを第三者が指摘し、あなたたちは騙されています、と教え諭すことはできるのだろうか。何を信じるのも私たちの自由だ、よけいなことをするな、と言われてしまうような気もする。

　そんな塔子の表情に気づいたのか、鷹野が小声で言った。

「深く考えだしたら、きりがない。何を信じるかは個人の自由だからな」

「……でも、不当なことをされているのなら、助け出すべきじゃないでしょうか」

「気持ちだけで動くと痛い目に遭うぞ。アークサロンの社員や会員は、おまえの友達でもないし親戚でもない。我々は警察官としての職務を全《まっと》うするだけだ。それ以上の

「権限はない」

「法に触れなければ何をしてもいい、ということですか?」

鷹野は塔子の顔を見下ろして、わずかに眉をひそめた。

「やけに突っかかってくるじゃないか。だが俺に言っても仕方ないというのは、自分でもわかっているだろう？」

塔子は黙り込んだ。鷹野の言うとおりだ。正義と不正義の間には、広いグレーゾーンがある。納得がいかないとか理不尽だとか感じても、いちいち警察が動くわけにはいかない。

「申し訳ありません……」

「まあ、如月の言うこともわからなくはない。俺たちのような捜査員は犯罪に慣れすぎて、鈍感になっているのかもしれないな」

鷹野にも思うところはあるらしい。しかしその考えを表明するかどうかは、彼自身が決めることだ。人にはそれぞれの立場というものがある。

「さて、捜査を続けよう」鷹野は口調をあらためて言った。「アークサロン東京の母体は天空教だとわかった。そうすると、当時の信者がそのままアークサロンの会員になっている可能性がある。今、鑑取り班の何人かは十年前の森達雄さん殺害事件を調べているはずだ。当時、天空教の信者だった人たちにも聞き込みをしているだろう」

「そうか……。そちらから情報をもらえばいいんですね」

塔子は携帯を取り出し、特捜本部にいる早瀬係長に連絡をとった。塔子の報告を聞いて、早瀬も納得したらしい。

「天空教の元信者を調べているのは赤倉たちだ。今、三鷹《みたか》で聞き込みをしているから、久我山からは近いよな。合流して情報交換してくれないか。携帯の番号はあとでメールする」

「了解しました」

電話を切って、塔子は鷹野に今の話を伝えた。

「ああ、赤倉さんか。ちょっと癖のある人だよな」

今朝の捜査会議のあと、赤倉は藤村に話しかけてきた。塔子たちの前だというのに、藤村を軽視するような発言をした。どう見ても、感じのいい人ではなかった。

塔子はメールを見て赤倉に電話をかけた。早瀬からの指示だと伝えると、赤倉は「わかりました。いいですよ」と素っ気《そけ》ない調子で答えた。

二十分後、塔子と鷹野はJR三鷹駅にやってきた。

改札口の近くに、皺だらけのコートを着た赤倉の姿がある。隣にいるのは若手の捜査員だ。癖の強い赤倉と組まされて、窮屈な思いをしているのではないだろうか。

「お忙しいところ、すみません」

愛想《あいそ》よく塔子が話しかけると、赤倉は無表情のまま首を左右に振った。

「忙しいのはそっちも同じでしょう。犯人は、いつまでも待っちゃくれませんからね」

思ったとおり、赤倉はとっつきにくい人物のようだ。

塔子たちはセルフサービス式のカフェで打ち合わせをすることにした。周囲に客がいないのを確認してから、塔子は話しだした。

「天空教の元幹部がアークサロン東京という会社を設立したんです。第二の被害者・片岡さんは、そこの社長でした。そういうわけで私たちは、アークサロンの社員について知りたいと思っています。天空教の元信者たちを調べているのは赤倉さんだというので、情報をいただきたいんです」

それを聞くと、赤倉は顔の前で手を振ってみせた。

「残念ながら、天空教の元信者はアークサロンとやらには関わっていませんよ」

「どういうことです？」

「森達雄が殺害された時点で、信者は十五人ぐらいしか残っていなかった。財産のほとんどを吸い上げてしまったから、片岡はもう信者に利用価値はないと思ったんじゃないですかね。だから天空教を解散して、その会社を設立したんでしょう。ビジネスを始めるにあたって、昔のことを知っている信者は邪魔になる可能性もあるし、ね」

「そういうことですか……」塔子は肩を落とす。

赤倉はポケットからメモ帳を取り出して、ページをめくった。

「俺が昨日調べたことを伝えましょうか。天空教が解散になる一年前、つまり今から十一年前に、教団を脱退した男がいたんです。そいつから話を聞きました。……天空教では代替医療や民間療法を行っていた。病気の信者に薬草を煎じてのませたりして、適切な治療を受けさせなかった。教祖の森は、悪魔が憑《つ》いているとか何とか、脅すようなことを言っていたそうです。

病気だった者のうち何人かは、家族に連れ戻されて入院したらしい。しかし、そうでない信者がひとりいて、二十六年前に病状の悪化で亡くなっています。当時週刊誌の記者がそれを取材していたみたいですが、記事にはならなかったとか……。ちょうど豪雨やら台風やらの被害が続いて、そっちの取材で忙しくなってしまったそうです。病死の件では警察も動いていません。

そして今から十年前、森達雄が多摩航空機の敷地で殺害された。指導者を失ってまもなく、天空教は解散したというわけです。教団が出来たのは三十年前、そして十年前に解散ですから、宗教団体としての活動は二十年ほどでした。それが長いのか短いのか、俺にはわかりませんがね」

死者が出ていたというのは、今初めて知った。代替医療、民間療法などを受けさせ、病院に連れていかなかったせいでその信者は亡くなったのだ。はたしてその人物は、天空教の勧める生薬などに満足していたのだろうか。

ここで、ひとつ思いついたことがあった。塔子は自分の考えを口にした。

「片岡さんが十年前に森さんを殺害した可能性はないでしょうか。天空教を乗っ取る気持ちはなかったとしても、たとえば教団のお金を持ち逃げしたとか……。それで今回、片岡さんが何者かに復讐《ふくしゅう》されたということは？」

「片岡犯人説というのは、十年前の特捜本部でも出たようですね。でも立川事件の起こった夜、片岡には行きつけのスナックで飲んでいたというアリバイがあったそうです。片岡はシロですよ」

「じゃあ夏木さんは？」

「片岡の知り合いの女が当時、夏木とつきあっていたそうです。夏木はその女とホテルにしけ込んでいたらしい」

赤倉はにやりとしたあと、メモ帳をスーツのポケットに戻した。

ここまで話を聞いてきて、塔子は少し落胆していた。

「天空教の信者はアークサロン東京とは無関係だった……。そうなると、あらためてアークサロンの社員や会員、顧客を調べていく必要がありますね」

「天空教の元幹部がアークサロンとやらを設立したのなら、聞き込みの担当は俺たちのチームです。早瀬係長に報告して、すぐに捜査員を動かすことにしますよ」

こちらからもいくつか報告をして、打ち合わせは終わりという雰囲気になった。塔子が立ち上がろうとすると、「まあ、待ってください」と赤倉が言った。

「せっかく鷹野さんや如月さんとお茶が飲めたんだ。もう少しいいでしょう？」

どういうことだろう、と塔子はいぶかしく思った。鷹野のほうをちらりと見ると、彼はこくりとうなずいた。赤倉の真意を探りたい、ということかもしれない。

塔子は咳払いをしてから訊いた。

「赤倉さんは、中野署には長く勤務しているんですか」

「四年になります。俺はいつか、大きな手柄を立てたいと思っていましてね。ところが、それを邪魔する人がいる。藤村さんですよ」

「……え？」

塔子は思わずまばたきをした。テーブルの向こうの赤倉をじっと見つめる。

なぜここで藤村の名前が出てくるのか、まったく想像がつかなかった。

冷めてしまったコーヒーを一口飲んだあと、赤倉はカップを置いて尋ねてきた。

「如月さんは藤村さんとどういう関係なんです？」

「刑事課に配属されたとき指導を受けました」

「ああ、そういうことですか」赤倉は舌の先で唇を湿らせた。「あの人、昔はどうでした？　ちゃんと面倒見てくれたのかな」

「普段は穏やかな人ですけど、捜査についてはきちんと教えてくれました。私は未熟でしたから、注意される場面も多くて……」

「具体的には？　何か役に立つことを教わりましたか」

「うまく対応できなかった私を、助けてくれたことがありました。女性に刃物を突きつけた被疑者を説得してくれたんです。あれは見事だと思いました」

塔子がそう説明すると、赤倉は疑うような顔をした。

「たまたまうまくいっただけでしょう」不機嫌そうな表情で彼は言った。「藤村さんは勝手に動いて、組織を引っかき回す人なんです。俺は貧乏くじを引かされたんだ。去年、あの人とコンビを組んで、あるタタキの捜査をしたんですがね」

タタキというのは強盗事件のことだ。捜査一課の出動とはならず、所轄だけで捜査を進めた案件だったのだろう。

「被疑者の家を見つけて、しばらく車で張り込んでいたんです。一週間ぐらい続けたころだったかな。ある夜、藤村さんから、パンを買ってきてくれと言われたんですよ。二時間ぐらい前に弁当を食ったばかりだから妙だと思ったんですが、先輩には従わなくちゃいけない。それで、ひとりでコンビニへ行きました。俺が戻ったのは十五分後ぐらいだったと思います。見ると、車の中に藤村さんはいなかった。

何かあったのかと思って、大慌てで辺りを探しました。見つからないので携帯で連絡をとると、そのまま車で待っていてくれ、ということだった。五分ぐらいして、あの人が戻ってきました。どうしたのかと訊くと、被疑者に会っていたというんです。へ？という気分でしたよ。俺たちの役目は、ひそかに被疑者を見張って、動きがあれば上に報告することだった。そして容疑が固まったら逮捕する手はずになっていたんです。それなのに、なんでいきなり会ってしまうのか。

しかも、藤村さんはこう言いました。『今夜中に自首するよう諭してきた』ってね。いったい何を考えてるんですか、と俺は訊きました。自首なんかさせたら、俺たちの手柄が吹っ飛んでしまう。いや、それ以前に、警察がマークしていることを知って、奴が高飛びしたらどうするのか。馬鹿《ばか》じゃないのかと思いましたよ。俺から抗議を受けても、藤村さんは上《うわ》の空という感じだった。さすがに責任を感じたのか、顔色は悪かったですがね」

よほど悔しい思い出なのだろう、赤倉は顔を引きつらせている。彼は言葉を切って、何度か呼吸をした。相棒の若手刑事が、不安そうにその様子を見ていた。

「それで被疑者はどうなったんです？」と塔子。

「一時間ぐらいたったころ、署に自首してきました。奴がトンズラしなかったのはよかった。でもね、入念に段取りして捕まえようという俺たちの計画を、藤村さんはめちゃくちゃにしたんだ。そんな勝手が許されますか？」

「……まずいですね。それはよくないと思います」塔子はうなずく。

「まったく、あのおっさんは何を考えていたんだろう」

赤倉は忌々《いまいま》しげに言う。鷹野はしばらく彼の様子を見ていたが、やがてこう尋ねた。

「なぜそんなことをしたのか、藤村さんから説明はあったんですか？」

「俺が買い物に行っている間に、被疑者が家から出てきた。そのとき藤村さんは奴に見つかってしまったというんです。それで自分は警察官だと話して、説得をしたと……。逃げても必ず捕まるから、すぐに自首したほうがいい。そうすれば少し罪も軽くなるはずだ、と言ったらしいんです」

「ミスをして、仕方なく犯人を諭したということですか。それも不自然な話だな」

鷹野が首をかしげると、「そうでしょう？」と赤倉は声を強めた。我が意を得たりという表情で、彼は続けた。

「買い物に行けなんて言ったのが、そもそも変だった。藤村さんは最初から、被疑者に接触するつもりだったんですよ」

「しかし、それが自分の手柄になるわけじゃありませんよね」

「何を考えていたのか、俺にはわかりません。もしかしたら説得して自首させたっていう、自分なりの勲章みたいなものがほしかったのかもしれない」

「勲章ねえ……」

鷹野は腑《ふ》に落ちないという表情で、こめかみを掻いた。

「あの人、来年定年じゃないですか。たぶん、警察でこれをやったっていう思い出を作りたかったんですよ。でもそのおかげで、こっちは上司からめちゃくちゃ怒鳴《どな》られた。藤村さんだけじゃなく、俺の評価まで地に落ちましたよ」

赤倉は忌々しげに舌打ちをした。藤村のことを相当恨んでいるようだ。

「今回の特捜本部が出来たとき、最初はあの人、いなかったでしょう」赤倉は腕組みをした。「正直、俺はほっとしました。ところが今日になって、あの人が特捜に参加することになった。立川事件の生き証人みたいなものだから、特捜に入れておきたい、という事情はわかります。でも俺に言わせれば、あのおっさんは単なる疫病神ですよ。あの人と組むと被疑者が自首することが多いんです。おかげでこっちは一向に成果が挙がらない。まいりますよ」

塔子は赤倉を宥《なだ》めるように、声のトーンを落として話しかけた。

「藤村さんは穏やかな人ですからね。あまり我《が》が強くないし、他人と揉める前に意見を引っ込めてしまうし……。だから、少し誤解されるところがあるのかもしれません」

「誤解だって？　冗談じゃない！」

険しい表情で赤倉は言った。だがそのあと、目を逸らして塔子に詫《わ》びた。

「すみません、ちょっと興奮してしまって……。でも、これだけは言わせてください。如月さんにはわからないでしょうが、出来の悪い刑事っていうのは本当に邪魔なんですよ。そういう人間がひとりいるだけで、捜査が失敗してしまう。役に立たないだけならいいんです。でもそうじゃなくて、あの人は計画自体を台無しにしてしまう。なんであんな人が刑事課にいるのか、俺には理解できません」

腹が立つのはわかるが、藤村は塔子の恩人だ。その恩人を貶《けな》された気分になって、塔子の心は穏やかではなかった。

「赤倉さん、おっしゃることはわかりますけど……」

「如月、やめておこう」

そう言ったのは鷹野だった。塔子は口を閉ざして先輩をじっと見つめる。鷹野は塔子から赤倉へと視線を移した。

「天空教の件、それから藤村さんの件……。情報をありがとうございました。今の話を聞いて、如月も参考になったと思います」

丁寧に礼を述べる鷹野を見て、赤倉も落ち着いてきたようだ。彼は鷹野に向かって何度かうなずいた。

「まあ俺もね、あの人のことをそんなに悪く言いたくはないですよ。じきに定年退職するんだし、あれはもう『終わった人』なんだから」

最後にきつい一言が出た。かちんときて塔子は口を開こうとしたが、再び鷹野に押しとどめられた。

赤倉は椅子から立ち上がって言った。

「定年まであとしばらく、あの人がよけいなことをしないよう祈っていますよ。じゃあ、俺たちはこれで」

若手の刑事も席を立つ。彼らが店を出ていくのを、塔子たちはじっと見つめていた。

「本当に失礼な人ですね」塔子は口を尖《とが》らせる。

「あの人にはあの人の考えがあるんだろう。……それにしても、気になるのは藤村さんの行動だ。去年大きなミスをしたというが、昔はどうだった？」

「私のことは細かく注意してくれましたよ。といっても、所轄のほかの先輩たちに比べれば、すごく穏やかな人でしたけど」

「こんなことは言いたくないが、歳をとって判断力が落ちているって可能性はないかな」

「え？　どうでしょうか。私には何とも……」

塔子はひとり考え込む。恩人とも言える人が、老いて力を失っていくのを見るのはつらい。信じたくないという気持ちもある。だが鷹野の言うように、もしかしたら年齢のせいで昨年のミスが起こったのかもしれない。

「今までの話を聞いてもわかるが、藤村さんは優しすぎるんだろうな」

「……ええ」

「そして、そういうところを如月は受け継いだわけだ」

はっとして、塔子は鷹野の顔を見た。警察官にとって、優しい性格は不利になることがある。男性捜査員でも女性捜査員でも同じことだ。塔子自身、まだまだ厳しさが足りないという自覚はあった。だが、鷹野に指摘されたのはショックだった。

塔子が黙り込んでいると、鷹野は少し慌てたように言った。

「俺は、刑事にはいろいろなタイプがいるべきだと思っている。如月には如月のやり方がある。それは俺も早瀬さんも、みんな知っている」

意外な言葉を聞かされた。てっきり、もっと頑張れと叱咤されるのだと思っていた。

鷹野の横顔を見ながら塔子は考えた。人間はもともと未熟で、誰かに教えを乞《こ》わなければ成長することはできない。だがその誰かが、必ずしも自分にとって理想的な先輩や上司というわけではないだろう。中には馬が合わない人もいるし、相手が悪意を持って接してくることもある。

そう考えると自分は本当に運がよかった。刑事になりたてのころは藤村に会い、捜一に来てからは鷹野に会うことができたのだ。どちらも自分にとって大切な恩人だった。

もし自分が鷹野に期待されているのなら、全力でそれに応《こた》えよう、と塔子は思った。捜査で大きな成果を挙げることが、彼への恩返しとなるはずだ。

塔子は表情を引き締めた。被害者を殺害し、眼球を奪うという猟奇的な犯罪を許すわけにはいかない。残酷な殺人・死体損壊犯を一刻も早く捕らえなくてはならない。

そう心に誓った。

第三章　ウォータータワー

1

辺りにはコーヒーの香りが漂っている。

特捜本部の隅にワゴンがあり、捜査員たちは自由にインスタントコーヒーを飲むことができた。今、その休憩スペースには数人の刑事がいて、事件について話し合っているところだ。

一月二十五日、午前八時。ワゴンのそばに設置されたテレビを、塔子はじっと見つめていた。

政治関係、国際関係のニュースが終わると、都内で発生した中野事件、目黒事件が報じられた。男性アナウンサーは、それぞれの事件について概要を読み上げていく。

そのあと彼は、ふたつの事件現場には類似点があることがわかった、と伝えた。

だがアナウンサーが説明したのは、被害者が階段から転落したことだけだった。警察がまだ公表していないため、眼球が抉り出されていたことには触れていない。

途中で町の人たちの声が流れた。

「このへんはよく歩きますけど、夜遅くになると人通りが急に少なくなるみたいですね。事件の話を聞いて、怖いなと……」

「似た事件が起きたっていうんでしょう？　誰かが真似したんじゃないの？」

「階段から落としたんですよね。うちのマンションにも非常階段があるけど、危ないから子供を近づけないようにしてるんです」

みな今回の事件を不気味だと感じているようだった。だが一般市民には何もできない。被害者の遺族たちもそうだ。捜査の権限を与えられているのは警察官だけだった。一刻も早く犯人を捕らえなければ、と塔子は自分に言い聞かせる。

そろそろ会議の時刻だ。塔子はテレビを消して捜査員席へ戻っていった。

鷹野は自分の席でずっと資料を読んでいたらしい。ときどき顎をさすっているのだが、あれは何かに気づいて、考えをまとめようとするときの癖ではなかったか。

「どうですか？」

椅子に座りながら塔子が尋ねると、鷹野は低い声で唸った。

「何かわかりそうな気がするんだが、まだ無理か……。ピースをうまく組み合わせることができなくてね」

彼は必死に頭を働かせているようだ。先輩にばかり任せておくわけにはいかない。塔子も捜査資料に目を落とした。

昨日発生した目黒事件に関して、まだこれといった情報は得られていなかった。不審者や、怪しい車を目撃したという証言も出ていない。また、ルミリア中野の事件で塩素系漂白剤が使われたが、その出どころもわかっていなかった。もしかしたらトイレの用具入れにあったのではないか、と考えたのだが、備品としては置かれていなかったらしい。

とにかく、わからないことばかりだ。塔子は小さくため息をついた。

朝の捜査会議は八時半からと決まっている。ところがその時刻を過ぎても、今朝は会議が始まらなかった。

いったいどうしたのだろう。辺りを見回すと、先輩たちも不思議そうに顔を見合わせている。捜査員席にざわめきが広がっていった。

幹部席を見ると、早瀬係長は神谷課長、手代木管理官と何か話し込んでいるようだった。三人とも硬い表情で、普段より深刻な雰囲気が感じられる。

五分ほど過ぎたころ、ようやく早瀬係長がみなの前に立った。眼鏡のフレームを押し上げながら、彼は言った。

「会議の時間ですが、もうしばらく待ってください」そう言ったあと、早瀬は捜査員席の一角に目を向けた。「藤村さん、ちょっと来てもらえますか」

妙だな、と塔子は思った。十年前の事件について、急ぎの相談でもあるのだろうか。

藤村は不安そうな顔で椅子から立った。幹部たちのほうへ歩きだしてから、慌てて自分の席に戻る。メモ帳を持つのを忘れたようだ。彼は急ぎ足で再び幹部席に向かった。

「……何かあったんでしょうか」

塔子がささやくと、鷹野は首をかしげた。

「いや、そんな話は聞いていないんだが……」

門脇や尾留川も、怪訝そうな表情を浮かべている。

早瀬が藤村を迎えて、上司のところへ連れていくのが見えた。

塔子たちが見守る中、神谷課長は藤村に何か尋ねているようだ。藤村は緊張した顔で質問に答えている。ときどき捜査員席にちらりと目を向け、それから神谷のほうに視線を戻す。焦っているのか、ハンカチを出して額の汗を拭いた。

五分ほどやりとりしたあと、神谷は手代木と言葉を交わした。うなずいてから、手代木は藤村を連れて特捜本部から出ていった。

早瀬係長は再び捜査員たちのほうを向いたが、すぐには口を開かない。彼は塔子を見て、手招きをした。

私ですか、と塔子は自分を指差す。すると早瀬は首を振って、右手でVサインを出した。いや、たぶんあれはVではなく、「ふたりで来てくれ」という意味だろう。塔子は鷹野の肘《ひじ》をつついた。鷹野はきょとんとした顔でこちらを向く。

「早瀬係長に呼ばれています」

そうささやいて塔子は椅子から立ち、前に出ていった。鷹野もあとからついてきた。

早瀬はふたりをホワイトボードの裏へ連れていき、声をひそめて言った。

「厄介なことになった。今朝わかったんだが、中野事件の被害者・佐武恭平は以前、藤村さんの娘さんと交際していたんだ」

「えっ！」

まったく予想外のことだった。塔子は早瀬の顔をじっと見つめる。

「藤村さんは何と言ってるんですか？」

「娘さんが佐武とつきあっていたことを、藤村さんは知らなかったらしい」

「それ、本当なんですか？」

「本人はそう言っている」早瀬は少し考えてから、こう続けた。「まあ、俺も妙な話だと思っているよ。もしかしたら藤村さんは、交際のことを知っていたんじゃないだろうか。娘と佐武の関係を詮索《せんさく》されるのが嫌で、黙っていたんじゃないかという気もする。神谷課長も同じ意見だ。だから手代木管理官が、藤村さんから事情を聞くことになった」

鷹野は何か考えているようだったが、小声で早瀬に尋ねた。

「娘さんは今どこに？」

「下高井戸《しもたかいど》の藤村さんの家にいるそうだ。名前は藤村香澄《かすみ》、二十八歳。大学卒業後、人材派遣会社に登録してあちこちに派遣されていたが、今は無職……いや、家事手伝いらしい」

「じゃあ、すぐに話が聞けそうですね」

「そういうことだ。鷹野と如月はこのあと、彼女から事情を聞いてほしい。朝の会議は出なくていいから、すぐ出発してくれ」

「わかりました」

一礼して、塔子と鷹野は自分たちの席に戻った。

外出の準備をしていると、うしろの席の尾留川が話しかけてきた。

「何かあったのか？」

「ええ、じつは……」

藤村さんが、と言おうとして塔子はその言葉を呑み込んだ。まだ詳しいことはわかっていないのだ。恩人である藤村が不利になるのなら、まず自分自身で確認しておきたかった。

「急ぎの捜査を命じられました。出かけてきます」

尾留川は不思議そうな顔をしたが、「気をつけてな」と言って話を切り上げてくれた。根掘り葉掘り訊かれなかったのは、ありがたいことだ。

塔子はバッグとコートを手にして講堂の出入り口に向かう。鷹野もすぐに、急ぎ足でやってきた。

2

下高井戸駅から、目的地までは徒歩で十数分かかるという。

慌ただしい朝の通勤時間帯を過ぎて、住宅街の道は静かだった。ときどき宅配便のトラックや営業車両が細い道まで入ってくるが、それを除けば落ち着いた雰囲気だ。

早瀬から教わった住所に着いて、塔子たちは一軒の民家を見上げた。白壁に赤い屋根の二階建てで、ずいぶん可愛い外観だ。藤村のイメージに似合わない気がするのだが、表札にはたしかに彼の名前が出ている。

チャイムを鳴らすと、じきにインターホンから応答があった。

「はあい」

柔らかい女性の声だ。塔子はインターホンに近づいて、相手に話しかけた。

「こんにちは。藤村忠義さんの同僚で、如月といいます。ちょっとお話をうかがいたいんですが、よろしいですか？」

「あ……はい。今行きます」

十秒ほどして玄関のドアが開いた。サンダル履きで外に出てきたのは、身長百六十五センチほどの女性だ。白いセーターにジーンズというカジュアルな服装だが、手脚が長いのでシルエットが美しい。髪はふわっとしたボブで、一重まぶたが目元を涼しげな印象にしている。

「藤村香澄さんでしょうか」

塔子が警察手帳を呈示すると、相手は軽くうなずいた。

「電話をいただいています。どうぞ中へ」

香澄はそう言って門扉を開け、塔子たちを玄関へ案内した。

応接間に通され、塔子と鷹野はソファに腰掛けた。建物自体は築三十年以上たっていそうだが、内装は手入れが行き届いている。鷹野は遠慮なく辺りを見回していた。応接セットのほか、室内には飾り棚や書棚がある。どれも白を基調としていて全体的に明るい部屋だ。

しばらくして、香澄は紅茶を運んできてくれた。テーブルにカップを置いたあと、あらたまった口調で彼女は言った。

「父がいつもお世話になっております」

「いえ、こちらこそ」彼女を緊張させないよう、塔子は口元を緩めた。「私、まだ新米刑事だったころ、藤村さんにいろいろお世話になったんです。今回久しぶりにお会いして、同じ事件を捜査することになりました」

「ああ、そうだったんですか……」

香澄は目を伏せて何か考える様子だったが、どうぞ、と塔子たちに紅茶を勧めてくれた。ありがとうございます、と鷹野が応じる。

「早速ですが、質問させてください」塔子はバッグからメモ帳を取り出した。「ニュースでご覧になったかもしれませんが、佐武恭平さんが殺害されました」

「はい。本当に驚きました」

「香澄さんは以前、佐武さんと交際なさっていたそうですね」

彼女はためらう表情になったが、それはほんの数秒のことだった。深くうなずいてから香澄は答えた。

「ええ、以前交際していました」

「詳しく聞かせていただけますか?」

「きっかけは二年前のことです。私はIT企業に派遣されていたんですが、あるとき上司の命令で、佐武さんの会社に資料を届けました。たまたま佐武さんがいて、私を部屋に通してくれて……。最初は私、主任とか課長とか、それぐらいの人だと勘違いしていました」

二年前なら佐武はまだ三十五歳だ。その若さで社長だとは普通思わないだろう。

「ところが話をするうち、社長だとわかってびっくりしました。今度食事にでも、と言われたんですが、それは社交辞令だろうと思っていたんです。ところが次の週にまた資料を持っていくと、佐武さんは真顔になって、今週どこかで時間をとれないかと尋ねてきました。レストランを予約するから、空いている日を教えてほしいと言うんです。戸惑いはあったんですが、あの人がすごく熱心だったので押し切られてしまって……」

「それで食事に行ったわけですね? もしかして、キリシマダイニングという店だったのでは?」

「最初はフランス料理の店でした。でもその後いろいろなお店に行って……。キリシマダイニングにも何度か行ったことがあります。中野のお店でした」

やはり、と塔子は思った。中野店の元店長だった鳥居が、佐武はよく女性と食事をしに来た、と証言してくれた。その女性は藤村香澄だったのだ。

「趣味が合いそうだったので、私は佐武さんと交際を始めました。社会的な地位もある方ですし、いろんなことを知っていて、とても勉強になったんですが、ただ……」

「何かあったんですか？」

塔子は穏やかな調子で尋ねる。大丈夫ですよ、私はあなたの味方ですよ、という気持ちを込めた。それでも香澄はためらう様子だ。

彼女は何を隠しているのだろう、と塔子は考えた。以前交際していた、と言っていたから、その後ふたりは別れたに違いない。もしかしてその理由は、香澄のほうにあったということか。自分の恥になるようなことだから、口に出せずにいるのか。

「秘密は守ります」塔子は言った。「もし香澄さんが後悔するようなことだったとしても……いえ、後悔するようなことであればよけいに、話していただきたいと思います。私たちは興味本位で聞くわけではありません。それが今回の捜査に役立つかどうか、その一点だけを気にしています。この事件を解決するためにも、どうかあなたのご経験を聞かせてください」

同じ女性だからといって、すぐに意思が通じるとは限らない。だから塔子は、自分という人間を信じてほしいと願いながら、香澄に話しかけた。

その想いが届いたらしく、香澄は小さな声で言った。

「なかなかわかってもらえないと思うんですけど……私、佐武さんに支配されてしまうのが怖かったんです」

もしかして、と塔子は思った。言葉を選びながら相手に尋ねる。

「何らかの暴力を受けていたんですか?」

「あ……いえ、暴力ではないんです。あの人は礼儀正しいし、気が利くし、最初はとても楽しくおつきあいしていました。でも少し距離が近づいて、親しく話せるようになったころ、様子が変わってきたんです。何と言えばいいのか……あの人は常に正論を口にするんですよ。ものの見方、考え方、ルールやモラル。そうあるべきだ、というのはわかります。でも何かにつけて、あの人は私の言うことを頭ごなしに否定するんです。

そうじゃないだろう、どうしてわからないんだって、くどくど説教されるようになりました。たとえば……私がちょっと冗談で何か言うと、そういうことを聞いたら嫌な思いをする人がいるだろう、とか、平気で笑っていられる君の神経が信じられない、とか。君は今までどういう教育を受けてきたんだ、となじられたこともありました。レストランに行っても、初めのうちは楽しく話していたのに、お酒を飲んでいるうち、急にあの人が態度を変えて、私を叱《しか》ることがありました」

あの件か、と塔子は納得した。鳥居はこう話していた。来店したときにはふたりとも機嫌がよかったのに、帰るときには暗い感じになっていることがあった。佐武がその女性を責めているように見えた。女性のほうはうつむき加減で元気がなかったようだ、と。

「彼の家に行ったときには、もっとひどい状態でした」香澄は続けた。「佐武さんは事業を成功させている方だし、お金も持っています。だから自分なりのこだわりがあるようでした。それを私が理解できなくて、迂闊に変なことを言ってしまうと叱られるんです。そこに座れと言われて正座させられ、二時間ぐらい延々説教されることもありました。

私は知識がないので、言われても仕方ないところはあるんです。でも、あんなふうに見下されてしまうと本当にきつくて……。そのうち、どこで逆鱗《げきりん》に触れるかと怖くなって、どう喋っていいのかわからなくなりました。何を言っても説教されるから、私はびくびくしながら佐武さんの顔色をうかがっていました。あの人の口癖《くちぐせ》はこうでした。『僕は君が憎くてこんなことを言うんじゃない』とか、『好きだからこそ言うんだ』とか、『君のことが心配なんだよ』とか……」

喋っているうち当時の思い出が甦ったのだろう。香澄は声を詰まらせた。目にはうっすら涙を浮かべている。彼女はハンカチを取り出してそれを拭った。

「モラハラ——モラルハラスメントですね」今まで黙っていた鷹野が口を開いた。

「世間体はよくて、外では高い評価を受けている人が、交際相手や結婚相手には態度を豹変《ひょうへん》させる。相手のことを言葉で責め続け、否定を繰り返し、しまいには萎縮《いしゅく》させてしまう。最近はそれが理由で離婚する夫婦も多いと聞いています」

「まさにそれです」香澄はしゃくり上げながら言った。「どうしてこんなに責められなければいけないのか、わかりませんでした。私のほうが悪いのかと思って、自分なりに考えて、あの人の機嫌をとろうとしました。でも、どんなことを言っても最後には叱られるんです。それも、ねちねちとしつこく責められるから気が変になりそうでした」

「最後に佐武さんと会ったのはいつですか？」

「中野のキリシマダイニングで食事をした日です。去年の九月だったと思います」

これは意外な話だった。塔子は首をかしげて尋ねる。

「そのあとはずっと、佐武さんと会わずに済んでいたんですか？」

「はい。今までどおり食事に誘われていたんですが、仕事が忙しいとか体調が悪いとか理由をつけて断っていたんです。なんで駄目なんだ、と電話やメールでまた、ねちねち怒られましたけど……」

誘いを断り続けるのも、相当勇気が必要だったに違いない。塔子は彼女に同情した。本来幸せだったはずの交際が、なぜそんなことになってしまったのだろう。どう考えても、佐武恭平に非があるのは明らかだ。

「お父さんに相談しようとは思わなかったんですか」

鷹野が訊いた。その質問に、責めるようなニュアンスを感じたのは塔子だけだろうか。

言葉を探しているのか、香澄は視線を宙にさまよわせている。

「とても言えなかったんですよね？」

塔子がそっと尋ねると、香澄は小さくうなずいた。

「もし結婚という話になるのなら、もちろん佐武さんを父に紹介しようと思っていました。でも実際には、結婚なんてとんでもないことで……。今さらですが、父に交際を黙っていたのを申し訳なく思います」

香澄は目を伏せて答えた。鷹野は黙って、その様子をじっと見ている。

彼女が落ち着くのを待ってから、塔子はメモ帳のページをめくった。

「佐武さんが亡くなったのは一昨日、一月二十三日の午前一時から三時の間だと思われます。これは念のためにお訊きするんですが、その時間、あなたはどこにいましたか」

「二十三日ですよね」香澄は記憶をたどる表情になった。「自宅にいました。たしか夜中の三時過ぎ……三時二十分ごろだったと思いますけど、頭痛がひどくて七一一九番に電話したんです」

「東京消防庁救急相談センターですね？」

職業柄、塔子はその番号を知っていた。一一九番に連絡して救急車を呼ぶほどではないが、翌朝までこのままでいいのか心配だというとき、七一一九番で相談に乗ってもらえるのだ。

「もともと片頭痛があったんですが、あの夜は薬をのんでも治らなくて……。それで電話したんです。症状から考えて脳出血ではないだろう、と言われました。もし気になるようならタクシーで救急病院に行ってはどうか、ということで病院を紹介してもらったんですよ。でも電話を切ってどうしようかと考えているうち、痛みが治まってきました。幸い、朝にはよくなっていたので、特に病院に行くことはありませんでした」

なるほど、とつぶやいて塔子はそのことをメモした。あとで問い合わせれば、実際にその時刻七一一九番に電話があったかどうかわかる。

現場付近の防犯カメラに不審者が写っていたのは、午前二時二十四分と三時三十七分だった。もし香澄が三時二十分ごろに自宅から架電していれば、アリバイは成立というわけだ。

「会っていたとき、佐武さんが何かに悩んでいるとか、誰かに恨まれているとか、そんな話は聞きませんでしたか」

「そういう話はなかったと思います。……でも佐武さんって、はっきりものを言いますよね。お店の人にも遠慮せずクレームをつけていたし、仕事でもそうだったんじゃないでしょうか。あちこちで恨まれていたかもしれません」

彼女の言うとおりだ。はっきり意見を述べる人だったようだから、よけいなトラブルを招いてしまうことがあったのではないか。

そのほかいくつかのことを確認したあと、塔子は少し雑談めいた話をした。

「お父さんとの関係はいかがですか。今、香澄さんは家事手伝いをなさっていると聞きましたが……」

「さっきお話ししましたけど、以前は派遣会社に登録して働いていたんです。少しシステム関連の知識があったので、ＩＴ企業で入退出管理とか工程管理とか、そういうソフトに関わっていて……。でも、派遣って不安定ですよね。それで思い切って、しばらく働くのをやめました。簿記やペン習字の資格をとって、正社員の募集に応募したんです。運がよかったみたいで、三ヵ月後の四月から丸菱《まるびし》百貨店で働けることになりました」

「丸菱ですか。有名デパートですよね」

「嬉しいことに、希望していた文具・生活雑貨部門に配属されることになったんです。私の趣味にも合っているので、本当によかったな、と」

彼女は壁に作り付けられた飾り棚に目をやった。そこには簿記やペン習字の合格証明書が飾ってある。ボールペンや万年筆などが置いてあるのも見えた。

「私の就職が決まって、父も安心したみたいです」香澄はこちらに視線を戻した。「父は警察官ですから、私にもきちんとした仕事をさせたかったようですね。だから私が大学を出て派遣会社に登録したときは、ぼやいていました」

「意外ですね。あの藤村さんが娘さんの前で……」

と塔子は言ったが、のんびりした性格の藤村なら、そうかもしれないと思った。娘を叱ったり説教したりするのではなく、ぶつぶつ言って、ひとりでぼやくのだろう。

「如月さん、こんなことを言っては何ですが、私、警察という組織が好きじゃないんです。だから近所の人にも、父が刑事だとは話していません」

これはデリケートな話題かもしれない。相手の表情を観察しながら塔子は尋ねた。

「好きになれないことには、何か理由があるんですか？」

「よけいな恨みを買いそうだからです。……じつは、父に逮捕された人たちからだと思うんですけど、差出人不明の手紙が届くんですよ」

「本当ですか？」

「ええ、たぶん中身は脅しや嫌がらせです。そんな手紙が来るのも、父が刑事だからですよね。上司に相談したところで、我慢しろと言われるだけでしょう」

その話が出て、塔子はまた香澄に同情した。嫌がらせの郵便物については、自分も思うところがある。

「私の父も警察官だったんです」塔子は言った。「もう亡くなっているんですが、そのことを知らずに脅迫状を送ってくる人がいるんですよね。そんな陰湿なことをして、何が面白いんだろうと思ってしまいます」

黙ったまま、鷹野が塔子のほうへ体を向けた。彼の視線を感じながら、塔子は話し続ける。

「香澄さん、もし心配ならお父さんにきちんと話してみたらどうでしょうか」

「でも、今まで父は行動を起こさなかったし……」

「その手紙はこの家に届いているんですよね。だったら香澄さんにも関係あることです。手紙を送った人間は、この家の住所を知っているわけですから」

「そう……ですね」

住所を知られているということは、自分の姿を見られているかもしれない、ということだ。香澄は不安そうな表情になった。

「ああ……ごめんなさい。心配させてしまって」塔子はあえて明るい声を出した。「お父さんが聞き入れてくれないようなら、私に相談してください。連絡先はここです」

塔子はメモ用紙に自分の携帯番号を書いて差し出した。香澄はぎこちない動作でそれを受け取る。

「ありがとうございます。ちょっと考えてみます」

「遠慮はいりませんよ。お父さんも私も、警察官なんですから」

捜査協力への礼を述べて、塔子と鷹野はソファから立ち上がった。


藤村の家を出て、塔子たちは住宅街を歩きだした。

鷹野は塔子のほうをちらちら見ていたが、やがて話しかけてきた。

「如月の家にも、まだおかしな手紙が届いていたんだったな。忙しくて俺もそのままにしてしまっていたが、どうする？　一度鑑識に調べてもらうか」

「ちょうど母とも、そのことを話していたんです。これまで届いた手紙を整理してもらっているんですが……」

「じゃあこの捜査が落ち着いたら、手紙の件を調べよう。お母さんも少しは安心できるだろうし」

「まあ、うちの母はあまり気にしていないと思うんですけど」

塔子がそう言うと、鷹野は真顔になって首を横に振った。

「脅迫状は如月の家に届いているんだから、お母さんにだって関係あるだろう。さっき如月自身がそんなふうに言ったじゃないか」

「……すみません。そのとおりですね」

鷹野に指摘されて、塔子は思わず首をすくめた。

電話で早瀬係長に一報を入れてみた。藤村に対する事情聴取は、まだ別室で続いているという。塔子からの報告を受けて、早瀬は言った。

「香澄さんが七一一九番に架電したかどうか、こちらで調べてみる。まあ、すぐにアリバイ成立となるだろうな。……で、如月たちはこのあとどうする？」

電話をつないだまま、塔子は今の内容を鷹野に伝えた。

「このあとどうしますか？　私たちは中野事件を追いかけるか、目黒事件のほうにするか……」

「俺は十年前の立川事件が気になるんだよな。そっちを先に調べたいと、早瀬さんに話してくれないか」

「どこから取りかかります？」

「現場に行ってみよう。問題の給水塔を見てみたい」

「わかりました。……もしもし、早瀬係長。これからの行動なんですが……」

塔子は電話口の早瀬に向かって、立川に移動することを説明した。早瀬としても、いずれ立川の現場を調べたほうがいいと考えていたようで、すぐに了承してくれた。

現場百遍という言葉は、個人の捜査だけに使われるものではない。組織捜査において、別の人間が別のタイミングで現場を確認することも有効だ。

電話を切って、塔子は鷹野のほうを向いた。

「OKです。許可を得ました」

「よし。早速移動だ」

腕時計を見たあと、鷹野は駅に向かって大股で歩き始めた。

3

JR立川駅からタクシーでおよそ七分——。

広い敷地の中に、多摩工業グループの工場や倉庫、事務棟などが建ち並んでいる。敷地は道路によっていくつかに分けられていて、それぞれを取り囲む形で塀が造られ、従業員も取引先も、決まった場所からしか出入りできないようになっていた。

塔子たちが訪ねたのは、以前多摩航空機のあった南ブロックだ。正門前でタクシーを降り、警備員室に向かった。

警備員室にはふたりの男性がいた。塔子がガラス窓に近づいて会釈をすると、制服を着た若い警備員がやってきた。小窓を開けて、こちらに顔を寄せてくる。

「警視庁の如月と申します」塔子は警察手帳を呈示した。

「はい、ご用件は何でしょうか」

「十年前、多摩航空機の給水塔で男性が亡くなる事件がありましたよね。どなたか、その経緯を知っている方にお会いしたいんですが」

若い警備員はうしろを向いて、同僚と言葉を交わした。「ああ、それなら」という声がして、もうひとりの警備員が椅子から立った。三十代半ばと見える、眼鏡をかけた男性だ。

「岩永といいます。その事件のとき、遺体を発見したのは自分ですよ」

「本当ですか！」塔子は声を弾ませた。「ぜひ、お話を聞かせてください」

「一応、総務を通しておきたいもんで、ちょっと待っててもらえますか」

岩永は内線電話でどこかへ連絡をとった。すぐに話がついたようで、彼は塔子のほうを向くと、愛想よく言った。

「総務の人間がここに来ます。中でお待ちください」

「ありがとうございます」

ドアのある側面へ回り、塔子たちは警備員室に入った。

モニターの並ぶデスクから少し離れたところに、四人掛けのテーブルがある。普段はそこで食事などをとるのかもしれない。塔子と鷹野は椅子に掛けさせてもらった。

「岩永さんは十年以上、ここの仕事をしているんですね？」と塔子。

「もう十五年になりますかね。自分はそんじょそこらの社員より、よほど長いですよ」

笑顔を見せながら、岩永は盆を運んできた。温かいお茶を淹《い》れてくれたようだ。寒い時期だから、これはありがたい。礼を言って塔子は湯呑みを手に取った。冷えた指先がじんわりしてくる。

十分ほどたつと、警備員室の前で自転車が停まった。

ブルーの作業服を着た男性が自転車を降りて、警備員室に入ってくる。歳は四十代半ばだろうか。四角い顔にひげの剃《そ》り跡の濃い、実直そうな雰囲気の人物だ。彼は塔子たちを見ると、急ぎ足で近づいてきた。

「これはこれは。どうもご苦労さまでございます。私、総務部の初井《はつい》と申します」

彼は両手で名刺を差し出してきた。塔子と鷹野は立ち上がり、警察手帳を呈示する。

「警視庁捜査一課の如月です」

「同じく、鷹野です」彼はそう名乗ったあと、初井に尋ねた。「いつも自転車なんですか？」

「はい。敷地が広いものですから、基本的にうちの部署は自転車で移動しています。総務はあちこちから呼ばれますので」

まあどうぞ、と初井は椅子を勧めてくれた。再び塔子たちはテーブル席に腰掛けた。

「ええと、十年前の事件のことですよね？」自分も座りながら、初井は塔子に問いかけた。「なぜ今になって、また……」

どう説明しようかと塔子は考え込む。すると、鷹野が代わりに答えてくれた。

「最近、古い未解決事件を再捜査しようという動きがありましてね」

「あ、そういうことですか。でも刑事さん、再捜査するってことは、新しい手がかりが見つかったとか、何か動きがあったんじゃないですか？」

真剣な目をして、初井は鷹野の顔を覗き込む。鷹野は相手の顔を見つめ返した。

「我々は常に情報収集を大切にしています。ひとつでも多くの事件を解決するため、ぜひご協力をお願いします」

「……なるほど。まあうちの社としても、未解決のままでは気持ちが悪いですから」

初井は振り返って警備員のほうを向いた。

「岩永さんもこっちに座ってもらえますか。一緒に話したほうが早いでしょう」

「あ、自分もですか？　わかりました」

岩永は初井の隣に腰掛ける。四人揃ったところで、塔子は質問を始めた。

「十年前の事件のことを、初井さんはご存じですか？」

「ええ、知っています。私が総務部に配属になった翌年の、十月六日に起こったんです。もっとも、私が事件のことを聞いたのは翌朝、出社してからでしたけど」

「まず、多摩航空機という会社のことですが、今はもうないんですよね？」

「はい。うちはもともと航空機事業を中心にしてきた会社なんですけど、その事業から撤退することになったんです。今から五年前、多摩航空機は事業終了となりました。当時勤めていた社員たちは多摩工業グループの中で配置転換になったり、早期退職したり……。残念ですよね」

初井は寂《さび》しそうな顔をした。彼の知り合いの社員も、何人か退職したのだろう。

「十年前というと、どうだったんでしょう。もう事業終了は決まっていたんですか？」

「まだ一般の社員は知らなかったはずです。ですから事件のあった夜も、普通に業務は行われていました。残業している社員もいましたし……」

ここで塔子は捜査資料を開いた。そこには立川事件のことが詳しく記されている。

「事件当夜、給水塔のある南ブロックで残業していたのは三名ですよね。施設管理課・主任の喜多山繁俊さん、開発支援課の山根隆也さん、経理課の課長・石毛謙太郎さん。今、この方たちは……」

「会社の事業終了の際、三人とも退職しました。当時三人は社員寮に住んでいましたから、退職と同時に引っ越していきましてね。今どこにいるのかは、わかりません」

「じゃあ保証人というか、親族の連絡先だけでも教えていただけませんか」

「すぐに見つかるかどうか……。一応、あとで調べておきます」

親族に連絡がつけば、その三人の居場所がつかめる可能性が高い。彼らからあらためて事件当夜のことを聞けば、何かわかるのではないか。

「事件の経緯を確認します」塔子は資料のページをめくった。「十月六日、午後十時五十分ごろ、警備員の岩永さんが南ブロックを巡回中、不審な音を聞いた」

「そうです」岩永が口を開いた。「給水塔のほうから音がしまして……」

塔子は出来事の経緯をたしかめていった。岩永と初井の証言から、捜査資料に書かれていることは正しいと裏付けられた。

「どうでしょう。せっかくですから、その給水塔を見せていただけませんか」

鷹野が言うと、初井はすぐに椅子から立ち上がった。

「そうしましょう。歩いて三分ほどですので」

話は決まり、塔子と鷹野、岩永、初井の四名は警備員室を出た。あとには同僚の若い警備員がひとり残された。

資材を積んだトラックなどが出入りするため、正門からは広い道路が延びている。言ってみればこれがメインストリートで、そこから左右に道が分かれ、工場棟や倉庫棟、事務棟などへ行けるようになっていた。

初井は自転車を押しながら塔子たちを案内していく。ときどき台車で段ボール箱を運ぶ社員がいて、初井はいちいち彼らに「お疲れさまです」と挨拶していた。

「この南ブロックはすべて多摩航空機の敷地だったんです」初井は言った。「ですが五年前に会社がなくなったので、多摩工業グループの別の会社がいくつか移転してきました」

「多摩航空機の施設はもう、何も残っていないんですか」

塔子が尋ねると、初井は首を振って、

「いえ、ほとんどの建物はそのまま使用されていますよ。たとえばあれは、昔からある倉庫ですね。中のレイアウトは変えましたが、建て替える必要はなかったので……。事務棟なんかも、ほぼ当時のままです」

鷹野は物珍しそうに周囲を見回している。彼はポケットからデジカメを取り出し、初井に見せた。

「ここは撮影禁止ですか？」

「建物の中はご遠慮いただきたいんですが、外観は撮っていただいてもけっこうですよ」

「ありがとうございます。では早速」

カメラを構えて、鷹野はあちこち撮影し始めた。

「もしかして刑事さん、工場萌《も》えですか。そういう趣味の人がいると聞きました」

「萌えというほどじゃありませんが、工場は好きです。できれば、まだ多摩航空機があったころにお邪魔したかったものですね。たとえば十年前、事件の起こった時期とか……」

「ああ、でも戦後はもう、飛行機自体は造っていなかったんですよ。よその会社に部品を供給するぐらいで」

そういえば、会議で尾留川がそのように説明していた。塔子は初井のほうを向いた。

「あとはたしか、飛行機の部品の性能テストでしたっけ？」

「ええ。空力《くうりき》特性を調べたり、強度の実験をしたり……。すべての乗り物は安全第一で設計されていますが、中でも航空機は特に注意が必要です」

「こんなことを言うと笑われそうですけど、あんな鉄の塊《かたまり》が空を飛ぶなんて信じられませんよね」

感心したように塔子が言うと、初井は苦笑いを浮かべた。

「いや、飛行機は鉄の塊というわけじゃないんです。鋼鉄も使っていますけど、大部分はアルミニウム合金です」

「え……。そうなんですか？」驚いて塔子はまばたきをする。

「ひとつ勉強になったな」

横から鷹野がそんなことを言った。塔子は首をすくめたあと、小さくうなずいた。

倉庫をふたつ通りすぎると、不思議な建物が見えてきた。高さ十五メートルほどの円筒形で、全体がクリーム色に塗装されている。格子の嵌まった窓が円筒の壁にぐるりと造られていた。窓の様子から、内部は四つのフロアに分かれていることがわかる。

古い給水塔だ。四階の上に、帽子をかぶったように見えているのは水のタンクだろう。

「ここです」初井はスタンドを立てて自転車を停めた。「もう長いこと使われていないんですが、歴史のある建物だというので、ずっと保存されていたようです。……中に入ってみましょうか」

初井は積極的に捜査に協力してくれる。塔子たちにとってはありがたいことだ。

壁に《ＴＡＭＡ　ＷＡＴＥＲ　ＴＯＷＥＲ》という古いプレートが貼ってあった。

初井は鍵を出してドアを開ける。よく見ると、建物全体に比べて錠だけは新しいようだ。

「十年前、事件の当夜も施錠されていたんですか？」

鷹野が岩永に尋ねた。

「いえ、それがですね、事件のあったころは錠が壊れていたようでして……」

「誰でも入れる状態だった、と？」

「ええ」岩永は初井のほうを向いた。「そうでしたよね？」

「お恥ずかしい話です」初井はうなずいた。「早く直すべきだったんでしょうが、総務部と施設管理課の間で行き違いがあって、何年か放置されていたんですよ。十年前あの事件が起こったあと、急いで錠を交換したというわけです」

初井を先頭に、塔子たちは給水塔の中に入った。フロアは半径四メートルほどの円形だ。照明はなかったが、周囲の壁に窓があるので思ったよりも明るい。フロアの中央部分に柱があり、太いパイプが上から下りてきている。

「屋上の水タンク——給水槽から、ここを通して水があちこちに送られていたようです」

初井がパイプを指差して言った。

業務に関係ないため、この中は撮影しても問題ないという。鷹野はカメラを構え、フラッシュを焚《た》いて内部の写真を撮り始めた。

右手に、壁に沿って造られたらせん階段が見える。岩永がそのそばへ歩いていって、こちらを振り返った。

「事件当夜、巡回中に大きな音がしたもんですから、自分は給水塔のドアを開けて一階に入りました。ライトを向けたところ、階段の下、このへんに男性が倒れていたんです」

「仰向けに？」すかさず鷹野が尋ねる。

「いえ、うつぶせでした。一見して階段から落ちたのは明らかでしたから、大丈夫ですか、と声をかけたんです。でも返事はありませんでした。手首の脈を調べましたが、もう生きてはいないとわかって……」

「そのとき左目はどうでした？　森達雄さんはもともと義眼を使っていたんですが……」

「すみません。怖くなってしまって、顔はよく見なかったんです。そのあと自分は階段を上って、誰か潜んでいないか調べました。異状がなかったので一階まで下りて、応援を呼ぶため警備員室に向かったんです。たいした距離ではなかったし、念のため救急用品も持ってきたかったので」

岩永はそう説明した。塔子は鷹野のほうを向いて、小声で言った。

「顔を見ていないのなら、その人が森さんだったとは言えないんじゃないでしょうか。たとえば岩永さんが応援を呼びに行っている間に、犯人がその人と森さんを入れ替えた、という可能性はありませんかね」

「それはまた突飛な考えだな」鷹野は腕組みをした。「ないとは言えないが、可能性は低いと思う。岩永さんは倒れていた人の脈が止まっていたことを確認している」

「ですから、誰かの遺体と森さんの遺体を入れ替えた、とか……」

塔子がそんな想像を話していると、岩永が口を挟んできた。

「でも自分が右手をつかんだとき、感触がおかしかったんです。変にぐらぐらしていて、これは骨が折れているんだなと思いました。階段から勢いよく転げ落ちたせいでしょう」

「あ……なるほど」と塔子。

その時点で遺体の腕は折れていたわけだ。だとすると遺体入れ替え説は成立しそうにない。

「やっぱりその遺体は森さんだったと考えるべきですね」

「そうだな」鷹野はうなずいた。「ただ、如月がそこを疑ったのはいいことだと思う。岩永さんが顔を見ていなかったから、いろいろ推測する余地が生じてしまった」

「もしかして、自分のせいですかね」

岩永は肩をすぼめて言った。鷹野は慌てて首を横に振る。

「どうか気にしないでください。我々は、疑うのが仕事なものですから」

「じゃあ、上に行きましょうか」

初井が塔子たちに呼びかけた。彼を先頭にして、塔子たちはらせん階段を上り始めた。

二階、三階と見ていったが、いずれもフロアの構造はほぼ同じだ。

ただ四階に上がると、これまでのフロアとは異なる点があった。ここで階段が終わっていることと、ベランダに出るためのドアが設けられていることだ。

ドアには内側から閂《かんぬき》がかかっている。初井がそれを外して、ベランダを指し示した。

「ここから上の水タンクに登ることができます。メンテナンスのときに使っていた設備だと思います」

「事件の夜、四階まで確認したということですが、水タンクの上は見ましたか？」

「いえ、すみません」岩永は申し訳なさそうな声を出した。「慌てていて、そこまでは思いつきませんでした。あとで警察の方がそれに気づいたようで、犯人はタンクの上に身を隠していたんじゃないかと言われました。実際そのベランダに誰かが歩いた跡があったそうです。ただ、靴跡までは採取できなかったということでした」

タンクの上に逃げた犯人は、岩永が同僚を呼びに行った隙に、階段を下りて脱出したのだろう。

「どれ、ちょっと拝見」

そう言って、鷹野は背の低いドアからベランダに出た。塔子もそれに従った。

ベランダの右手に金属製の梯子《はしご》があって、垂直に上へ延びている。

「初井さん、登ってもいいですよね？」

「かまいませんが、気をつけてください」

「了解です」

鷹野はひょいひょいとその梯子を登り始めた。四階のベランダから、梯子は六メートルほど延びている。水タンクがあるのは、建物の五階にあたる部分だ。中は水を溜めるスペースだから、人間は外から回るしかない。

塔子が戸惑いながら見ているうち、鷹野は水タンクの上に到達した。

「おーい、どうした如月。登ってこないのか」

上のほうから鷹野の声が聞こえてきた。まいったな、と塔子は思った。できればこんなところに登りたくはない。だが、せっかく現場に来たのだから何でも見ておかなければ、という気持ちもある。

「如月は身軽なんだから、大丈夫だろう？」

また鷹野の声が聞こえた。仕方ない。覚悟を決めて塔子は梯子に手をかけた。次に右足を、梯子の一段目にかけようとしたのだが——。

——と、届かない……。

一段目がベランダの床面から、かなり高い位置にあるのだ。塔子の身長では、普通に右足を上げたのでは届かない。何度か足が空を切った。これでは駄目だと思い、両手で梯子をつかんだまま軽くジャンプして、やっと右足を段にかけることができた。まったく不親切な設計だ。

塔子はゆっくりと梯子を登っていった。どこかが錆《さ》びていたり、ぐらついたりすることはない。しかし古い建物だからどうしても不安がある。

六メートルほどの梯子を登って、これで一安心かというと、そうではなかった。水タンクの上に乗ると、梯子以外につかまる場所がひとつもないのだ。しかも地上十五メートルほどのこの場所は、吹きさらしの状態だった。時折、強い風が吹いて、塔子の髪を乱していく。

鷹野はそんな場所でカメラを構えていた。会社の広い敷地を見下ろしつつ、あちこちの写真を撮っている。

「こ……こんなところで、よく平気ですね」

顔を強ばらせながら塔子は言った。鷹野は軽い足取りでタンクの上を歩き回っている。

「何を怖がっているんだ。如月塔子の『塔』は、給水塔の『塔』じゃないのか？」

「そんなわけないでしょう」

塔子はおそるおそる、梯子から離れて鷹野のそばに行った。

「鷹野さん、手すりもフェンスもないんですから、気をつけてくださいよ」

「不思議なものだよな。このタンクの直径は七、八メートル。地面にこれだけの円を描いたら、けっこう広く感じるだろう。でも給水塔の上ではひどく心細い」

「この高さですからね」

また風が吹いて、コートの裾《すそ》がはためいた。何を思ったのか鷹野は両手を広げて、その風を受けている。少しふらついたようだ。

「危ないですよ！」

「そ……そうだな。ちょっと危なかった」

地面の上ならたいした風とも感じられないだろうが、給水塔の上にいると、このまま転落してしまうのではないかと心配になる。

「前にニュースで見たが、風速三十メートルぐらいで屋根が飛ばされ、三十五メートルぐらいで自動車が横倒しになるらしい」

「そこまでいくと、外に出るのは危険すぎますね」と塔子。

鷹野は腰に手を当てて、周囲をゆっくりと見回した。

「事件があったのは十月六日の夜だ。十年前、犯人は森さんを殺害したあと、この給水塔の上に隠れていた。捕まってしまうのか、それとも無事逃げられるのかと気を揉んでいたに違いない。その夜、星は出ていただろうか。真っ暗な中、天空を見上げた犯人は、どんな思いを胸に抱いたのか……」

「なんだか感傷的ですね、鷹野さん」

「神経を集中させると、わずかな時間がとても長く感じられるよな。岩永さんが立ち去るまで、犯人はここで何を考えていたのか、気になるよ」

鷹野は再びカメラを使って東西南北、敷地の全方位を撮影していった。

「建物は十年前とほとんど変わっていないはずだから、当時の状況を想像することができる。東側のあそこが、さっきいた正門だ。トラックで資材を運んできて、たぶんあのへんの工場で組み立てる。工程ごとに工場はいくつかあったはずだ。その近くの建物は、部品や製品を保管する倉庫だったのかもしれない」

シャッターを切りながら、彼はひとり喋り続ける。

「あの……鷹野さん？　もうそろそろ、いいんじゃないですかね」

塔子が言うと、ようやく鷹野はカメラをポケットにしまった。「いい写真が撮れた」と、満足そうな顔をしている。

梯子を伝って四階のベランダに下りるとき、また足が届かなくて苦労した。なんとかベランダに着地し、給水塔の四階に入って塔子は胸をなで下ろす。周囲に壁があることで、これほど安心できるとは思わなかった。

らせん階段を下りて、四人は一階に向かった。

ルミリア中野のらせん階段に比べると、ここは幅も広めだし、比較的ゆったりした造りに感じられる。角度もそれほど急ではない。

階段の途中で足を止め、塔子は首をひねった。

「どうかしたのか？」

鷹野に訊かれて、塔子は少し考えながら答えた。

「ふと思ったんですが、このらせん階段を転がり落ちたとして、あそこまで全身の骨が折れますかね」

彼は足を止め、薄暗いらせん階段を見上げる。

「四階から一階までだから、勢いがつけばあちこち骨折するだろう」

「それにしても、森達雄さんの骨折は全部で十三ヵ所ですよ？」

「……たしかに多いな」

鷹野は黙り込んで眉をひそめた。らせん階段の壁に手をつき、何か考え込む様子だ。

あらためて階段の写真を撮ったあと、鷹野は初井のほうを向いた。

「ひとつお願いがあるんですが、十年前の施設の資料をいただけませんか。南ブロックがどんな状態だったか知りたいんです」

「そうですねえ。探してみないと何とも……。ご回答は明日か明後日《あさって》でもよろしいですか」

「ええ、メールでもファクシミリでもけっこうです。こちらへお願いできますか」

鷹野はメモ用紙に特捜本部のメールアドレス、電話番号、自分の携帯番号などを書いて渡した。それから彼は、頭を下げて言った。

「初井さん、岩永さん、どうもありがとうございました」

「捜査が早く進むといいですね」初井はうなずいた。「何かわかったら、ぜひ私たちにも教えてください」

「じゃあ、警備員室に戻りましょうか」

給水塔を出て、岩永は敷地の東側、正門のほうへと歩きだす。

あらためて感謝の意を伝えたあと、塔子たちは初井と別れた。総務部の建物へ戻るため、初井はひとり自転車を漕《こ》いでいった。

正門を出ると、塔子は携帯でタクシーを呼んだ。

車がやってくるには時間がかかる。到着を待っていると、鷹野がこんなことを言った。

「警備員室の記録では、事件のあった時間帯に出入りした人間はいなかった。当時、防犯カメラも確認したということだった。しかしその気になれば塀を乗り越えられる。たぶん森さんはそうしたんだろう、というのが特捜本部の意見だ」

「犯人も塀を越えて逃げたんでしょうか」

「そうかもしれない」

住宅街などと違って、この敷地から塀を越えて逃げたのなら、目撃証言もなかなか得られなかったことだろう。

「森さんは自分の意思で、この敷地に侵入したと考えられる。当然、何か目的があったはずだ」

「多摩航空機という会社が目的だったんでしょうか。ものを盗みに来たとか」

「その方向で考えるとしたら、たとえば多摩航空機が持っている何かの部品がほしかったとか……。あるいは、技術情報やデータが目的だったとか、そういうことかな」

真相を明らかにするのは、かなり難しそうだった。なにしろ森達雄本人が亡くなってしまっているのだ。

タクシーはまだやってこない。何を思ったか鷹野は携帯を取り出し、どこかへ架電した。隣で塔子は聞き耳を立てる。

「ああ、河上さんですか。十一係の鷹野です」彼は科捜研に電話したようだ。「ひとつ気になることがありましてね。……十年前の立川事件のことです。今現地で給水塔を見たんですが、あのらせん階段から転落したとして、どれぐらいの骨折があるものでしょうか。当時の捜査資料に図面や写真があるはずです。それらの資料から、怪我の程度を予想できませんか。……ええ、難しいのはわかります。ですが、じつは如月もその点を気にしているんですよ。河上さんだけが頼りだと言っています」

しばらく話してから鷹野は電話を切った。塔子のほうを向いて、彼は口元を緩めた。

「時間はかかるだろうが、調べてもらえることになった。やっぱり、如月の名前を出すと強いなあ」

「え？　どういうことですか」塔子は首をかしげる。

「それはだな」と言いかけたが、鷹野は道路のほうに目をやった。「お、よかった。車が来たぞ」

塔子の質問に答えないまま、鷹野はタクシーに向かって大きく手を振った。

4

都心部に戻り、塔子たちは再び中野事件、目黒事件について聞き込みを続けた。

しかし有益な情報はなかなか得られない。刑事は足で稼ぐものだとわかっていたが、これだけ歩いても成果がないとなると、さすがに気持ちが焦ってくる。

ふとした弾みに事件現場の様子が頭に浮かんだ。

ルミリア中野の、らせん階段の下に倒れていた佐武恭平。ステンドグラスの美しい光のそばで、顔の左半分が血まみれになっていた。眼球を失った眼窩には、筋繊維や脂肪が浮かんでいた。

グランドテラス目黒で、階段の下に横たわっていた片岡昭宏。やはり左目を奪われ、異様な姿で発見された。彼のときは何度も階段の踊り場で止まり、そのたびに体を押されて転がり落ちたと考えられる。

すでにふたりの被害者が出てしまった。十年前の立川事件まで合わせれば三人だ。三人の被害者。三つの階段。三つの左目。

考え続けるうち、塔子は嫌な予感にとらわれた。

――犯人は次の事件を起こすのでは？

ここで事件が終わるとは限らない。いずれ第四の眼球が奪われるのではないだろうか。塔子はひとり慄然《りつぜん》とする。

「残念だが、今日はここまでだな」

鷹野の言葉を聞いて、塔子は我に返った。腕時計に目をやると、もう午後七時を回っていた。

辺りはすっかり暗くなっている。今から新しい聞き込み先へ向かうのは無理だろう。

収穫のないまま、鷹野とともに中野署に戻った。

講堂の中は暖房がよく効いている。一日歩いて冷え切った体に、この暖かさは心地いい。

「お疲れさん。寒い中、ご苦労だったな」

早瀬係長が声をかけてきた。塔子たちは会釈をしながら彼に歩み寄り、捜査内容について報告した。

「鷹野組も空振りか」早瀬は渋い表情を浮かべた。「まいったな。胃が痛いよ」

「藤村さんの件はどうなりました？」

講堂の中を見回して鷹野は尋ねた。早瀬は眼鏡の位置を直しながら答える。

「神谷課長たちと相談した結果、藤村さんには予備班で内勤をしてもらうことになった」

「手代木管理官が事情を聞いたんですよね。何か疑わしいことがあったんですか？」

「いや、そんなことはない。だが、娘が佐武恭平と交際していたのを知らなかったとすれば、落ち度だと言われても仕方がないだろう。だから予備班に入ってもらった」

あの、と塔子は小さく右手を挙げた。今の早瀬の話には違和感があった。

「娘さんの件は、藤村さんの落ち度になるんでしょうか。親といっても、子供のことをすべて知っているわけじゃありませんし……」

「一般市民なら許されるだろうが、藤村さんは刑事だ。自分が担当する事件に娘が関わっていたのを、彼は知らなかった。これは非常にまずいことだ」

知らなかったのだから仕方ない、と言いたいところだが、それでも藤村は監督責任を問われるのだろうか。たしかに、捜査員の娘が被害者と懇意だったとわかれば、不審に思う者もいるだろう。藤村は何をやっていたんだという批判も出るに違いない。

「まあしかし、藤村さんは本当に知らなかったと主張している。だから予備班への異動だけで済んだ。状況によっては、特捜本部から外さなければいけないところだったんだ」

どうやら早瀬も、藤村には同情しているようだった。だが特捜本部の指揮官として、藤村に何らかのペナルティーを与えなくてはならなかったのだろう。そうしなければ、ほかの刑事たちに示しがつかないというわけだ。

塔子も捜査一課の刑事だから、そこは理解しなければならなかった。

「娘の香澄さんのほうはどうでした？」

鷹野が小声で尋ねると、早瀬は軽くうなずきながら、

「午前三時二十分、香澄さんは自宅の固定電話から間違いなく七一一九番に問い合わせをしていた。東京消防庁救急相談センターの記録と電話会社の記録、双方で確認した」

不審者が防犯カメラに写っていたのは、午前二時二十四分と三時三十七分だ。三時二十分に自宅にいたのなら、香澄は犯人ではない。もともと香澄を疑っていたわけではなかったが、アリバイが成立したことを受けて塔子は胸をなで下ろした。

「如月たちから電話連絡を受けて、香澄さんが佐武からモラハラを受けていたことがわかった。引き続き、彼女にいろいろ尋ねる必要があると思っている。そこはもう、鑑取り班に頼んである」

「私たちも明日もう一度、香澄さんに会ってみましょうか」

「いや、じつは明日、如月に頼みたいことがあるんだ。これは如月でなければできないことだ」

「私でなければできないこと、ですか？」

不思議に思って塔子が訊くと、早瀬は腕時計をちらりと見た。

「もうじき捜査会議だな。その件はあとで話そう」

「……わかりました」

腑に落ちなかったが、塔子はうなずいて自分の席に向かった。鷹野とふたり、椅子に腰掛ける。

「いったい何でしょうね」と塔子。

「俺にも見当がつかないな」鷹野も首をかしげていた。「香澄さんに張り付いて情報を引き出せ、というわけでもないだろうし……」

会議まであと五分というときになって、誰かがそばにやってきた。捜査資料から顔を上げて、塔子ははっとした。そこに立っていたのは白髪頭の藤村だったのだ。

「塔子にも、いろいろ迷惑をかけてしまったな」声を低めて彼は言った。

「迷惑だなんて、そんな」塔子は慌てて首を振る。「香澄さんと佐武さんのこと、藤村さんは知らなかったんですよね？」

「ああ。本当に申し訳なかった。俺の監督不行き届きだ。みんなが懸命に情報を集めている中、俺は娘のことも知らずにのんびりしていた。何をやっていたんだと責められても仕方がない」

「誰も責めたりしませんよ」

「だけど、早くわかっていれば捜査はもっと進んでいたはずなんだ」

藤村は肩を落とし、顔を曇らせる。見ていて気の毒なぐらい落ち込んでいた。

「私、今日、香澄さんに会ってきたんです」

「手代木管理官から聞いたよ。手間をかけさせたな。香澄は何か言ってたかい？」

「佐武さんが亡くなって、だいぶショックを受けているようでした。交際していたことを黙っていて、藤村さんに申し訳なかった、と……」

「あいつの生活をもっとよく見ておくべきだった。これで親だなんて恥ずかしい」

話を聞いていた鷹野が、ここで口を開いた。

「藤村さん、このあとどうするんです？　娘さんと話はできるんですか」

「今夜はうちに帰って香澄から事情を聞くことにします。手代木管理官にも、そうしろと言われました。今さらですが、あの子が話しやすくなるような雰囲気を作ろうと思います」

「ああ、それがいいですね。何か聞き出せたら、今日の件を挽回《ばんかい》できるかもしれませんよ」

ため息をついたあと、藤村は何か思案する表情になった。おそらく娘のことを思い出しているのだろう。あれは刑事ではなく、子を心配する父親の顔だ、と塔子は思った。

からんからん、とベルの音がした。

それに気づいて、白いエプロンをつけた店員がこちらを向く。今夜はカウンターに男性客が見えたが、知らない顔だった。特捜本部の刑事ではないだろう。

「さっき電話した中野商事ですが、奥、空いてますよね？」

尾留川が尋ねると、店員は「どうぞ」と言って正面奥の通路を指し示した。尾留川を先頭にして、門脇、徳重、鷹野、塔子の五人はカウンターの脇を通り、通路を抜けて個室に入った。

広いとは言えない部屋だが、署から近くて、落ち着いて話せるのは利点だ。それで今夜も、門脇班の五人はこのバーにやってきたのだった。

みなが席に着くと、尾留川がメニューを開いた。ムードメーカーである彼は、こういう場の幹事役でもある。注文を確認したあと、店員を呼んで手際よくオーダーを伝えた。

腕時計を見ると、まもなく午後十時十五分になるところだ。捜査会議のあとだから、どうしてもこれぐらいの時刻になってしまう。

やがて瓶ビール二本とグラスが運ばれてきた。塔子と尾留川は先輩たちに酌をして、最後に自分たちのグラスにもビールを注いだ。全員の分が揃ったところで門脇が口を開いた。

「現在、捜査は難航しているが、こういうときだからこそ英気を養って頑張ろう。では、明日の成果のために」

それぞれグラスを掲げ持ち、ビールを飲んだ。

雑談している間に料理が出てきたので、それをつまみながら、さらにグラスを傾ける。

「藤村さんも気の毒ですよね」尾留川が言った。「同じ家に住んでいるといっても、普通、娘さんの交際相手のことまでは知らないでしょう。それなのに予備班へ移されてしまって……。あれは処分されたということですよね」

「まあ、お咎めなしとはいかなかったんだろうな」門脇はグラスをテーブルに置いた。「放っておいたら、特捜のほかのメンバーが何を言うかわからない」

「処分されたおかげで、藤村さんに同情する雰囲気が出てきた。早瀬係長たちの判断が功を奏したわけですな。……門脇さん、まあどうぞ」

徳重が酌をしようとするのを、門脇は丁寧に断った。

「いやいや、あとは手酌でいきましょう」

そう笑うと門脇は早速、自分のグラスにビールを注ぎ足す。

「娘の香澄さんって、どんな人だった？」

尾留川が塔子に尋ねてきた。そうですね、とつぶやきながら塔子は記憶をたどる。

「真面目そうな人でしたよ。佐武さんがモラハラをやっていたことには驚きましたけど、相手が香澄さんならあり得るな、という気がしました」

「やられても仕方ないってこと？」

「いえ、そういう意味じゃないんですけど」塔子は慌てて釈明した。「香澄さんはとても気をつかう人だと思うんです。だから佐武さんのことを大事にした。普通だったら幸せな交際ができたはずですが、あいにく佐武さんは性格にかなり癖があって……」

「モラハラの加害者は自分の非を認めず、言葉で他人を攻撃し、追い詰めていくそうです」デジカメをいじりながら鷹野が言った。「自分が正義である、異論は認めない、という感じでしょうか。警察にもそういう人はけっこういますよね。いや、警察だからこそ、そういう人がいるというべきか」

鷹野の言葉を聞いて、みな黙り込んでしまった。かつて自分が見てきた上司や先輩、同僚たちの言動を思い返しているのだろう。

塔子も、これまでに出会った人たちを頭に思い浮かべていた。鷹野の言うように、警察には少し癖のある人が多い。自分こそが常識人であり、ほかの価値観は認めない、という人もいた。ただ、そういう人が誰にでもモラハラをするかというと、そうではなかった。

「何なんでしょう。自分より弱い人に対してはモラハラをして、自分より強い人には黙って従う、という感じがしますよね」

「そこだよ」鷹野は塔子のほうを向いた。「彼らは相手によって態度を変えるんだ。弱い者なら徹底的にいじめ抜き、心をズタズタにする。しかし自分より強い者には尻《しっ》尾《ぽ》を振り、こびへつらう。立派なことを言うので、第三者からは優秀な人間だと思われることが多い。しかしその実態は、罪悪感を持たないナルシスト的な人物だと考えられる」

「自分が間違っていた、と認めることはないんでしょうか」

「ないだろうね。だって彼らは絶対的な正義なんだから。あるいは……そう、彼らは自分のことを神様のように思っているのかもしれない」

「神様、ですか……」

塔子は一瞬、森達雄のことを思い出した。森は天空教という宗教団体で、最盛期には百名もの信者を集めていたのだ。それだけの人を引きつけたのだから、話術が巧《たく》みだったはずだし、カリスマ性があったのだと思われる。単純に比較することはできないが、森と佐武にはどこか共通する部分がなかっただろうか。

「恋人の佐武はモラハラ男だった。一方、父親の藤村さんは穏やかな人だよな」

門脇の問いに対して、塔子は「そのとおりです」と答えた。

「私を指導してくれたときも、藤村さんは親切で丁寧でした。もちろん、まずいところはきちんと指摘して、直すように指示してくれたし」

「ただ、前にも話したが……」鷹野は言った。「藤村さんには優しすぎるところがある」

たしかにそうだ。藤村はいい人だが、警察官としては評価されないだろう。だからこそ彼は五十九歳になった今も、巡査長という階級に甘んじているのだ。

口を閉ざした塔子の前で、鷹野は穏やかに続けた。

「ああ、すまない。あの人を批判しようというわけじゃないんだ。でも、俺は思ったんだよ。藤村さんは決して感情的にはならない人だ。後輩にきついことも言わないんじゃないかな」

「ええ、そうです」

「だとすると、ほかの警察官とのバランスがとれなくなる。優しい先輩というのは舐《な》められやすいものだよ。それは如月にもわかるだろう」

鷹野の言うとおりだった。あの布袋さんのような徳重でさえ、ときには耳が痛いことを言う。指導というのは本来厳しいものなのだ。だが藤村はそうしない。後輩に対しても親しく、丁寧に接してしまう。

もちろん、的確に指導してもらったという実感はあった。しかし塔子が藤村に好意を抱いていたのは、彼が優しい先輩だったからではないのか。

——私はそれに甘えてしまっていたんだろうか。

塔子が考え込むのを見て、門脇が眉をひそめていた。場の雰囲気が悪くなってしまったと感じたらしい。

だが、そこで口を開いたのは徳重だった。

「でも鷹野さん、組織にはそういう人も必要なんですよ」

「というと?」

「藤村さんがずっと刑事課にいるのは、そのほうがいいと上が判断したからです。つまり藤村さんは、一定の評価を受けているってことです」

「まあ、そういう見方もできますね」

「正直なところ、捜査成績はあまりよくないかもしれません。でも組織というのは、すべての部署を効率的にはできないものです。一見無駄だと思えるような仕事だって、それを担当する人間は必要です。目に見えにくい部分で、組織を支えている人もいるんですよ。……ほら、私みたいにね」

徳重は太鼓腹を、ぽん、と叩きながら言った。口にはいたずらっぽい笑みを浮かべている。今の一言で、張り詰めていた空気が緩んだようだった。

「またまた、そんなことはないですよ」チャンスを逃さず、尾留川が明るい声を出した。「トクさんはいつも最前線で活躍してるじゃないですか。十一係に徳重ありって、みんな言ってますよ」

「そうなの？　私は聞いたことがないけど」と徳重。

「いや、俺も聞いたような気がするなあ」門脇が真顔になって言った。「『義理と人情のデカ』だっけ？　それから『落としのトクさん』とか……」

「そんなにおだてたって、何も出ませんよ」

門脇の顔をちらりと見てから、徳重はひとり苦笑いをした。

食事が済んだところで、事件に関する打ち合わせが始まった。

塔子はいつものノートを取り出し、テーブルの上に広げた。先輩たちと情報交換を行い、相談しながら項目を書き足していく。

■立川事件

(一) 被害者・森達雄は何か目的があって敷地に侵入したのか。

(二) 森達雄は何者かによって、給水塔のらせん階段から転落させられたのか（十三ヵ所に骨折あり）。★ベランダに靴跡あり。転落させられ、殺害されたと考えられる。

（三）犯人はなぜ森達雄の義眼を持ち去ったのか。
（四）宗教団体・天空教はこの事件に関わっていないのか。
（五）アヌビスと称する人物はこの事件の犯人なのか。

■中野事件
（一）佐武恭平は何者かによって、らせん階段から転落させられたのか（六ヵ所に骨折あり）。
（二）犯人が佐武恭平の左の眼球を摘出し、持ち去ったのはなぜか。★立川事件に似せるため？
（三）被害者の上衣を脱がせて持ち去ったのはなぜか。
（四）午前2時24分、3時37分に駐車場前を通った人物は犯人なのか。★そう考えられる。
（五）ルミリア中野で事件を起こしたことには理由があるのか。
（六）十年前の立川事件を知る者の犯行なのか。★立川事件の犯人・アヌビスが中野事件を起こした？
（七）佐武恭平は立川事件と関係があるのか。

■目黒事件
(一)片岡昭宏は何者かによって、非常階段から転落させられたのか(九ヵ所に骨折あり)。★転落させられたあと、ロープなどで絞められて窒息死。のち全身を殴打。
(二)犯人が片岡昭宏の左の眼球を摘出し、持ち去ったのはなぜか。★立川事件、中野事件に似せるため?
(三)今回、被害者の上衣を脱がせなかったのはなぜか。
(四)殺害後、被害者を骨折させたのはなぜか。★立川事件、中野事件に似せるため?
(五)グランドテラス目黒で事件を起こしたことには理由があるのか。
(六)十年前の立川事件を知る者の犯行なのか。★立川事件の犯人・アヌビスが目黒事件を起こした?
(七)片岡昭宏は立川事件と関係があるのか。また、中野事件の佐武恭平と関係があるのか。

先輩たちは真顔になってノートを見つめている。
「アヌビス、ですか」徳重が渋い表情を浮かべた。「奴を十年前に捕らえていれば、今回の事件は起こらなかったんでしょうね。中野事件に続いて目黒事件。どちらもよく似た手口です。そしてこのままだと、次の事件が起こるかもしれない」

「また左目が奪われるわけですか？」と尾留川。

「そんなこと、させるわけにはいきません」塔子ははっきりした声で言った。「なんとしても、私たちで犯人を捕らえましょう。どこかに手がかりがあるはずです」

「如月の言うとおりだ」門脇は塔子のほうを向いた。「犯人に近づくためにも、事件の分析を進めよう」

彼はノートの項目をひとつずつ指差していった。

「立川事件で、給水塔のベランダには靴跡があったそうだな。やはり森達雄は事故死ではなく、何者かに殺害されたと考えられる」

「門脇さん、すみません」鷹野が口を開いた。「立川事件の項番二ですが、あのらせん階段から落ちたとき、どれぐらいの骨折になるか科捜研に調べてもらっています」

「何か不審な点があるのか？」

「少し引っかかるんです。念のため、科学的な分析をしてもらおうと思って……」

わかった、とうなずいたあと、門脇はもう一度ノートに目をやった。

「中野事件と目黒事件を比べると、階段から落としたらしいこと、左目を抉り取ったことは共通している。だが大きな違いがふたつある。第一に、目黒事件では上半身の洋服が脱がされていないこと。第二に、死亡後あちこちの骨が折られたと思われることだ。今日の報告で、被害者は全身九ヵ所の骨を折られていた」

「上衣を脱がされなかったのは、その時間がなかったからでは？」徳重が考えを口にした。「中野のときより、さらに状況が悪かったんじゃないでしょうか。目黒事件のときは、階段から落としただけでは被害者は死亡しなかった。だからロープか何かを使って殺害したんですよね。そんなふうによけいな手間がかかったので、服を脱がすのをやめた、ということじゃないですか？」

「でも目玉はくり抜いてますよね？」と門脇。

「眼球の摘出だけは、どうしても実行しなくちゃいけなかったんでしょう。こだわりがあったから」

「そうですかねえ……」

低い声で唸りながら、門脇はワイシャツの胸ポケットを探った。無意識のうちに煙草の箱を探していたらしい。だが胸ポケットには何もないと気づいて、彼はばつの悪そうな顔をした。

「煙草、切らしたんですか？」塔子は尋ねた。

「もうそろそろ禁煙すればいいのに……」鷹野は顔をしかめている。

それを聞くと、門脇は不本意そうな表情を浮かべた。彼はスーツの内ポケットから、菓子の小袋を取り出した。

「失礼だな、おまえたち。俺はグミを食べることにしたんだ」

「グミ？」

塔子たちは驚いて門脇の手元を見つめる。たしかにそれは果汁入りのグミだった。小豆《あずき》ほどのサイズの粒が、袋の中にぎっしり入っている。

封を切り、門脇は手のひらの上で袋を振った。赤やピンクや紫色の粒が転がり出る。彼はそれらを口に放り込み、咀嚼《そしやく》し始めた。

「へえ、門脇さん、そんなものを買ったんですか」

感心したという声で尾留川が尋ねた。門脇は自慢げな顔で後輩に答える。

「煙草をやめられるし、嚙めば脳に血が巡って眠気が覚める。さらに顎も鍛《きた》えられる。一石三鳥だ」

「よく禁煙する決心がつきましたね」

「圧力に負けたんだよ。最近は煙草への風当たりが強いだろう。いずれ喫煙者狩りが始まるかもしれない。そうなる前に、自分で禁煙したってわけだ」

「で、ちゃんと煙草はやめられそうですか？」

「まあ、今日禁煙を始めたばかりだからな」

「それはすみませんでした。じゃあ今後、煙草の話はしないことにしましょう。トクさんも鷹野さんも如月もね。これからは煙草って言わないこと。もし煙草って言ったら罰金にしましょうか。タバスコはＯＫですけどね」

「尾留川、おまえ煙草煙草ってうるさいよ。俺の決意が鈍るじゃないか」

門脇は思い切り不機嫌そうな顔をして、またグミを食べ始めた。

そんな先輩たちの様子を見て、塔子は口元を緩めた。こういう他愛《たわい》ないやりとりが、とても楽しく感じられる。自分はいい先輩に恵まれたな、と思った。

そこへ、携帯の着信音が聞こえてきた。塔子はバッグから携帯電話を取り出す。

液晶画面に表示されていたのは、科捜研・河上研究員の名前だった。

「はい、如月です」

「ああ、夜遅くにすみません、科捜研の河上です。急ぎでお伝えしたいことがありまして」

相手の声から強い緊張感が伝わってくる。塔子は河上の姿を思い浮かべた。彼は今、自分の発見に興奮しながら架電しているのではないだろうか。

「何かわかったんですか？」塔子は尋ねた。

「二点あります。まず、鷹野さんから依頼されていた、立川のらせん階段の件。構造分析をした上でシミュレーションを繰り返しました。その結果、給水塔の階段を転がり落ちても、森達雄のようなひどい骨折には至らないことがわかりました」

「それは……どういう意味です？」

「森達雄はどこか別の場所で死亡した可能性があります」

塔子は息を呑んだ。今、河上が言ったことは捜査の根幹に関わる重大な事実だ。最初に疑問を感じたのは塔子だったが、科捜研からこれほどはっきりした回答が来るとは思わなかった。

「だとしたら、森さんはどんな場所でどのように骨折したんでしょうか」

「それは不明です。とりあえず今は、その結果だけ鷹野さんに伝えてください」

わかりました、と塔子は答えた。

「次に二点目です」河上は報告を続けた。「中野事件の被害者・佐武恭平の司法解剖の結果で、気になることがありました。左の眼球が摘出されていましたが、眼窩の内側を詳しく調べたところ、尖ったもので傷つけられた痕跡が見つかったんです」

「ええと……ナイフのことですか？」

佐武の左の眼窩には、ナイフの刃などの跡が残っていたはずだ。あのときの情報では、眼窩の骨と眼球の間に薄い刃を刺し込み、破裂させないよう左目を抉り出したのではないか、ということだった。

「いえ、違います」意外な返事が聞こえてきた。「新しく見つかった傷は、先端の細いもので出来た傷です」

「先端が細いというと、たとえばアイスピックとか？」

「その傷から、わずかですがインクの成分が検出されました。万年筆のインクです」

「もしかして……犯人は、万年筆で佐武さんの目を傷つけたんですか？」

「おそらく、そうだと思います」

隣で鷹野が聞き耳を立てているのがわかった。塔子は河上に断ってから、今の二点について鷹野に伝えた。

彼は顎に指先を当て、じっと考え込む。

「もしもし、如月さん？」河上の声が聞こえた。「鷹野さんは何と言ってます？」

「すぐには考えがまとまらないようです。河上さん、情報をありがとうございました」

「また何かわかったら連絡します」

「いつも頼ってしまってすみませんが、よろしくお願いします」

通話を終えて塔子は電話を切った。それから、あらためて鷹野のほうを向いた。

「給水塔ではないとすると、森さんはどこで死亡したんでしょうか」

「……当時の多摩航空機の敷地内を、しっかり確認する必要がありそうだな」

「そういえば、まだ立川事件当時の施設の資料が届いていませんね」

「明日、催促してみる。探すのに時間がかかっているのかもしれない」

ふたりの話を、門脇や徳重、尾留川は真剣な顔で聞いていた。

「別の場所で死んだとなったら、話は厄介だな」門脇は腕組みをする。

ひとしきりその話が続いた。だが、今この場であらたな筋読みをするのは難しい。次の情報を待つしかない、ということになった。

話が一段落したところで、塔子はノートを閉じた。そろそろ先輩たちに話しておかなければならないだろう、と思った。

「じつは私、早瀬係長から特命を受けたんです」

おや、という表情で門脇や徳重、尾留川がこちらを向く。鷹野だけはすでにその話を聞いているので、澄ました顔をしていた。

「特命って、いったい何だ？」尾留川が首をかしげる。

「アークサロン東京は天空教の幹部が立ち上げた会社ですが、元信者たちとは関係がありません。解散前に十五名ほど残っていた元信者たちは、いったいどこに行ったのか。それを予備班が調べてくれました。……かつて天空教の信者だった人たちのうち十人ほどが今、『恒葉会《こうようかい》』というグループを作っているらしいんです。八王子《はちおうじ》市の山の中で集団生活をしているそうです」

「天空教の元信者ということは、森達雄さんのことを知っているはずですね」

徳重が真顔で尋ねてきた。ええ、と塔子は答える。

「今日、恒葉会のことがわかったので、予備班がコミュニティを訪ねました。天空教時代について訊こうとしたんですが、まったく応じてくれなかったそうです。そこで私に指示が出ました。一般市民のふりをして潜入捜査をしてくれ、ということでした」

ちょっと待った、と門脇が言った。

「どうして如月なんだ。その恒葉会とかいうところ、宗教団体かもしれないんだろう？　危険だよ。そんなことは尾留川にでもやらせればいい」

「まあ、そうですよね。男のほうがいいでしょうから、俺が……」

尾留川もそう申し出てくれた。だが、塔子は首を左右に振った。

「恒葉会は女性だけで構成されている団体なんです」

「あ……そういうことなのか」

納得はしたようだが、門脇も尾留川も渋い表情を浮かべている。ふたりとも塔子の身を心配してくれているのだ。

それを見て、鷹野が口を開いた。

「俺がコミュニティの近くで待機します。何かあれば、すぐ助けに行くようにします」

「よし、わかった」門脇は鷹野のほうに目を向けた。「いざというときには荒事《あらごと》になるんだよな？　だったら俺も待機しよう。早瀬さんに話してみる」

「いや、俺ひとりで大丈夫ですから」

鷹野は門脇を押しとどめようとする。だが門脇は右手を突き出してそれを制した。

「如月は俺の大事な後輩だ。鷹野だけに任せてはおけない」

「そうですよ」尾留川もうなずいた。「俺たち五人、チームじゃないですか」

心強い言葉だった。そんなふうに言ってくれる先輩たちに感謝しなければ、と塔子は思った。門脇や尾留川に向かって深く頭を下げる。

「ありがとうございます。情報収集に全力を尽くします。……でも本当に、私と鷹野さんだけで大丈夫だと思いますから」

塔子が言うと、門脇と鷹野は相談を始めた。その結果、ふたりのほかに念のため、尾留川が同行することになった。

「有力な情報がない今、如月の潜入捜査に期待しているぞ。しっかりな」と門脇。

「如月ちゃん、くれぐれも無理はしないように」徳重も励ましてくれた。「これまでの経験を活かせば、うまくいくはずだよ」

「はい、慎重に行動します」

塔子は背筋を伸ばし、姿勢を正してそう答えた。

「八王子への出発は明日の朝七時だ」鷹野は尾留川に言った。「現地での段取りについて、このあと打ち合わせをしよう」

「了解です。全力で如月をサポートしますよ」

鷹野は腕時計に目をやったあと、ポケットからメモ帳を取り出した。手早くページをめくってメモをとる。

塔子は表情を引き締め、明日の行動について考え始めた。

第四章　コミュニティ

1

覆面パトカーは市街地を離れ、山中の道を走っている。

運転席にいるのは鷹野だ。車の後部座席で塔子は捜査資料を読み、尾留川はノートパソコンを操作している。

普段は塔子がハンドルを握るのだが、今日は鷹野が運転すると言って譲らなかった。

「如月にはこれから頑張ってもらわなくちゃいけない。今は休んでいてくれ」

そう諭して、鷹野は車のエンジンをかけたのだった。

鷹野の言うとおり、このあと自分にはやるべきことがある。それは女性である塔子にしかできないことだ。先輩たちはみな期待しているだろうし、塔子の中にも、それに応えなければという強い意気込みがあった。

八王子駅から車で四十分ほど走ったころ、尾留川が前方を指差した。

「地図によると恒葉会はその先、左です。でも俺たちの車は入らないほうがよさそうですね」

「そうだな」鷹野はうなずいた。「あまり近づくと、会のメンバーに見られるかもしれない。我々は少し離れた場所で待機しよう」

鷹野は道幅の広くなった場所で車を停めた。前方五十メートルほど先に、ガードレールが一部途切れているのが見える。そこに脇道があるようだ。

「予備班の情報だと、二分ほど歩いたところに白い建物があるらしい」尾留川が言った。「元は企業の研修所だったけど、恒葉会が買い取ったんだって」

塔子はあらためて手元の資料に目をやった。内容をしっかり記憶するため、ここに来るまで繰り返し読んできたものだ。

鷹野も自分の資料を開いた。

「恒葉会の代表は長谷川静乃《はせがわしずの》という女性だ。現在四十七歳。大学の薬学部を出たあと食品メーカーに就職したが、今から十七年前、天空教に入信した。じきに会社を辞めて、教団本部で生活し始めた。知識を活かして生薬や健康食品の開発リーダーを務めていたようだ。当然、森達雄さんとの関係は密接だっただろう。当時幹部だった片岡昭宏さんとも親しかったはずだ」

資料には長谷川静乃の顔写真が載っていた。ロングの髪をまとめて左側に流し、サイドダウンスタイルにしている。やや痩せ型で、切れ長の目が美しい。口元に柔らかな笑みを浮かべているのも特徴的だ。四十七歳だというが、四、五歳は若く見えた。写真だというのに、どこか引きつけられるところがある。

「美人ですよねえ」

尾留川が軽い調子で言った。塔子の緊張をほぐすため、あえてそんなことを口にしたのだろう。

「十年前に天空教は解散……」塔子は記憶をたどった。「幹部だった片岡さんは健康食品販売会社アークサロン東京を設立しましたよね。そのとき、長谷川さんには声をかけなかったんでしょうか」

「薬や食品に詳しい人がほしかったはずだから、声はかけただろうな」鷹野はハンドルをこつこつと叩いた。「でも長谷川さんはアークサロンには参加しなかった。天空教の信者十五名ほどのうち、女性十名に呼びかけて恒葉会を作った」

「恒葉会は宗教団体ではないんですよね？」と塔子。

「違うようだ。その後メンバーが入れ替わって、現在の会員数は二十二名。全員女性で、下は二十代から上は五十代までいる。元会員から聞いた話だと、長谷川さんは女性を暴力から守る活動をしているらしい。だから会員は女性だけなんだ。彼女たちはここで共同生活をしている。元研修所だから個室がたくさんあるだろうし、うってつけだ」

なるほど、と塔子はつぶやいた。山の中にある閉鎖された建物。人目を避けるようにして共同生活をする人たち。しかも全員女性だという。

――外界から遮断されているし、何か違法なことをしているのでは。

そんな気がするのは、自分が警察官だからだろうか。

「如月の役目は、恒葉会に潜入して情報を集めることだ。元会員からの紹介という形になる。その元会員からもっと情報を得られればよかったんだが、あいにく予備班は彼女と電話でしか話せていない。訪ねていこうとしたが住所はわからなかった。そのうち警戒したのか、彼女は電話に出なくなってしまった」

「私のほうは今朝、恒葉会に電話をかけて、午前中に訪ねると約束してあります」塔子は言った。「電話の人は、とても明るい感じでしたよ。自分に合わないと思ったらすぐ帰ってもいい、と言ってくれました」

「とはいえ、中に入ってしまえば何が起こるかわからない。もし身の危険を感じるようなら携帯で連絡してくれ。俺たちはこの先にある空き地で待機している」

「わかりました」

塔子は後部座席から降りた。今日は潜入捜査だから、いつもよりラフな恰好をしている。下は茶色のパンツに短めのブーツ。上はゆったりした白いセーターにロングコートだ。

背筋を伸ばしてバッグを掛け直す。持ち物をチェックされると困るから、捜査資料や警察手帳、装備品などはすべて置いていくことにした。今、塔子が持っているのは財布と着替え、洗面用具、常備薬、携帯電話などだ。

「いいか、絶対に無理をするんじゃないぞ」鷹野が言った。

「大丈夫ですよ。私、敵の攻撃には当たりにくいんですから」

「ああ、わかっているよ。如月は小回りが利くからな」

「そういうことです。では、行ってきます」

あらためて塔子が会釈をすると、鷹野は重々しくうなずき、尾留川は軽く右手を振ってくれた。

面パトは山の中の道を去っていった。

テールランプが見えなくなると、塔子は脇道に向かって歩きだした。ここから先は自分ひとりですべて判断しなければならない。緊張感が高まってくる。

ガードレールの切れ目から、車一台通るのがやっとという細い道が延びていた。塔子はその脇道に入った。

林の中、緩いカーブを描きながら道は続いている。ときどき風が吹いて、木々の枝がざわざわと音を立てた。塔子は頬にかかった髪を払いながら、一歩一歩、足を運んでいく。気温が低いはずなのに、なぜかあまり寒さを感じなかった。これから先のことを考えるのに忙しく、気持ちが張り詰めているせいだろう。

先ほどの話のとおり二分ほど歩くと、木々の向こうに開けた場所が見えた。きれいに整地された土地に、白壁の元研修所が建っている。古い建物だが、造りはしっかりしているようだ。駐車場も併設されていて、何台か国産車が停まっていた。

近づいてみて塔子ははっとした。敷地を囲むブロック塀の上に、鉄条網が張り巡らされていたのだ。山の中で、これほど厳重なものが必要なのだろうか。

正面に回ると、門は左右に開かれていた。建物の脇には、倉庫やいくつかの小屋が見える。その向こうには畑があり、野菜などが作られているようだ。

門を抜けて玄関に近づいていくと、ドアの脇に《恒葉会》という看板が掛かっていた。適当な板を持ってきて、ペンキで手書きしただけの簡素なものだ。

コートを脱ぎ、ガラスのドアを開けて中に入る。大きな下駄箱《げたばこ》があったが、これは研修所時代の遺物だろう。塔子はそこに張り出されている名札を数えてみた。全部で二十五ある。代表の長谷川を除くと会員は二十四名だろうか。会員数二十二名という情報は少し古かったのかもしれない。

三和土《たたき》に立って右手を見ると、事務室らしい部屋があった。中にいた中年の女性が、塔子に気づいて小窓を開けた。

「こんにちは」明るい声でその女性は言った。

彼女は私服の上にゆったりしたスモックを着ている。色はパステル調の青だ。胸に《辻崎《つじさき》》というバッジをつけていたが、この文字も手書きだった。

「どうも、こんにちは」塔子は辻崎に向かって頭を下げた。「あの……お電話を差し上げた月島《つきしま》千里《ちさと》といいます。三日ほど体験入会させていただきたいと思いまして」

おとなしく従順な女性を演じて、塔子はそう言った。月島千里というのは自分で考えた偽名だ。

辻崎は事務室からこちらへ出てきてくれた。

「お待ちしていました。事務担当の辻崎和恵《かずえ》です。最初に代表からお話がありますので、こちらへどうぞ」

「あ、はい。ありがとうございます」

靴を脱ぎ、スリッパを借りて廊下に上がる。

塔子は机と椅子が用意されただけの質素な部屋に案内された。ドアに《小会議室》と書かれていたが、これも研修所時代のままなのだろう。

椅子に腰掛けるよう促してから、辻崎は廊下に出ていった。塔子はバッグの中を探り、携帯電話の画面を確認した。今はマナーモードになっている。鷹野たちからのメールは届いていないようだった。軽く息をついてから、携帯をバッグに戻した。

ノックの音が聞こえたので、はい、と塔子は応じた。ドアが開いて、すらりとした女性が姿を現した。辻崎と同様、青いスモックを着ていたが、子供っぽいという印象はない。ゆったりしたデザインと目に優しいブルーのせいで、ファッション雑誌から抜け出てきた人のように見える。

彼女は長めの髪を左側に流し、切れ長の目で塔子を見ていた。間違いない。代表の長谷川静乃だ。

事前に写真を確認したとき、四十七歳とは思えないと感じた。そして今、実際に会ってみて塔子はさらに驚いていた。どう見ても彼女は三十代半ばといった容貌《ようぼう》だったからだ。

塔子は椅子から立ち上がり、相手に向かって深く頭を下げた。

「初めまして、月島千里と申します」

「ようこそ月島さん。恒葉会はあなたを歓迎いたします」

穏やかな微笑を浮かべて長谷川は言った。その声もまた四十七歳とは思えない。

この会は女性を暴力から守る団体だと聞いている。だとすれば自分も何かから逃れ、助けを求めてやってきたふりをしなければならない。塔子は少し声を抑えめにして、困っているという様子を表現した。

「こちらの会では女性を守る活動をなさっていると聞いて、お邪魔しました」

「まあどうぞ、お掛けください」

椅子を勧められ、塔子は静かに腰掛けた。背筋を伸ばしたまま、長谷川は塔子の正面に座った。

「私たちはこの建物をシェルターと呼んでいます」長谷川は言った。「たとえばDV――ドメスティック・バイオレンスに苦しんでいる女性は大勢います。言葉の暴力に怯《おび》える人もいます。そういう女性たちの避難所という意味で、シェルターと呼んでいるわけです。月島さんはその言葉、お聞きになったことがありますか？」

「あ……はい、聞いたことがあります」

「公的なシェルターと民間のシェルターがあるのですが、もちろんここは後者です。配偶者やパートナーから女性を隔離して保護するため、この場所で共同生活をしてもらっています。外の塀をご覧になりました？」

あ、と塔子は思った。ブロック塀に鉄条網が設置されていたことを思い出したのだ。

「かなり厳重な設備ですよね」

「人感センサーもありますから、夜、誰かが侵入しようとすればすぐわかります。防犯カメラも用意してあります。そう説明するとみなさん驚きますが、これは必要な設備なのです。……DVをやめられないというのは一種の病気です。そういう男たちに常識的な言葉は通じません。いざというときには、死ぬ気で立ち向かわなければ駄目です。そうでないと、あなたは殺されますよ」

ぎくりとして、塔子は相手の顔を見つめた。

物騒な言葉を口にしながらも、長谷川は口元を緩めている。笑っているわけではないだろうが、強烈な言葉とは似つかわしくない、穏やかな表情だ。そのちぐはぐな様子が、塔子には不可解だった。

「月島さんも、これまでいろいろ苦労してきたのではありませんか？」長谷川は机の上で、両手の指を組んだ。「ご主人か、恋人か、あるいはまだつきあってもいない誰かなのか。そういう人から有形無形の暴力を受けて、ここを訪ねてきたのでしょう？」

塔子は黙ったままうなずいた。嫌なこと、恐ろしいことを思い出してしまったという表情を作ってみせる。

「みんな苦しんで逃げてきたのです。そんな女性たちを私は受け入れ、保護する活動をしています。もう夫はいない、パートナーはいないとわかっていても、女性たちはなかなか恐怖から解放されません。だから私は、目で見てわかるように彼女たちを守っています。塀の上の鉄条網は、彼女たちの心を守るバリアなのです」

「そういうことだったんですか……」

女性たちはここに逃げ込んでもなお、男たちの亡霊を恐れているのだ。一見、大袈《おおげ》裟《さ》に見える鉄条網は、彼女たちの心を守る「結界」だったわけだ。

「会員となった女性は、ここで共同生活をしています。施設の管理費として月五万円ほど納めていただきますが、全員に個室を用意してあるし、別途食費などがかかることはありません。何もせずに部屋にこもっていると気が滅入《めい》りますから、平日は決まったスケジュールで簡単な作業をお願いしています。野菜作りとか、設備の補修とか、ネットで女性たちの啓蒙《けいもう》活動をするとか、そういったことです」

不謹慎かもしれないが、塔子は刑務所の受刑者を思い出してしまった。懲役刑となった者は所内で作業を行い、わずかな報奨金を得る。禁固刑となった場合、作業義務はないのだが、何か手伝わせてくれと申し出る受刑者がいるらしい。時間がありすぎるというのも、人間にとっては苦痛なのだろう。

「あとは、夕食後にコンフェッションの時間を用意しています」

「コンフェッション？」

「告白という意味です。自分の悩みをさらけ出すことで、気持ちがとても楽になります。その状態に至ることを、私たちはピュアリフィケーション——浄化と呼んでいます。ピュアリフィケーションを繰り返していくうち、新しい自分に生まれ変わることができるのです」

どこかの自己啓発セミナーのようだ、と塔子は思った。だがそれを顔には出さないようにして、長谷川に尋ねた。

「その……私の個人的な悩みを、みなさんにお話しするということでしょうか」

「月島さん、悩みというのはそもそも個人的なものですよ。恥ずかしがることはありません。……最初は戸惑いもあるでしょうから、新入会員にはメンター、つまり助言者がつきます。メンターは間違いなくあなたの味方になってくれるでしょう」

そういうシステムだというのなら、おとなしく従うしかない。「わかりました」と塔子は言った。

「まずは体験入会ということで、お願いできればと思います」

「あなたにとって、よい体験となるよう祈っています」

長谷川は椅子から立ち上がる。塔子もそれにならって腰を上げた。

「メンターを呼びますから、彼女の指示に従ってください。何か困ったことがあれば、事務の辻崎さんに相談するように。よろしいですか？」

「はい。ありがとうございます」

ここにいる間は、素直で小心な女性を演じていこう、と塔子は決めた。

2

長谷川代表が出ていってから約五分、別の女性が部屋にやってきた。三十代後半だろうか。髪は塔子よりやや長めのボブで、長谷川たちと同じく、ふわっとした上衣を着ている。彼女は唐沢晴美《からさわはるみ》と名乗った。

「あなたが月島千里さん？　ちっちゃくて可愛い！　ああ、そんなことを言っちゃ失礼かな。ごめんなさい。私、空気が読めないところがあってよく怒られるのよ。でも性格はいいから安心して。……なあんて、自分で言ってちゃ世話はないわね。あははは」

初対面の塔子に、彼女は驚くほど陽気に接してくる。妙だな、と塔子は思った。この人も夫かパートナーの暴力から逃れてきたはずなのに、そんな感じがまったくしない。

「私があなたのメンターになるから、よろしくね」

「こちらこそ、よろしくお願いします」塔子は丁寧に頭を下げた。「唐沢さんは、長くここにいらっしゃるんですか？」

「私は一年半かな。長い人だと十年ぐらいになるらしいけど、けっこう出入りがあるのよ。ほら、ここは一時避難所みたいなものだから、いずれは自分の生活に戻らないと」

「でも、元の夫やパートナーに見つかるんじゃないでしょうか」

「ここにいる間に、別の生活のための準備をするのよ。夫がいる場合は離婚の手続きをして、遠い町に住民票を移して、何か仕事を探すの。まあ、その前に新しいパートナーが見つかれば、そのほうが楽だけどね。守ってくれる人がいれば、前の夫もそう手は出せないってわけよ」

晴美は塔子を連れて小会議室を出た。廊下を少し歩いて、ホテルの客室フロアのような場所にやってきた。彼女は鍵を使って、《131》と書かれた部屋のドアを開ける。バスルームのない客室といった雰囲気で、左の壁際にはシングルベッド、右側には書き物ができる机があり、小さなテレビも置かれていた。窓からは駐車場と山林が見えた。

「これを上に着てね」

晴美はクローゼットから洋服を取り出した。みなが着ている青いスモックだ。

「恒葉会の制服みたいなものだから、ずっとこれを使うの。たくさんあるから、作業で汚れたら洗濯してね。ええと、着替えは持ってきてます?」

「はい、何日分かは……」

「あとで案内するけど、洗濯機とトイレとお風呂《ふろ》は共用ね。ご飯は食堂でみんな一緒に食べます。食品のアレルギーがあるなら教えて」

「いえ、ありません」

「だったら何でも食べられるわね」晴美はうなずいたあと腕時計を見た。「お、急がなくちゃ。貴重品は机の下の金庫に入れてくれる？　このあと奉仕活動の説明をするから、それ、早く着ちゃって。名札も付けてね」

促され、塔子は手早くセーターの上にスモックを着た。財布や携帯は金庫に入れるよう言われたので、そのとおりにした。

「よし、行こう」と晴美。

廊下に出て、塔子は部屋に施錠する。顔を上げると、晴美はもう玄関に向かって歩きだしていた。慌てて塔子はメンターのあとを追った。

晴美が担当している奉仕活動は、屋外での農作業だという。

「農作業……ですか？」塔子はまばたきをした。「私、やったことがないんですけど」

「大丈夫よ。少しずつ覚えればいいの。何もない場所だから、こういうことでもしないと退屈で死んじゃうもの」

玄関を出て、ふたりで建物の右手に回った。倉庫のドアを開け、晴美は中でごそごそやっている。彼女が取り出したのは作業用具一式だ。塔子は長靴に履き替え、両手に軍手を嵌めた。

鍬《くわ》や鋤《すき》を持って、塔子たちは敷地を歩きだした。

畑に着くと、すでに五人の女性たちが農作業を行っていた。歳は二十代から四十代というところだろうか。みなお揃いのスモックを着ている。

作業をしている人たちに声をかけ、晴美は塔子を紹介した。

「こちら月島千里さん。今日から体験入会だから」

「よろしくお願いします」

塔子は先輩たちに頭を下げる。彼女たちの年齢はさまざまだし、性格も違うようだが、共通しているのはみな表情が明るいことだった。無理に働かされているという感じはまったくない。

「可愛いわねえ。お嬢さん、いくつ？」

眼鏡をかけた四十代ぐらいの女性が尋ねてきた。塔子は微笑を浮かべて答えた。

「すみません、じつはもうすぐ二十八で……」

「あらまあ！　学生さんかと思った」

「そんな顔して、あなたも苦労したんでしょうねえ。DVだったの？」

「ええと……」

塔子が戸惑っていると、晴美が間に入ってこう言った。

「ほら、月島さんが困ってるじゃない。難しい話はあとにしましょうよ」

「ああ、そうね。夜にしましょうか。楽しみだわねえ」

そんなことを言って、眼鏡の女性はにやりとした。

晴美は塔子を連れて、畑の外れのほうへ歩いていった。この区画には何も植えられていない。いや、それどころか、まともな畝《うね》がなかった。

「今日の作業は簡単だから。ここを耕していくの。それだけ」

「え？」塔子は地面を見たあと、晴美に視線を戻した。「ここをですか？」

「そうよ。じゃあ早速始めましょう。要領はこうだから」

晴美は畑の耕し方を教えてくれた。たしかに難しい内容ではない。しかし真似して少しやってみると、思いのほか重労働だとわかった。

「た……大変ですね、これ」

「でもね、何も考えなくていいんだから楽でしょう。嫌な奴の顔なんか忘れて、汗をかいたらいいのよ」

「はあ、わかりました」

うなずいて塔子は鍬を振り上げ、慣れない仕事に取りかかった。

昼食の時間になると、農作業班のメンバーはタオルで汗を拭きながらシェルターに戻った。

食堂にスモック姿の二十数名が集まった。奥の席には代表の長谷川静乃もいて、穏やかな表情でみなを見回している。

大地の恵みに感謝したあと、会員たちは早速食べ始めた。毎日の食事は炊事班が用意してくれるという。今回のメニューは和風パスタに小鉢とスープが付いていた。サラダは好きなだけお代わりしていい、と言われた。

メンターの晴美と雑談しながら、塔子は食事をとった。普段自分が食べているものに比べると全体的に薄味だったが、どれも食材の存在感がしっかりしている。

「野菜が美味しいですね。このサラダも新鮮で……」

塔子が言うと、晴美は自分の手柄のように嬉しそうな顔をした。

「でしょう？ スーパーのものと違って、食べ時を考えて収穫しているから」

「自給自足に近い生活なんですか？」

「野菜はほとんどそうかな。ほかは週に一回、配達してもらっているの」

まったく外界から閉ざされているわけではない、ということだ。自分が思っていたような、閉鎖的なグループではないらしい。

午後はまた畑仕事に精を出した。いつも聞き込みをしているから、体力にはそこそこ自信があるつもりだった。しかしアスファルトの上を歩き回るのと、農作業とでは使う筋肉が違う。

はあはあ言いながら、塔子は晴美に詫びた。

「すみません……なかなか先へ……進めなくて……」

「いいのよ、最初はみんなそうだから」晴美は笑っている。「じきに慣れるからね」

自分がここで生活を続けたとして、作業に慣れるまで何週間ぐらいかかるのだろう、と塔子は考えた。晴美さんたちはすごい、と素直に思った。

ほかのグループと違って、農作業班の仕事は天候に左右される。夕暮れが迫ってくると、今日の作業は終わりになった。

軍手と長靴、作業用具を倉庫にしまって、シェルターに戻っていく。ほかの人たちはみな平気な顔をしていたが、塔子はくたくただった。腕は重いし、腰は痛いし、足も攣《つ》りそうだ。こんなに体力がなかったのかと、自分でも情けなくなった。

外で働く農作業班には、最初に風呂に入る権利が与えられているらしい。一度個室に戻ったあと、塔子は晴美とふたりで浴場に向かった。脱衣所には同じ班の女性たちがいて、ぺちゃくちゃお喋りをしている。

元研修所だから、風呂場も一般家庭よりかなり広かった。一度に十人ぐらい入れる浴槽が用意されている。

「月島さん、今日は疲れたでしょう」

お湯に浸《つ》かっていると、みなが話しかけてきた。

「私も最初は大変だったのよね」

「でも月島さん、農作業って楽しぃわよ」

「ここは野菜食べ放題だもんねえ」

こういう場に慣れていないから、塔子は戸惑って愛想笑いを浮かべた。基本的にこのコミュニティの会員はみな、話し好きらしい。

雑談するように見せかけて、塔子は班のメンバーの名前を覚えていった。彼女たちがどういう経緯でここにやってきたのか、少しずつ探っていく。

ほとんどの会員はパートナーの暴力に苦しめられ、何もかも捨てて逃げてきたらしい。ＤＶが社会問題と言われるようになって久しいが、ひとりひとり状況が違っているから、対応のルール作りはなかなか難しそうだ。男性が暴力を振るうのはほとんどの場合、家の中だという。外から見えないところでＤＶ事案は発生している。

「まったくひどい話よ」ショートカットの女性が言った。「私の友達の話だけどね、自分が殴られるのが嫌で、内縁の夫と一緒に、娘を叩いていたんですって」

嫌な話だ、と塔子は思った。だがそれは現実に起こっていることなのだろう。たまたま自分の周りではそういう事件を聞かないが、もしかしたら誰も気づいていないだけかもしれない。

――これからは、近所にも目を配ったほうがいいのかも。

ここに来て少し視野が広くなったような気がした。自分は見るべきものを見ていなかったのではないか、と思えてきた。

風呂を出て、塔子はトレーナーの上にセーターとスモックを着た。昼間のスモックは農作業で汚れたので、新品を使った。

晴美に誘われ、娯楽室に行ってみた。こんなに早く入浴し、テレビを見るのはずいぶん久しぶりのことだ。室内には将棋を指している女性たちがいた。ほかに自販機でジュースを買う者、新聞を広げる者もいる。なんとも、のんびりした雰囲気だ。

午後七時から食堂で夕食をとった。今回は豚肉のソテーを中心としたメニューで、やはりサラダは食べ放題だった。疲れていたが食欲はある。塔子はご飯とサラダをお代わりした。

食事のあと、晴美は立ち上がりながらこう言った。

「少し真面目な話をしましょうか。ああ、そんなに緊張することはないからね」

彼女に連れられて廊下に出た。ふと見ると、農作業班の人たちがあとについてくる。何だろう、と塔子は思った。警戒心が頭をもたげてきた。

廊下をしばらく歩いて、一同は《大会議室》と書かれた部屋に入った。ロの字型に長机が配置してある。いつの間に移動していたのか、ホワイトボードの前に代表の長谷川が座っていた。

塔子たち農作業班のメンバーも、それぞれ椅子に腰掛ける。それを待ってから、長谷川が話しかけてきた。

「月島千里さん。今日はご苦労さまでした。一日ここで過ごしてみて、いかがでしたか？」

「畑仕事は初めてでしたので、なかなか思うようにいかなくて……。でも、とても新鮮でした。体を動かすとご飯がすごく美味しい、というのがよくわかりました」

場の空気を和ませるため、塔子はそんなことを言った。だが、長谷川にはあまり効果がなかったようだ。彼女は塔子の目を見ながら、話を続けた。

「私たちは、あなたの心が浄化されることを希望しています。これはあなたひとりでできることではありません。仲間の助けが必要です」

「はい……」

「まずは、あなたの経験してきたことを話してください。あなたの身にいったい何が起こったのか。あなたはなぜ、この恒葉会にやってきたのか」

ついに来た、と塔子は思った。こういう場合にどう対応するかは、あらかじめ決めてある。ひとつ呼吸をしてから塔子は話しだした。

「私は交際相手から、言葉の暴力を受けていました。彼は社会的な地位が高くて、会社では優秀な人だと言われていたようです。でも、私とふたりでいるときはまったく違っていました。最初はいい人だと思ったんですが、親しくなるにつれて、私のすることをいちいち否定するようになって……。彼は自分だけが正義なんだ、と考えているようでした。絶対に自分の間違いは認めず、私を正座させて何時間も責め続けました。つらくて仕方がありませんでした」

「モラルハラスメントですね」と長谷川。

「そうだと思います。私はできる限り相手に合わせようとしましたが、そういう努力さえ気に入らないようで、彼はひどい言葉を私にぶつけてきました。そのうち私は何が正しいのか、どう振る舞ったらいいのか、わからなくなってしまいました。最近では彼と会うのも怖くなって……。それで、こちらの会なら私を守ってくれるんじゃないかと思ったんです」

塔子は藤村香澄の体験を借用し、自分のこととして説明した。モラハラ男とされたのはダイミツ工業の社長・佐武恭平だ。本人には申し訳ないが、恒葉会で語るにはぴったりのエピソードだと思えた。

「暴力を受けることはなかったのですか」

「はい、それはありませんでした。体に痛みはないんですが、それ以上に精神的な苦痛が大きかったんです。一度彼の説教が始まると、反論は許されません。だって私が何か言えばその十倍、二十倍の言葉が返ってくるんですから。しまいにはあの人の声を聞くと萎縮してしまって、体が震えるようになりました。何を喋っても逆鱗に触れてしまいそうで、もう言葉を口にすることができなくなりました」

あれ、どうしたんだろう、と塔子は不思議に思った。喋っているうち、本当に佐武恭平への嫌悪感、恐怖感が膨らんできたのだ。佐武のような人を、これまで塔子は何度も見たことがある。警察の上司の中にもああいうタイプの人はいた。こちらが何を喋ってもそれを否定し、ひどい言葉をぶつけてくる人だ。

今まで塔子は、そういう人たちとは関わらないようにしてきた。叱責されるときも相手の心理状態を探り、先回りして謝ったり、今後の改善策を素早く提示したりした。その甲斐あって、極端に理不尽な目には遭ってこなかったように思う。

だがそれは自分の世渡りがうまかったわけではなく、運がよかっただけなのかもしれない。逆に、極端に運が悪かったのが藤村香澄なのだ。塔子は佐武とは関わっていないが、何かのきっかけで彼と交際していたら、どうなっていただろう。自分なら香澄よりうまく立ち回り、佐武からモラハラを受けずに済んでいただろうか。

——いや、私だって身動きできなくなっていたかもしれない。

どうやら今、塔子は香澄に深く同情し、共感してしまっているようだ。

こんな心理状態になるのは初めてだった。もしかしたらそれは、恒葉会の女性たちと今日一日過ごしたせいかもしれない。明るく振る舞ってはいたが、聞けば彼女たちはいずれも男性から精神的、肉体的な暴力を受けていた。そういう体験談を聞く中で、塔子は彼女たちを特別視し始めたのではないか。彼女たちに自分を重ね合わせ、恐怖や憤りを共有するようになっていたのではないだろうか。

その証拠に、先ほど塔子は佐武のモラハラについて、強い緊張感を持ちながら話した。自分の身に起こるかもしれない災厄だと認識し、真剣に説明していたのだ。驚いたことに、最後には少し涙ぐむような瞬間さえあった。

「そうですか。あなたも苦労なさったのですね」長谷川は穏やかな声で言った。「今日はこれぐらいにしておきましょう。疲れたでしょうからゆっくり休んでください。もし体がきついようなら、明日の作業はやめてもかまいません」

「ありがとうございます。一晩休ませていただいて、様子をみたいと思います」

では、と言って長谷川は立ち上がった。それに合わせて農作業班のメンバーも椅子から立つ。塔子も腰を上げ、あらためて長谷川に深く頭を下げた。

長谷川たちが出ていったあと、晴美が優しく声をかけてくれた。

「月島さん、つらかったでしょうね。嫌なことを思い出させてごめんね」

「ああ……いえ」塔子は首を左右に振る。「いつか乗り越えなくちゃいけないことですから」

「あなたはひとりじゃないからね。不安なことがあれば何でも話してちょうだい。わからないことはいつでも質問して」

彼女の言葉を聞いて、塔子はしばらく思案した。まだ早いだろうかとためらいながらも、軽くジャブを打ってみることにした。

「私、自己啓発セミナーにも興味があったんですが、恒葉会は違うようですね」

「そういうセミナーとは違うわよ。被害者同士が助け合っていくわけだから」

「失礼かもしれませんけど、最初はちょっと宗教っぽいのかな、と思ってしまって」

「ああ、このスモックとか？　これは長谷川さんの趣味だから」晴美はおどけたような顔をした。「でも一日過ごしてみて、宗教団体じゃないことはわかったでしょう」

「あの……これは紹介してくれた元会員さんから聞いたんですが、代表の長谷川さんたちは昔、宗教団体に所属していたとか……」

塔子が遠慮がちに尋ねると、晴美の表情が少し曇った。やはり、と塔子は思った。だが晴美は、すぐにまた明るい声で笑いだした。

「その話、私も聞いたけど大丈夫よ。昔とは違うから安心して」

「どんな感じの団体だったんでしょうか。名前は聞いていますか？」

「まあ、古い話はいいじゃないの。今大事なのは、あなたが元の自分を取り戻すこと。そのためにここへ来たんでしょう？」

「ええ、そうですけど……」

「月島さん、もう部屋に戻って休んだほうがいいわ。疲れをとらなくちゃね」

晴美に促されて、塔子は大会議室を出た。

ふたり並んで廊下を歩いていく。別の会員たちとすれ違うたび、塔子は会釈をした。どの会員も、じつに感じのいい人たちだ。

やがて塔子は、自分の個室に到着した。

「消灯は午後十一時、明日は朝七時から朝食ね。寝坊しないよう気をつけてよ」

屈託のない調子でそう言うと、晴美は自分の部屋のほうへ去っていった。

彼女が角を曲がって見えなくなってから、塔子は個室に入った。ドアに施錠し、金庫から携帯電話を取り出す。これは今回の潜入のために用意されたものだ。大事な電話番号は一切メモリーに登録していない。

塔子は記憶していた番号をプッシュしていった。

「もしもし。如月か？」

鷹野の声が聞こえた。緊張している気配が伝わってくる。

「はい。やっとひとりになれました」

「遅かったじゃないか。何をしていたんだ？」

「畑を耕していました」

「は？」　鷹野は絶句してしまったようだ。

「あの、冗談というわけじゃなくてですね……」

塔子はこれまでの経緯を手短に説明した。話を聞いて、鷹野も状況を理解してくれたらしい。

「わかった。今のところは順調だな」

「明日、もう少し天空教時代の話を訊いてみます。できれば代表の長谷川さんにも接近したいと思います」

「あまり無理をするなよ。自分の身を守ることを優先してくれ」

「見たところ、それほど危険はないようですが……」

「油断しないほうがいい。ただの研修所じゃないんだから」

鷹野の言うとおりだ。塔子はまだこの施設を隅々《すみずみ》まで調べたわけではない。

「了解しました。明日また連絡します」

塔子は電話を切った。それから窓際に行って、カーテンを少し開けてみた。

八王子の山林を、月明かりがわずかに照らしている。風が吹いて、窓枠がかたかたと音を立てた。

鷹野たちは今どのへんにいるのだろう。そう考えながら塔子は窓辺に佇んでいた。

3

枕《まくら》のすぐそばでアラームが鳴りだした。

塔子は布団から起き上がって携帯に手を伸ばす。その途端、腕や脚に痛みが走った。

──うう、筋肉痛がひどい……。

深呼吸をしてから、携帯の液晶画面を確認した。一月二十七日、午前五時。エアコンを止めていたため、室内はかなり寒い。

カーテンの隙間から外を見ると、まだ真っ暗だった。

部屋の明かりを点け、塔子は手早く着替えをした。昨夜おろした新しいスモックを着て、携帯を金庫に収める。音を立てないよう個室から廊下に出て、ドアに施錠した。

辺りに目を配りながら、塔子は廊下を歩きだした。昨日いくつかの部屋や食堂、浴場、トイレなどを見ているが、まだまだ情報が足りない。この元研修所を隅々まで調べておこうと考え、ほかの会員たちに会わないよう早朝に動き始めたのだった。

だがその計画は、ほんの数十秒で頓挫《とんざ》した。歩きだしてすぐ、炊事班の人たち三人と出会ってしまったのだ。

「あら、おはよう。昨日入った子よね」

「月島です。昨日はお食事ありがとうございました。美味しくいただきました」

「ずいぶん早いのねえ。お散歩？」

「はい、こういう場所は初めてなので」

塔子はなるべく自然に聞こえるよう、そんなふうに返事をした。すると相手の女性は声を低めて、

「散歩は塀の中だけにしておいてね。外は危ないから」

「何か出るんですか？」眉をひそめて塔子は尋ねる。

「出るも何も、一番怖いのは人間だもの」

まったくだわ、と言って炊事班の女性たちは笑いだした。今日も恒葉会は賑《にぎ》やかになりそうだ。

隠れて施設を調べるのは難しそうなので、塔子は作戦を変えた。物珍しくてあちこち見学している、というふりをすればいいだろう。

屋内を見て回ったあと事務所を覗いたが、さすがにまだ辻崎の姿はない。靴を履いて玄関から外に出てみた。

体中、ひんやりした空気に包まれた。途端に吐く息が白くなった。ぶるっと体を震

わせてから、塔子は小走り気味に前庭を歩きだす。

駐車場、倉庫、畑などの位置をあらためてチェックしていった。ときどき防犯カメラが目に入ったので、いかにも暇人《ひまじん》の散歩ですよという感じを装った。

昨日確認できなかった倉庫の向こう側まで、足を延ばしてみた。そこにはいくつか小屋が建っている。防犯カメラがないのを確認してから近づいたが、どの小屋にも鍵がかかっていて入れなかった。

あまり無理をしないほうがいいかもしれない。塔子は踵を返してシェルターに戻った。

そのまま娯楽室に行って雑誌を読み始める。そうしているうち何人かの会員が飲み物を買いに来たり、新聞を読みに来たりした。塔子は笑顔を見せて近づき、彼女たちから情報を集めていった。

今日も晴美と一緒に行動することになる。午前七時、塔子は食堂で彼女に挨拶し、並んで朝食をとった。今朝のメニューは干物、ご飯、みそ汁、卵などだ。今回もサラダはお代わり自由だった。

朝食のあと、八時になると会員たちは大会議室に集合した。ここで朝礼を行うらしい。

代表の長谷川がみなの前に立った。手元の冊子を見ながら彼女は口を開く。

「一月二十七日、新しい一日を無事に迎えられたことを、全員で感謝いたしましょう。私たちはひとりで生きているわけではありません。みな誰かに支えられ、この世にいることを許されていると考えましょう。あなたには生きる価値があります。あなたの存在を否定することは誰にもできません。親であっても、きょうだいであっても、夫やパートナーであっても、あなたの人生を支配することはできません。あなたの人生をあなたの足でしっかり歩んでください。もし迷うことがあれば、一度立ち止まるのもいいでしょう。鏡を覗き込めば、為すべきことがわかります。空は無限、大地は広大です。あなたの決めたとおりに、あなたの人生を生きていきましょう」

一礼して長谷川は冊子を閉じた。

続いて、事務担当の辻崎が連絡事項を伝え始めた。今日は食材の配達があること、午後から一部の部屋で電気工事があることなどが読み上げられた。

「それから、ひとつ注意事項ですが」辻崎は続けた。「このところ、施設のことを探るような電話がかかってきています。念のため気をつけてください」

「ではみなさん、今日もいい一日を過ごしましょう」

長谷川がそう言って、朝礼は終わりになった。

みな自分の仕事場へ向かうようだ。隣にいた晴美が、塔子に尋ねてきた。

「月島さん、体調はどう？　きついようなら今日は休んでもらってもいいけど」

「いえ、大丈夫です」塔子は背筋を伸ばして答えた。「動いていたほうが体も慣れるでしょうし」

「あら頼もしい。貴重な戦力になりそうね」

塔子の肩をぽんと叩いて、晴美は口元に笑みを浮かべた。

昨日と同じ場所で、塔子たちは農作業を始めた。

あちこち体は痛むのだが、いずれこれも治るだろう。昨日より要領がわかってきたから、鍬の扱いにも不安がなくなった。

休憩時間にお茶を飲みつつ、塔子は会員からさらに情報を入手しようとした。話をうまく誘導し、過去のことを喋ってもらおうという考えだ。遠回しに、恒葉会の前身は宗教団体だったのではないか、と尋ねてみた。しかし天空教については、どの女性からもはっきりした回答は得られなかった。

ここ数年で恒葉会に入った人は過去のことを知らないのだ。十年前からずっとこの会に所属しているのは、長谷川と辻崎ぐらいだという。事前の情報では、元信者がほかにも残っているかと思われたが、そうではなかったらしい。

次のターゲットは辻崎にすべきだろう。昼休みに彼女から話を聞こう、と塔子は思った。直接、長谷川にアタックするより、そのほうがいいような気がする。

ところが、昼食をとるため食堂に向かっていると、突然けたたましい音が響き渡った。非常ベルだ。

「火事ですか？」

塔子は足を止め、辺りを素早く見回した。

「いや、もしかしたら違うかも……」

晴美は廊下の向こう、玄関のほうへ走りだす。塔子もあとに続いた。ひとつ角を曲がると、そこは事務室だ。下駄箱の近くで、辻崎が男と向き合っているのが見えた。

男は何かを要求しているらしい。辻崎は首を横に振り、拒絶したようだ。

何なのだろう、と塔子が思っていると、思いがけないことが起こった。

「ヒロちゃん……」

晴美がそうつぶやいたのだ。

事務室のそばにいた男は、はっとした様子でこちらを向いた。歳は四十前後だろうか。顎ひげを生やし、長めに伸ばした髪をうしろでひとつに縛っている。服装はジーンズに黒いジャンパーというラフな恰好だ。

「晴美。やっぱりな」

男はそう言うと、辻崎に食ってかかった。

「ほら見ろ、いるじゃねえか！　なんで嘘をつきやがった？」

大変な剣幕だ。その言葉づかいから、彼が厄介な存在であることは明らかだった。およそ話が通じる人間とは思えない。

「ヒロちゃん……浩樹《ひろき》さん。その人は悪くない」

晴美は男に向かって、小声で言った。彼女の声が震えているのがわかった。

「晴美、てめえ、なんで俺から逃げたんだ。離婚なんかできると思うなよ」

そういうことか、と塔子は思った。

この浩樹という男は晴美の夫なのだ。晴美は浩樹の暴力に耐えかね、一年半前に恒葉会へ逃げ込んだのだろう。だが浩樹は手を尽くして情報を集め、ついにこの場所を探し当てたのではないか。

「こんな山の中に隠れやがって。俺がどれだけ苦労したと思ってるんだ。ほら、帰るぞ。準備しろ」

晴美は立ち尽くしたまま、両腕で自分の体を抱くようにしている。

「い……嫌だ」晴美はかすれた声で言った。「私、行かない」

「何だと、てめえ！」チンピラのような口調で浩樹は恫喝《どうかつ》した。「晴美、おまえ、おかしくなったんじゃねえのか。変な恰好しやがって。だいたいここは何だ？　新興宗教か？」

そのときだった。うしろから凜《りん》とした声が聞こえた。

「あなた、失礼なことを言わないでください」

振り返ると、長谷川静乃が立っていた。彼女はゆっくりと晴美に近づいていく。ほかの会員たちも、騒ぎを聞きつけて玄関に集まってきた。誰かがスイッチを操作したのだろう、ようやく全館の非常ベルが止まった。

長谷川は晴美のそばへ行き、彼女の背中をさすった。晴美は強ばった表情のまま、何も言えずにいる。

「あんた誰だ？」

浩樹に問われて、長谷川は答えた。

「恒葉会の代表です。このシェルターを管理しています」

「なんで今まで晴美を隠していた？」

「唐沢さんがそれを望んだからです。私たちは女性を暴力から守る活動をしています。唐沢さんがあなたのところへ戻りたくないと言うのなら、私たちは全力で彼女を保護します」

「舐めてんじゃねえよ、教祖さん」浩樹は声を荒らげた。「俺は夫だぞ。夫が妻を連れて帰って、何が悪いんだ？　むしろ、あんたらのほうが犯罪者っぽいじゃねえか。晴美を拉致《らち》して閉じ込めてたんじゃねえのか？」

「唐沢さんとは契約を交わしています。彼女は自分の意思でここにいるのです」

「うるせえよ。てめえ、ぶっ殺すぞ」

浩樹はドスの利いた声を出した。険しい目をして長谷川のほうへ一歩踏み出す。

「ちょっと待って！」

そう叫んで、塔子は浩樹を押しとどめるような仕草をした。

「何だチビ、今度は幼稚園児か？」

「だ……誰が幼稚園児ですか！」塔子は彼を睨みつけた。「あなたは勘違いをしています。晴美さんはあなたの所有物じゃありません。彼女には自分の意思があるし、自分の行動を決める権利があります。夫だといっても、あなたが彼女を支配することはできません」

「何も知らねえくせに、偉そうな口を利くんじゃねえよ。自分の責任を放り出しておいて何が自由だ。……いいか、こいつは子供を残して家を飛び出したんだよ。俺がどれだけ苦労したかわかるか？」

えっ、と言って塔子は黙り込んだ。まったく予想外の話だった。

隣を見ると、長谷川も戸惑うような表情を浮かべている。彼女もそのことは知らされていなかったらしい。

「しかもだ、晴美は不倫していたんだ。外に男を作っていやがった。だから俺は晴美を殴った。当然だろう？　被害者は俺なんだからよ。それなのに晴美は、子供を放り出してこんなところに逃げ込んだんだ」

　思ったよりも話は複雑らしい。子供の世話を妻に押しつけようとするのは、時代遅れだと言うべきだろう。では逆に、子供の世話を夫ひとりに押しつけ、行方をくらますのはどうなのか。それは妻としての責任放棄になるのだろうか。とはいえ、その妻は夫のDVに苦しんでいた。どんな場合でも暴力はまずいだろう。しかしその原因となったのは妻の浮気だという。

「晴美。帰るぞ」そう言ったあと、浩樹は長谷川のほうを向いた。「教祖さん、いろいろ世話になったな。あとでまた連絡するから、こいつの私物を送ってくれよな」

長谷川はためらう様子を見せたあと、隣にいる晴美に尋ねた。

「唐沢さん、どうなんです？　あなたはどうしたいの」

「私……帰りたく……ない」

「まだそんなことを言ってんのか！」

浩樹は強引に晴美の腕をつかもうとした。塔子は慌ててそれを遮《さえぎ》った。

「あなたに警告します。ここは恒葉会が管理する建物です。ただちに退去してください」

「偉そうなことを言うなよ。てめえらが晴美を騙したんだろう？」

浩樹は右手を出して、どん、と塔子の胸を突いた。塔子はよろめいて一歩うしろに下がる。

「あなた、傷害罪になりますよ。このまま退去しない場合、私たちは……」

「うるせえ、ふざけるな！」

大声を出して、浩樹は塔子につかみかかろうとした。

塔子は腰を屈《かが》めて相手の懐《ふところ》に潜り込んだ。そこから先は体がうまく反応してくれた。

こちらが小さいから、浩樹は油断していたのだろう。足払いを受け、彼はバランスを崩して派手に倒れた。塔子はそれを押さえ込む。わずか五秒で、塔子は相手を制圧していた。

「浩樹さん、今のはいけません。傷害未遂ですよ！」

彼は自由を奪われ、苦しそうに呻いている。抜け出されないよう、塔子は両腕に力を込めた。

「辻崎さん、警察を呼んでください。この人を引き渡します」

塔子がそう言ったときだった。玄関のほうから男性の声が聞こえた。

「連絡は任せてくれ。……おい尾留川、その男を逃がすなよ」

「了解です！」

驚いて、塔子はドアのほうに顔を向けた。そこにいたのは鷹野と尾留川だった。

尾留川が浩樹を引き立て、下駄箱の前に連れていく。普段、軽い態度で冗談を口にする彼が、今は刑事の顔になっていた。

尾留川と浩樹の姿を見ながら、塔子は鷹野に尋ねた。

「……どうしてここに?」

「待機していたら不審な車が見えたんだ。あの男は車を降りて、脇道への入り口を確認していた。メモを見ていたようだから、初めて来たのだとわかった。何かまずいことが起こるんじゃないかと思って、あとを追ってきたんだ」

恒葉会で騒ぎが起こる可能性を考え、鷹野たちは駆けつけてくれたのだ。その気持ちはありがたかったが、ふたりが姿を見せたのは失敗だったのではないか、と思った。なぜなら、塔子が鷹野たちの関係者だということを、長谷川たちに知られてしまったからだ。

「鷹野さん、ここまでですね」

ため息をつきながら塔子は言った。身元を偽って潜入したとなれば、当然、長谷川はひどく憤ることだろう。

どう説明したものかと塔子は思案した。ここは正直に話すしかないだろう、と考えていると、先に長谷川が口を開いた。

「月島さん、ありがとう。助かりました」

「……え？」

「あなたの行動のおかげで、ひとりの会員が自由を奪われずに済みました。心からお礼を言わせてください」

「あ、はい。それはどうも……」

意外な思いにとらわれながら、塔子は軽く頭を下げる。

長谷川はしばらく塔子の表情を観察していたが、やがて言葉を継いだ。

「しかし、それとこれとは話が別です。あなたが何者なのか、どんな目的でここへやってきたのか、正直に話してください」

塔子は鷹野の表情をうかがった。仕方ない、という顔をして彼はうなずいている。

「……わかりました。では、すべてお話しします」

肩を落とし、意気消沈して塔子は言った。だが、長谷川はここでまた意外なことを口にした。

「そんな顔をしないでください。あなたがきちんと話してくれれば、私のほうでも礼を尽くします。……そちらの男性も、どうぞ奥へ」

長谷川は塔子たちを手招きした。塔子は彼女のあとについて歩きだす。

尾留川に何か伝えてから、鷹野もこちらにやってきた。

4

小会議室に入ったのは長谷川と塔子、鷹野の三人だけだ。ほかの会員たちはすべてシャットアウトされた。

椅子に腰掛け、塔子は長谷川の顔を見つめた。昨日初めて会ったときと同じく、彼女は穏やかな表情を浮かべている。だがその中に、わずかだが疑念の色が混じっていた。

長谷川は鷹野をちらりと見たあと、塔子に言った。

「あなたの名前と職業、ここにやってきた目的を聞かせてください。隠し事は、なしでお願いします。じつを言うと、あなたがその男性と一緒に車でやってきたことを、私は知っていました。脇道に入るところに、遠隔操作できるカメラを設置してあるのです」

これには驚かされた。あの地点ですでに、こちらの姿を見られていたのだ。

「どうか私に対して誠実に、本当のことを話してください」

長谷川はそう促してきた。隣に座っている鷹野を意識しながら、塔子は答える。

「名前は如月塔子、職業は警察官です。今から十年前、天空教の教祖・森達雄さんが殺害された事件について捜査しています。当時のことを調べたいと思って、恒葉会に体験入会しました」

「潜入捜査といったところですか」

「目的を隠していたことは大変申し訳なく思います。ほかの捜査員が質問しても、応じてもらえないということでしたので、こういう方法をとりました」

なるほど、とつぶやいたあと、長谷川は左に流した髪を指先で撫でた。そうしながら考えをまとめているようだ。ややあって彼女は再び口を開いた。

「このコミュニティに参加してみて、如月さんはどう思いましたか？」

「みなさん、とても生き生きとしていますね。これまで暴力を受けてきた過去があるから、ここへ避難できて、ほっとしているんでしょう。恒葉会はあの人たちにとって、なくてはならない施設だと思います」

「理解していただけて嬉しいわ」長谷川は微笑んだ。「私は教祖になりたいわけではないし、カルト集団を作りたいわけでもありません。ただ、虐げられた女性たちが安心して暮らせる場所を提供したいだけです。あなた方にはわからないかもしれませんが、私にとって、これはどうしても実現しなければならないことなのです」

「もしかしたら……」

あなたもＤＶの被害に遭っていたのですか、と言いかけて、塔子は口を閉ざした。

それは今訊くべきことではないだろう。

「話を先に進めましょう」長谷川は言った。「私たちの活動に疑いを持たれては困るし、この件をいつまでも引きずりたくはありません。ここであなた方の質問に答えることにします。話を聞き終わったら、すみやかに引き揚げると約束してください」

「わかりました。お約束します」

塔子ははっきりした口調で答えた。隣で鷹野もうなずいている。

相手の表情を観察しながら、塔子は質問を始めた。

「長谷川さんは天空教で、生薬や健康食品作りなどを担当していましたよね。教祖の森達雄さんや、幹部の片岡さんとの関係について教えてください」

「あなた方が想像しているとおり、森さんはカリスマ性のあるリーダーでした。天空教は何かの神様を信じるのではなく、大地や水に宿る精霊のようなものを信奉していました。それが薬草を煎じるとか、霊水を汲むとか、健康食品を作るとか、そういう方向に変わっていったのだと思います。私が入信したのは三十歳のとき、今から十七年前でした。

正直な話、森さんには俗っぽいところがありました。乱暴だったし、身勝手な振舞いもあった。でも、ときどき神がかったような高尚な話をするのです。記憶力もよくて、信者ひとりひとりの悩みを完璧に覚えていました。そうして、信者たちにときどき優しい言葉をかけていた。一緒に悩みを解決していこうという態度がうかがえました。だからみんな、森さんを信じたのでしょう。もともと天空教に集まってきたのは、自分や家族が病気だったり、怪我をしたりした人たちでしたから、心が弱っている部分がありました。それで、森さんを頼るようになったわけです」

「当時、信者たちは共同生活をしていたんでしょうか」

「ええ。東大和市にこうしたコミュニティを創って、一緒に暮らしていました。中には、病気でずっと横になっている人もいました。そういう信者に対して、森さんは霊的な治療を行っていたんです。森さんには医師の免許も薬剤師の資格もありませんでしたから、あれは代替医療、民間療法と呼ばれるたぐいのものでした」

第二の被害者・片岡昭宏の自宅で、疑似科学や代替医療、民間療法の本が見つかっている。片岡もそれらを勉強していたのだろう。

「片岡さんは幹部として、森達雄さんをサポートしていたわけですよね？」

「そうです。ただ、あの人は森さんをよく思っていなかったようです。もともと代替医療を信じていなかったし、たまに森さんから暴言を受けていました。金になるからという理由だけで、天空教の事務などを担当していたのだと思います」

「信者たちはどうだったんでしょうか。みなさん本当に、森さんの力を信じていたんですか？」

「それについては何とも言えません。熱狂的な信者もいたでしょうし、疑わしいと思いながらも、森さんが怖くて黙っていた人もいたでしょう」

「怖いというのは暴言や、乱暴な振る舞いのせいですか?」

「あとは目ですね。森さんの左目は義眼でした。信者の中には、子供を連れて入信してきた人もいました。多いときで、子供は五人ぐらいいたでしょうか。三歳ぐらいの子から小学生まで、年齢はばらばらでした。森さんはその子たちを、教団の子としてみんなで育てるよう指導していました。子供のことですから、わがままを言ったり、泣いたり騒いだりします。そういうとき森さんは義眼を外して見せるのです。悪いことをすると地獄に落ちるぞ、などと言ってね。これは子供たちにとっては、かなり恐ろしい体験だったでしょう。それでも反発する子がいて、森さんは体罰を与えていました。今の世の中なら虐待だと言われるようなことも、当時は普通に行われていました」

森がときどき義眼を外して見せていた、という話はほかでも聞いている。その義眼が、森達雄のカリスマ性に役立っていたのは間違いないだろう。

「そういうことがあると、途中で脱退する信者もいたんじゃありませんか?」

「何人かいましたね。それから、こんなこともあったようです。二十七年……いえ、二十八年前でしょうか、江波尚子《えなみなおこ》という女性が癌になって、息子とともに入信してきました。でも森さんによる代替医療を受けた結果、二年後に亡くなってしまったのです。男の子は教祖に反発したせいで、虐待を受けたようでした。右手にひどい火傷をしたという話も聞きました。私が入信する前のことなので詳しいことは知らないんですが、その後、男の子は教団からいなくなってしまったそうです」

「まさか、森さんはその子を……」

「わかりません。片岡さんに訊いても教えてくれませんでした」

「その子の名前は？」

「そこまでは聞いていません」

片岡や夏木はその少年のことを知っていたのではないか。だがほかの信者が動揺しないよう、彼らは男の子の処遇を隠していたのかもしれない。

「十年前、立川で森達雄さんの遺体が発見されました。当時、捜査員が事情をお訊きしたと思いますが、その事件について何か知りませんか」

「あのときもお話ししましたが、事件の夜、私は教団の本部で寝ていました。個室にいましたが、トイレに起きたとき、ほかの信者と会っています。私は犯人ではありません」

淀《よど》みのない口調で長谷川は説明した。この件は十年前に何度も質問され、繰り返し回答したことなのだろう。

それまで黙っていた鷹野が、ここで口を開いた。

「では今年の話ですが、一月二十二日から二十三日にかけての深夜、あなたはどこにいましたか」

長谷川の顔にわずかな変化が表れた。穏やかさの中に浮かび上がったのは、おそらく不快感だ。

「十年前のことを訊きたい、という趣旨だったはずですが」

「すみません。今年のことをお訊きしています。その夜、中野で男性が殺害されました。らせん階段から転落したんです。そして遺体の顔には、ある特徴がありました」

それを聞いて、長谷川は何かを感じ取ったようだ。

「目ですか？」彼女は鷹野に尋ねた。「もしかして左目に何か……」

「詳しいことはお話しできないんですが、長谷川さんが想像していることと、大きく違ってはいないと思います」

なるほど、とつぶやいたあと、長谷川は鷹野に答えた。

「その夜、私はこのシェルターにいました。中野にも、どこにも行っていません」

「……そうですか」と鷹野。

ひとつ息をついてから、長谷川は椅子に背をもたせかけた。どうしようかと思案する様子だったが、やがて心を決めたという表情になった。

「立川の話に戻りますが……」彼女は言った。「森さんには護《まもる》さんという長男がいました。その人が十年前の三月、行方不明になってしまったんです。でも、民間療法で信者からお金を吸い上げていることが問題視されると思ったのでしょう。森さんは警察に相談しませんでした。しばらく自分たちで長男を捜したようですが、結局見つからなかった。

私や会員たちは教えてもらえませんでしたが、森さんと片岡さんの間で、後継者問題が話し合われたようでした。そんな中、十月六日に教祖の森さんが殺害されたのです。警察が事情を訊きに来て、私たちは慌ただしい日々を過ごしました。そしてあるとき突然、片岡さんがみんなを集めて、天空教は解散になると言ったんです。それ以前から森さんの影響力が衰えていて、教団は弱体化していました。信者はもう十五人ぐらいしか残っていなかったので、潮時だと判断したのだと思います」

「そしてあなたは恒葉会を、片岡さんはアークサロン東京を創った」鷹野は言った。

「その後、片岡さんとはまったく連絡をとっていなかったんですか？」

「いえ、たまに電話で話していました。ここで作った野菜の一部を、アークサロンに販売していたのです。それを片岡さんが健康食品に加工していたようです」

これは思いつかなかった。森の死後、ふたつに分かれた組織は、野菜や薬草などの売買でつながっていたのだ。

だとすると、あの人はどうだったのだろう。塔子は尋ねた。

「夏木さんとは連絡をとっていましたか？」

「私が夏木さんと直接話すことはありませんでした。あの人は、片岡さんから詳しい報告を受けていたはずですから」

「え……。専務の夏木さんが、社長の片岡さんから報告を受けていたんですか？」

「そうです。専務という立場でしたが、実際には夏木さんが会社を動かしていたんだと思います。夏木さんのほうが、片岡さんより年上ですし……」

塔子は夏木の顔を思い出した。歳は五十代半ば。目尻に皺があり、顎ひげを生やしていた。一見してお洒落な人で、着ているスーツも高そうだった。実質的には、彼が社長より上の立場にいたということだ。

さらに質問を重ねていったが、どうやらこれ以上の情報は出てこないようだった。

「質問に答えてくださって、ありがとうございました」塔子は深く頭を下げた。「身元や目的を隠していたことを、あらためてお詫びします。すみませんでした」

塔子が顔を上げると、長谷川は机の向こうで小さくうなずいた。

「正直なところ、私はこんな話をするつもりはありませんでした。警察なのか記者なのか、とにかくあなたが、何かの目的で潜入してきたのは明らかでしたから。……でも先ほどの行動を見て、信用できる人だと思ったのです。あなたは危険を顧みず、唐沢晴美さんを助けてくれました。私とあなたでは立場が違いますが、暴力に苦しむ女性を守るという点で、方向性は一致していますよね」

「ええ、それは間違いありません。……今回、恒葉会にお邪魔していろいろなことを考えました。いい経験をさせていただいて、感謝しています」

塔子の言葉を聞いて、長谷川は何か思いついたという表情になった。

「如月さん、あなたもここで暮らしませんか」

「……はい？」

「今すぐということではなくてね。いつか警察の仕事に疲れたら、シェルターにいらっしゃい」

「でも、ここはDV被害者のための施設ですよね？」

「元警察官なら、みんな歓迎するはずです。先ほどの荒事を間近に見た者なら、よけいにね」

冗談なのか本気なのか、長谷川は笑いながらそんなことを言った。

スモックを返却し、部屋から私物を取ってきて、塔子は玄関に向かった。

事務室のそばに晴美が立っていた。ひとりでだいぶ泣いたのか、目が赤くなっている。

「ヒロちゃんのこと、あまり責めないであげて」晴美は拝むような仕草をした。「本当はいい人なのよ。だけど、カッとなると見境がつかなくなって手を上げてしまうの。私にだって悪いところはあったし。だからね……」

「浩樹さんは所轄署に連行されました」すでに尾留川から、その連絡が入っていた。「じきに釈放されると思いますが、どうしますか？　場所を知られてしまった以上、もう晴美さんはここにいられませんよね」

「うん……。少し考えさせて」

本人がそう言うのなら、これ以上警察が口を出すべきではないだろう。

世話になった礼を述べて、塔子は玄関の外に出た。ドアのすぐそばに鷹野が立っていた。

「お待たせしてすみませんでした」

「かまわないよ」うなずいたあと、鷹野は尋ねてきた。「なんだ、スモックは脱いできたのか？　よく似合っていたのに」

「からかわないでくださいよ」

「いや、別にからかっているわけじゃないんだが……」

駐車場に覆面パトカーが停まっていた。浩樹を所轄署に連れていったあと、恒葉会の許可を得て、尾留川が車を乗り入れたらしい。

「如月、お疲れさん」車の近くにいた尾留川が声をかけてきた。「あれ、スモック脱いだのか？　似合ってたのに」

「やめてくださいよ、尾留川さんまで」

塔子は顔をしかめてみせた。尾留川はしばらく笑っていたが、そのうち表情を引き締めた。

「情報、取れたみたいだな」

「ええ、天空教のことがだいぶわかってきました」

運転席のドアを開けて、鷹野が言った。

「よし、中野署に戻るぞ。尾留川は如月から情報を聞いて、パソコンでまとめてくれ。向こうに着いたらすぐ報告できるようにな。さあ、ここからは攻めるぞ」

「了解です！」塔子と尾留川は、声を揃えて答えた。

後輩たちが乗り込んだのを確認してから、鷹野は覆面パトカーをスタートさせた。

5

塔子たちが中野署に戻ったのは、午後二時半過ぎのことだった。

この時刻、特捜本部に捜査員はほとんど残っていない。だが連絡を受けていた早瀬係長や神谷課長、手代木管理官がホワイトボードの前に集まっていた。

尾留川が移動中にまとめた資料をプリントし、幹部のところへ持っていく。塔子や鷹野、それに門脇、徳重もやってきて、緊急の報告会が始まった。

「恒葉会の長谷川代表から話を聞くことができました。十年前の立川事件についてですが……」

塔子は資料を見ながら、シェルターで聞き出した内容を説明していく。幹部たちはみな真剣にそれを聞いている。

説明を終えたところで、塔子はホワイトボードに関係者の名前を書いていった。

「ざっと調べただけでも、天空教関連でこれだけの人物がいます。病気で死亡した江波尚子さん、行方不明になったその息子、そして森達雄さんの息子も行方不明です。天空教の元幹部だった夏木友康さんはアークサロン東京の専務。同じく天空教に所属していた長谷川静乃さんと辻崎和恵さんは現在、恒葉会のシェルターにいます」

「森達雄さんの息子について調べてみたよ」

太鼓腹の徳重が言った。彼は手元のメモ帳に目を落とす。

「鷹野さんたちが車から連絡してくれたので、その間に昔の資料を確認してみたんです。森達雄さんの息子・護さんは十年前の失踪《しっそう》当時、二十六歳でした。父親に反発した時期もありましたが、大学卒業後は天空教の幹部となって父親をサポートしていたようです」

「薬剤担当の長谷川静乃とは、どんな関係だったんだろうな」神谷課長が尋ねた。

「長谷川さんは薬学部出身だったため、教祖の森さんから信頼を得ていました。護さんはあとから入信したので、当然、長谷川さんのことを強く意識していたでしょう。長谷川さんが教団の後継者争いに入ってくるんじゃないかと、気にしていたそうです」

「如月はその恒葉会に体験入会したわけだが、長谷川静乃と辻崎和恵、このふたりも怪しいと感じたのか?」

質問を受けて、塔子は少し考えた。だが、ためらう理由は何もないと気がついた。自分は警察官であり、人を疑うのが仕事なのだ。

「長谷川さんは女性をDVから守る活動をしています。すばらしいことだと思いますが、それとこれとは話が別ですよね。彼女は天空教に長く関わってきました。何かの理由で森達雄さんを憎んでいたことは、充分考えられます。可能性がある以上、疑わなければならないと思います」

そうか、とつぶやいて神谷は深くうなずく。その様子を見ながら、尾留川が口を開いた。

「私のほうからも一点、報告です。トクさんと分担して情報を集めました。天空教の代替治療で江波尚子さんが亡くなりましたが、その息子の名前がわかりました。江波隆也というそうです。今から二十八年前、十歳のとき母親とともに入信しています。しかし母親が病死したあと行方がわからなくなった、と元信者が話していました」

塔子が長谷川から聞いた話と一致する内容だ。天空教ではこの少年と教祖の息子が行方不明になっているのだ。

「よし、わかった」神谷はみなを見回した。「まずは、先ほど名前が挙がった人物を重点的に調べることにしよう。また、恒葉会、アークサロン東京、その他に散らばっている天空教の元信者も、再度リストアップする。情報は随時更新されていくから、みんな漏れのないように行動してくれ」

はい、と答えたあと、塔子はあらためてホワイトボードを見つめた。

■天空教関連・要注意人物
◆江波尚子（天空教）★病死
◆江波尚子の息子・隆也（天空教）★行方不明
◆森達雄の息子・護（天空教）★行方不明
◆片岡昭宏（天空教↓アークサロン東京）★殺害
◆夏木友康（天空教↓アークサロン東京）

◆長谷川静乃（天空教↓恒葉会）
◆辻崎和恵（天空教↓恒葉会）

これらの情報をもとに、あらたな布陣で捜査を行う必要がある。

早瀬係長たちが捜査員の編成替えを検討している間、塔子たちは今後の活動方針について相談した。

「我々鑑取り班は、今日新しくリストアップされた人を調べていきます」

徳重がホワイトボードを指差した。門脇は自分のメモ帳を開いてページをめくる。

「俺たち地取り班は担当地区で話を聞くとき、リストに追加された人物のことも尋ねるようにする。何か情報が出てくるかもしれない」

「データ分析班では、リストに挙がっている人物をあらためてデータベースで確認します」尾留川が言った。「見落としがないか、慎重に作業を進めます」

みな自分の担当分野で、関係者のことを調べてくれるようだ。

一方、遊撃班である塔子と鷹野は、天空教の関係者を加えた上で、事件の筋読みをする必要があった。

「森達雄さんがキーパーソンであることは間違いない。彼を憎んだ者が立川事件を起こした。動機は教祖の地位か、それとも金か、あるいは森さんへの恨みだったのか

「義眼を持ち去ったのは、森さんを辱《はずかし》めるためだったのかも」塔子は言った。「遺体から目を奪って、死者をさらに貶《おとし》めてやった、ということじゃないでしょうか」

それと関係あると思われるのが、中野事件、目黒事件での死体損壊だ。被害者はいずれも左目を奪われている。

ここで塔子は、しばらく忘れていたことを思い出した。鷹野に向かって尋ねてみる。

「多摩工業の初井さんから、十年前の資料は届いていますか？」

「今朝電話したときには、まだ探している途中だということだった。どうなったか訊いてみよう」

鷹野は携帯を取り出し、発信履歴から番号を選んで架電した。じきに相手が出たようだ。

「お世話になります、警視庁の鷹野です。その後、資料のほうはどうでしょう。……ああ、さっき送ってくださったんですか。ありがとうございます。このあと確認を……。え？　写真も見つかった？　それは助かります」

手早く電話を切ると、鷹野は尾留川に言った。

「俺に多摩工業からメールが来ているはずだ。添付資料を印刷してくれないか」

「了解です」

尾留川は共用パソコンの前に腰掛けた。すぐにメールのチェックを始める。

「あった、これだ」尾留川はマウスを操作した。「ファイルを開いて印刷します」

早瀬たち幹部も打ち合わせを終えたらしく、みなプリンターの周りに集まった。塔子は出力された資料を順次手に取り、鷹野に差し出す。それを受け取って、鷹野は机の上に並べていった。

「十年前の多摩航空機、南ブロックの図面などが手に入りました」鷹野はみなに説明した。「すでに報告しましたが、森達雄さんは給水塔のらせん階段で死亡したわけではない、ということがわかっています。だとすると彼は敷地内のどこで殺害されたのか……」

建物の配置を記した図面、航空写真、施設の説明資料などがあった。鷹野はそれらに目を近づけ、細部まで確認している。

「敷地を取り囲むブロック塀は、今と少し違っていますね」鷹野は航空写真を指差した。「塀の南西、この辺りが、おそらく人目につきにくい場所です。これを乗り越えて中に入ると……倉庫でしょうか、何かの建物のそばです。ここなら森さんが通ったとしても、従業員には見られにくいですよね」

「給水塔までその建物の裏を通っていくと、歩いてどれぐらいだ？」

眼鏡のフレームを押し上げながら早瀬が尋ねる。塔子は指先で経路をたどった。

「南西のこの建物のことはわかりませんが、前に私たちが歩いたのはこのルートです」台車を使う社員たちに、初井が挨拶していた道だ。「この建物から給水塔まで、二分もかからないと思います」

塔子たちが話している横で「何だこれは？」と鷹野がつぶやいた。彼は資料の一点を凝視している。

「何かありましたか？」と徳重。

鷹野が見ているのは、建物の用途について記した書類だった。彼はその書類を航空写真の横に並べて、見比べ始めた。

「南西の塀際にある建物は倉庫じゃないですね。実験施設らしいんだが……」

そこまで言って、鷹野は首をかしげた。何かが気になるらしい。しばらく細い顎を指先で掻いていたが、突然、彼は声を上げた。

「まさか、そんなことが？」

驚いて塔子たちは鷹野を見つめる。彼はひとり、ぶつぶつ言い続けていた。

「理屈の上では可能かもしれないが、とんでもない計画だ。危険を冒してまで実行する人間がいるだろうか。……いや、しかしそうだったとすれば、あの事件のつじつまが合う。犯人がどういう心理状態だったのか、それは想像するしかない」

「鷹野さん、何かわかったんですか？」勢い込んで塔子は尋ねた。

「もちろん裏を取る必要はあるんだが……」と鷹野。

そこへ、後方から尾留川の声が聞こえてきた。

「今、別のメールが多摩工業から来ました。印刷しますよ」

「うん、頼む」

あらたに出力された資料を、鷹野は手に取った。塔子も横からそっと覗き込む。そこには三人の男性の顔写真が印刷されていた。いずれもジャンパーを着ている。

「これは？」と早瀬が尋ねた。

「十年前の事件当夜、南ブロックで残業していた三人です」鷹野は答えた。「先ほど、五年前の顔写真が見つかったというので送ってもらいました。……ちょうどタイミングがよかった。さっき私が気になったのは、十年前、南西の塀際にあった施設です。そこと関係が深いのは、この人物なんですよ」

鷹野は写真の中から、ひとりを指差した。

三十代前半と見える男性だ。髪は長めで耳にかかっている。鼻梁《びりょう》が高いのだろう、鼻の形に特徴があった。やや面長で、どこか緊張したような表情を浮かべている。

「この男が事件に関与しているのか？」早瀬が眉をひそめた。

「可能性はありますね」

塔子もその男の写真を見つめた。髪の毛は切ったり伸ばしたりできるから意識してはいけないだろう。注目すべきは顔の輪郭《りんかく》や鼻、目の形などだ。

しばらく見ているうち、心の中に何か引っかかるものを感じた。一度、目を閉じてから写真に視線を向ける。それを何度か繰り返すと、徐々に疑念が濃くなっていった。

「鷹野さん、この人に見覚えはありませんか？」

「何だって？」鷹野はまばたきをした。「如月はこの男を知っているのか」

「そんな気がするんです」

塔子は必死になって記憶をたどった。たぶんあそこで会った男だ、というところまではわかる。何か目立つ特徴はなかっただろうか。何か引っかかることを言っていなかっただろうか。そのときのやりとりを思い出すうち、気がついた。

──そうだ。この人の服。そして体の特徴！

塔子は自分の携帯を取り出し、衣類関係の情報をネットで検索した。いくつかのサイトを見て、その内容を比較する。やがて自分の考えは間違っていないと確信できた。

今度は自信を持って、塔子は言った。

「その顔写真をよく見てください。鼻の形はそのままで、髪を少し短くしたらどうでしょうか。私たちは捜査中、この人に会っています」

塔子はある人物の名前を口にした。そして、その男性の衣服の特徴について説明した。それが何を意味するのか、鷹野はじきに理解してくれた。

だがほかのメンバーは事情がわからないようだ。怪訝そうな顔で徳重が尋ねてきた。

「その写真は誰なんです？」

「多摩航空機の元社員、山根隆也です」鷹野が答えた。「十年前の事件の夜、彼は残業していました。これは今から五年前、彼が退職したときの写真なんです」

塔子は捜査資料のページをめくって、徳重や早瀬、神谷らに見せた。

◆開発支援課　山根隆也（28）

22時から23時15分まで装置にて実験。

だがこの前、塔子たちが会ったとき、その人物は山根という名前ではなかった。現在は別の名前を使っているのだろう。

「そしてこれです」塔子は資料を指差した。「多摩航空機に勤務していたのは山根隆也。天空教で行方不明になった少年は江波隆也……」

「ひょっとして同一人物か？」門脇が身を乗り出してきた。

「ええ、おそらく」

「だとしたら、どうなる？　奴は次に何をするんだ？」

それは、と言いかけて塔子ははっとした。もし山根隆也が天空教に恨みを持って事件を起こしたとすると、次に狙われるのは誰なのか。あの人ではないのか？

「アークサロン東京の夏木友康さん！」塔子は早瀬に尋ねた。「夏木さんへの聞き込みはどうなっていますか？」

早瀬は徳重のほうを向いた。どうですか、と目で訊いている。

「捜査員がアークサロンを訪ねましたが、今日は外出中とのことでした」徳重は答えた。「夏木さんが出かけたのは昼前です。夜七時ごろには戻ると話していたそうですが……」

「連絡してみましょう」

鷹野は携帯電話を取り出し、アークサロン東京に架電した。しばらく相手と言葉を交わしていたが、やがて送話口を手で押さえ、こちらを向いた。

「急ぎの用事で、社員が夏木さんの携帯に連絡したそうです。しかし電源が切れていて、つながらないということでした」

「まずいな。これはまずい」早瀬が眉をひそめた。「夏木さんは山根隆也に呼び出されたんじゃないか？　すでに拉致されているかもしれない」

悪い予感が当たってしまったようだ。塔子は焦りを感じながら鷹野に問いかけた。

「どこか夏木さんが行きそうな場所はわからないんでしょうか」

「訊いてみる」

鷹野は再び電話で話し始めた。だが捜査に役立つ情報は得られなかったらしい。渋い表情で彼は早瀬に報告した。

「手がかりなしです。どこへ行く予定だったのか、アークサロンの社員は誰も聞いていないそうです」

「手分けして、可能性のあるところを探すしかありませんね」

門脇が険しい顔で言う。その横で鷹野が再び口を開いた。

「係長、それと並行して調べるべきことがあります」彼は先ほどの顔写真を指差した。「この男についてです」

「山根隆也のことか？　鑑取り班と予備班が調べているが、退職後の行方はわかっていないぞ」

「いえ、彼は別の名前で生活しているんですよ」

鷹野はその人物のことを説明し始めた。鷹野と塔子は以前、一度彼と遭遇している。その方面から捜査を進めようという提案だった。

早瀬は真剣な顔で聞いていたが、じきにすべてを理解してくれたようだ。

「よし、その男の身元を調べよう。まずは自宅を割り出すことだ。俺は至急、捜査員たちに指示を出す。鷹野組と尾留川組は当面ここで待機していてくれ」

「わかりました。情報が入ったら、すぐに動きます」と鷹野。

「じゃあ、俺たちは捜索に出かける」

門脇と徳重は廊下に向かった。彼らは覆面パトカーで捜索を行うという。

早瀬の指示で今、数十名の捜査員がその男の足取りを追い始めた。時間が限られているときにこそ、組織の力は発揮される。全員が同じ目的を持ち、同じゴールに向かって進んでいくのだ。その結果、犯人の身柄《みがら》確保という難しい目的が達成できる。今までの捜査を通じて、塔子はそれをよく理解していた。

五十分後、報告があった。その男の自宅と、彼が管理する仕事場、そして別宅らしき建物が見つかったという。三軒を外から観察してみたが、どこにも男はいないらしいとのことだ。

「尾留川組は自宅へ向かってくれ。仕事場には門脇を行かせる。鷹野組は別宅のほうを頼む。現地でしばらく監視を行ってほしい。もし奴が戻ってきたら連絡してくれ。すぐに応援を出す。みんな注意して行動してくれ」

「了解です。行くぞ、如月！」

はい、と答えて塔子はバッグを引き寄せた。

鷹野とともに特捜本部を出る。用意してもらったグレーの覆面パトカーで、塔子たちは小金井《こがねい》市に向かった。

運転しながら塔子は考えた。山根隆也は今どこにいるのか。彼のもとには夏木が捕らえられているのだろうか。夏木はまだ無事でいるのか。それともすでに傷つけられているのか——。

悪い予想が胸の中で膨らんでいく。頭を強く振って、塔子は嫌な考えを振り払った。

6

午後四時三十五分、面パトは都道から脇道に入っていき、やがて目的地に到着した。

駐車場と公園の間に古い民家が建っている。壁には汚れが目立ち、塀にはあちこちひび割れが走っていた。

その家から四十メートルほど離れた路上に、紺色のセダンが停車していた。塔子がすぐうしろに車を停めると、先に到着していた捜査員が現れた。髪は天然パーマでネクタイは斜めに曲がり、くたびれたスーツを着た男性。中野署の赤倉保だ。もうひとり、相棒の若手刑事も一緒だった。

「お疲れさまです」赤倉は軽く頭を下げた。「我々もさっき着いたところです。急な命令で驚きましたよ。あそこが犯人の別宅だそうですね」

「そのようです」鷹野はうなずいた。「状況はどうですか」

「家の周りを歩いてみましたが、異状ありませんでした。別宅ですし、被疑者は中にいないと思いますが、念のためしばらく監視してみようかと」

「早瀬係長からもそう指示されています。……少し近づいてみましょうか」

鷹野が言うと、赤倉は「わかりました」と答えて歩きだした。彼の相棒がそれに続き、塔子と鷹野もあとを追った。

表札は出ていなかった。建物の隣に箱型の車庫が併設されている。道路に面した扉は閉まっているが、少し歪んでしまったのか、下のほうに隙間が出来ていた。

塔子はしゃがんで、そっと車庫を覗いてみた。中は薄暗い。だが数十センチ先に何か黒いものが見えた。あれは自動車のタイヤではないのか？

「赤倉さん、車がありますよ」塔子は真顔になった。「もしかして、奴は家の中にいるんじゃありませんか？」

「……え？」

慌てた様子で赤倉もしゃがみ込み、車庫を覗いた。数秒後、彼は眉をひそめてこちらを向いた。

「まずいな。これは完全に予想外だ。誰もいないと思ったんですが……」

「車があるのなら、夏木さんが拉致されているかもしれない」厳しい表情で鷹野が言った。「こうなると話が変わってきます。我々が張り込んでいるのを知ったら、奴は何をするかわからない。夏木さんの身が危険だ」

「一旦、離れたほうがいいんじゃないですか」

塔子がそう進言したときだった。家の中で、重いものが倒れるような音がした。続いて男性の呻き声。さらに何かが割れる音が聞こえた。

「始まった！」赤倉は両目を大きく見開いた。「鷹野さん、どうしますか」

「緊急事態だと判断します」鷹野は声を低くした。「拉致された人物が傷つけられているおそれがある。人命救助のため、立ち入りましょう」

「わかりました」うなずいてから赤倉は相棒に命じた。「おまえは敷地の裏に回れ。もし奴が逃げようとしたら身柄を確保しろ。いいか、死んでも逃がすなよ！」

「りょ……了解です」

若手の刑事は顔を強ばらせながら答えた。まだ現場経験が少ないのだろう、かなり緊張しているようだ。そんな状態で「死んでも逃がすな」などと言われたら、プレッシャーを感じないわけがない。

赤倉は先に立って門に近づいていった。錆《さび》の浮いた門扉に手をかけ、ゆっくりと押し開ける。赤倉、鷹野、塔子の順に敷地へ入った。

正面玄関は施錠されている。鷹野がハンドサインで周辺の確認を指示した。赤倉が建物の西側へ、塔子と鷹野は東側へ走る。雑草のはびこる庭を、塔子たちは壁沿いに進んだ。窓を見つけて慎重に中を覗き込む。カーテンがかかっていて室内の様子は見えない。次の窓へ。ここも駄目だ。角を曲がって北側に行くと、ちょうど建物の反対側から赤倉が顔を見せた。西側も問題ないようだ。

ブロック塀の向こうの道路に、先ほどの若手刑事がいた。万一、犯人が塀を乗り越えて逃げようとした場合、彼が対応することになる。

建物の北側の壁に勝手口があった。鷹野が確認すると、どうやら鍵はかかっていないらしい。彼は塔子たちに目配せしてから、そっとドアを開けた。

そこは台所だった。壁紙は剝がれ、床には新聞紙やペットボトルが落ちている。別宅だと聞いていたが、どうやらここは廃屋らしい。

床の上にいくつか靴跡が残されていた。犯人は土足のまま家に入ったのだろう。

塔子は人の気配を感じ取ろうと、耳を澄ました。ところがその横で、赤倉が勝手に家に上がってしまった。鷹野がかすかに眉をひそめる。

先手必勝とばかりに赤倉は進んでいった。塔子と鷹野は、慌てて彼のあとを追う。

台所を出ると、廊下の左側に木製のドアがあった。建物の構造を考えれば、おそらくこの向こうに居間などがあるはずだ。

まずいと感じたらしく、鷹野が赤倉の肩に手をかけた。しかし腕に自信があるのか、赤倉は鷹野のほうを向いて、大丈夫です、と目で伝えてくる。

赤倉はノブを回して細めにドアを開けた。きー、と小さな音がした。中の様子を探ってから、彼はドアを大きく開け放った。

室内は薄暗い。カーテンから斜めに射す光の中、埃が舞っているのが見える。

予想どおり、そこは居間だった。部屋の中央にはローテーブルがあり、座椅子がふたつ置いてある。壁際には書棚、箪笥《たんす》、カラーボックス。引き戸の横にはテレビ台があった。

目を凝《こ》らすと、テレビの前に誰かが倒れているようだ。ズボンと靴下が見えている。

「おい、あんた、大丈夫か？」

赤倉がテレビのほうへ近づいていった。

そのときだ。奥にある引き戸が開いて、誰かが飛び出してきた。赤倉は完全に意表を突かれる形になった。

「危ないぞ!」と鷹野。

次の瞬間、どすん、と大きな音が響いた。赤倉がカーペットの上に倒れ込んだのだ。彼は右脚の太ももを押さえていた。何が起こったのか、自分でもわからないという表情だ。

「赤倉さん！」塔子は叫んだ。

座り込み、壁にもたれた赤倉は、こちらを振り返って顔を歪めた。スラックスに赤い染みが広がっていく。

「くそ、しくじった……」彼は苦しげな声を漏らした。

そのときになって、ようやく塔子は気づいた。テレビの前にあるのは人の体ではない。寝具や洋服、靴下で作った偽物だ。

赤倉のそばにマスクをつけた男が立っていた。右手には血の付いたナイフを握っている。人を刺した感触がはっきり残っているのだろう、男は手にしたナイフを凝視していた。走ったわけでもないのに、肩を大きく動かして息をしている。

「山根隆也だな？」

油断なく身構えながら、鷹野が問いかけた。

「ああ、そのとおりだ」

マスクの向こうから、くぐもった声が聞こえた。思ったより落ち着いているようだ。

「我々は君のことを調べた」硬い声で鷹野は言った。「なぜ君がそんな立場に追い込まれたのか、理由はわかっている。子供のころ教団でつらい目に遭ったそうだな。治療も受けられずにお母さんは亡くなった。反発すると、君はひどい虐待を受けた。苦しかっただろう。君の気持ちを思うと我々は……」

「わかるわけがない」山根は鷹野の言葉を遮った。「あんたたち警察官に、俺の気持ちなんてわからないよ。子供のころから旨《うま》いものを食って、勉強もできて、友達に囲まれて、そして警察に入ったんだろう。自分たちは絶対の正義だと思っている。俺たちのような半端な人間は、消えてなくなればいいと思っている。そうなんだろ？」

一瞬の沈黙ののち、鷹野は低い声で答えた。

「ああ、そうかもしれないな」

塔子は自分の耳を疑った。ここで犯人を刺激するようなことを言っては、まずいのではないか。

「鷹野さん、そんな……」

だが塔子を押しとどめるような仕草をして、鷹野は山根を見つめた。

「犯罪者を捕らえるのが我々の仕事だ。卑怯《ひきょう》で、残酷で、自分勝手な犯罪者は、この世からいなくなればいいと思っている。……だが山根、聞いてくれ。俺は、君という人間に消えてほしいとは思っていない」

「きれい事だな」

「君のしたことは犯罪だが、これまで君が体験してきたことは、かなり特殊だと思う。天空教という組織の中でどんな目に遭ったのか、大勢の人に聞かせるべきだ」

「さらし者にするのかよ、この俺を」

「体験を話すことで、第二、第三の山根隆也を出さずに済むかもしれない。君のような境遇の子供を、救ってやりたいとは思わないか？」

山根は黙り込んで目を伏せた。鷹野の言葉が響いたのか、それとも何か別のことを考えているのか。

ややあって山根は再び顔を上げた。マスクを通して彼の声が聞こえてきた。

「本当にあんたたち警察は愚図だよ。やることがいちいち遅いんだ。俺はもうあいつを刺しちまった。刺しちまったんだよ！」

急に声を荒らげて、山根は踵を返した。彼は引き戸の向こう、奥の部屋に逃げ込む。

「おい、待て！」

鋭く叫ぶと、鷹野は山根のあとを追った。塔子は倒れている赤倉に駆け寄り、右脚の傷を確認する。

「大丈夫だ、如月さん」赤倉は脂汗を流しながら言った。「ちょっとばかり痛むけどな」

「止血します」

塔子はバッグからタオルを取り出し、彼の太ももに巻きつけた。幸い、それほど深い傷ではないようだ。塔子がきつくタオルで縛ると、赤倉は大きく顔を歪めた。息が荒くなっている。

鷹野はと見ると、彼は隣室に入れないまま、開いた引き戸のそばで立ち尽くしていた。塔子のいる場所からも、奥の部屋の様子が見えた。

そこは六畳の和室だった。簞笥の前に男性が横たわっている。今度は本物の人間だ。高そうなスーツを着た、顎ひげの男。夏木友康だった。

彼は両手で腹部を押さえている。床には血溜まりが出来ていた。

「夏木さん！」

塔子が居間から呼びかけると、彼は身じろぎをした。目を開けて顔をこちらに向けたが、出血のせいで起き上がれないようだ。

苦しんでいる夏木のそばに、山根はしゃがみ込んだ。手にしたナイフを首筋に押し当てる。刃の冷たさが感じられたのだろう、夏木が顔を歪めた。

「たす……けて……」

以前会ったときのような威厳《いげん》は感じられない。かつて教団幹部として信者たちを監視していた彼は今、呻き声を漏らす被害者でしかなかった。その夏木の頸動脈《けいどうみゃく》に、山根は凶器を押し当てている。

ナイフの刃先が数センチ動いた。

「あ……ぐ……」

夏木が声を上げた。皮膚が少し切れて、血が流れだした。

まずい、と塔子は思った。山根が力を入れれば、首から大量に出血してしまう。そうなれば手当ても難しくなる。

「山根、聞いてくれ！」険しい表情の中、鷹野が言った。「すぐ手当てをすれば、夏木さんは助かる可能性がある。我々がこのタイミングでやってきたのは、おそらく偶然ではない。夏木さんは助かるべきだし、君はこれ以上、罪を重ねずに投降すべきなんだ。そのために我々がここに来たとは思わないか？」

「ふざけるな」しゃがんだまま、山根はナイフを握り直した。「運命だの神様だの、うんざりなんだよ。あんたらがここに来たのは、たまたまだ。どう頑張っても夏木を助けるのは無理だ」

「無理かどうか、試してみなくてはわからない」

鷹野はゆっくりと和室に入っていった。まっすぐ箪笥のほうへ歩いていく。

「きさま、止まれ！　止まれと言ってるんだ」

だが鷹野は足を止めない。

「鷹野さん、危険です」と塔子。

「近づくな！」山根は苛立《いらだ》った声を出した。「こいつは死ななくちゃいけないんだよ。片岡と一緒になって、悪魔払いだとか何とか言って、俺を痛めつけた。俺はまだ十歳過ぎの子供だったのに……」

「俺も子供のころ、死にかけたことがある」

その言葉を聞いて、山根ははっとした表情になった。塔子も赤倉も、驚いて鷹野を見つめる。

「うちの父親は、性格にかなり問題のある男でね」鷹野は言った。「俺は小学生のころから反発していた。そのせいで何度も殴られ、蹴《け》られ、物置に閉じ込められた。暗い場所で痛みをこらえていると、母親のすすり泣きが聞こえてくるんだ。母は父に刃向かうことができなくて、いつも泣いていた。その声を聞きながら、俺自身も物置の中で泣いた。すると、俺の泣き声が気に入らなかったんだろう、父親は俺を引きずり出してまた殴った。そんなことがずっと繰り返されていた。本当にうちの父はどうしようもない男だった」

息を詰めて塔子は鷹野の声を聞いていた。これまでに彼がそんな話をしたことは一度もない。ただ、彼の父親が医療ケア付きの老人ホームで暮らしている、というのは知っていた。

——過去にそんなことがあったなんて……。

意外に思いながら塔子は鷹野を見つめる。山根も驚きの表情を浮かべて、鷹野の顔を見上げていた。

鷹野は夏木と山根に近づいた。しゃがみ込み、負傷した被害者に声をかける。それから山根の目の前で、夏木の傷を調べ始めた。

「おい、やめろ」我に返って山根は言った。「今すぐ俺たちから離れろ」

「すぐに救急車を呼ぼう」と鷹野。

「きさま、聞いてるのか?」山根はナイフを翻し、鷹野のほうに向けた。「勝手なことをすると、きさまも刺すぞ」

鼻先にナイフの刃を突きつけられ、鷹野は一瞬、手の動きを止めた。そのまま彼は口を閉ざす。ほんの数秒のことだったが、塔子にはひどく長い時間に感じられた。

鷹野は相手を睨みながら、再び口を開いた。

「刺して気が済むなら、そうするといい。だが俺は、死んでもおまえを放さないぞ。そして俺の相棒と同僚たちが、おまえに手錠をかける。おまえは絶対に逃げられない」

その言葉を受けて、塔子は口を開いた。

「投降しなさい、山根隆也」

山根は硬直したように動かない。マスクで顔の半分は隠れているが、その目には動揺と困惑の色が浮かんでいた。

塔子はさらに続けた。

「これ以上、抵抗してもあなたは逃げられません。この建物は警官隊に囲まれています」

「どうしてだよ」山根は首を左右に振った。「なぜ邪魔をする？　俺はあれだけ綿密な計画を立てていたのに……」

「計画は終わりだ」鷹野は言った。「ここで終わりにするんだ」

山根は唇を噛んだ。落ち着かない様子で視線を動かしていたが、やがてナイフを下ろし、床に置いた。

鷹野は立ち上がって、そのナイフを部屋の隅に蹴った。それから手錠を取り出し、山根の両手にかけた。

「山根隆也、殺人未遂の現行犯で逮捕する」

もはや抵抗する気はないらしく、山根はうなだれている。鷹野は彼の肩を叩いてから、マスクを取った。

その顔を見て、ああ、やはり、と塔子は思った。山根隆也はかつて別の名前で、塔子たちの前に現れていたのだ。

彼の使った別名は「里見」だ。運送業者として軽ワゴン車に乗り、アークサロン東京の吉祥寺店へやってきた男だった。

救急車を呼んでから、塔子はあらためて山根に視線を向けた。

「どうしてだ。あんたたち、なぜ俺だとわかった？」

低い声を出して山根は尋ねてきた。鷹野は塔子のほうを振り返る。軽くうなずいてから塔子は話しだした。

「手がかりはふたつありました。まず私たちは多摩航空機時代のあなたの写真を見て、アークサロン東京で出会った運送業者ではないか、と気づきました。あなたはオニキスのブレスレットを右手首に着けていた。ブレスレットがずれて右の袖口がめくれそうになったとき、慌てて押さえましたよね。もしかしたら右手に何かあるのではないか、と私は考えました。そこで頭に浮かんだのが、恒葉会の代表の話です。以前、天空教の信者だった少年が、教祖に反発して虐待を受けた。彼は右手にひどい火傷をしたという。その少年こそがあなたではないか、と思いました。あなたの右手には火傷の痕があって、子供のころからそれを隠す癖があったのかもしれない。だとしたら、あなたは山根隆也——かつての江波隆也ではないだろうか、と考えたんです。

それからもうひとつ。あなたのジャンパーには汚れと変色があった。汚れはいいとして、問題は変色です。あれは塩素系漂白剤による色落ちではないかと思いました。あなたは運送業のほかに、漂白剤を使った仕事をしているのかもしれない。仕事でなかったとしても、漂白剤を使っているのはたぶん間違いない。となると、頭に浮かぶのはルミリア中野の事件現場で使われた漂白剤です。あなたは山根隆也であり、中野事件に関わっている可能性がある。……確証はなかったけれど、見逃すわけにはいきませんでした。私たちはあなたの身元を調べ、この建物を見つけたんです」

塔子の説明を聞いて、山根は眉をひそめた。それから彼は悔しそうに舌打ちをした。

7

一月二十八日、午後一時。塔子と鷹野は中野警察署の取調室にいた。

昨日の逮捕以来、山根隆也はずっと無表情のままだった。だが黙秘をするわけではなく、反発するわけでもなく、淡々と取調べに応じている。まるでロボットを相手にしているような気分だった。

塔子は補助官として壁際に座っている。山根の正面に腰掛けた鷹野が口を開いた。

「夏木友康は一命を取り留めたそうだ。うちの刑事の赤倉も傷は浅かった。ふたりを殺害しなくてよかったな、山根」

「あの刑事さんには申し訳ないことをしたよ。でも、夏木は死ぬべきだった。あいつを殺せなかったのが本当に心残りだ」

表情を変えずに、山根はそんなことを言った。鷹野は彼の顔を一瞥《いちべつ》する。

「君には十年前、立川で起こった殺人事件の容疑もかかっている。我々は立川に行って、事件当夜の多摩航空機の状況を調べた。また、天空教に所属していた人物から、君が母親の江波尚子さんと一緒に入信していた、ということも聞き出した」

しばらく考える様子だったが、山根は抑揚《よくよう》の少ない声で話しだした。

「俺は小さいころから母親とふたり暮らしだった。父親は事故で死んだ、と聞かされていた。俺が十歳のとき母は乳癌《にゅうがん》になって、いろいろな病院に行ったあと天空教に入ったんだ。もう、すがるものがないという感じだったんだろうな。俺は大勢の信者たちと共同生活をするようになった。ほかにも信者の子供が何人かいたけれど、仲よく遊べるような雰囲気ではなかった」

「教祖の森達雄さんとの関係はどうだった?」

鷹野が尋ねると、山根の顔色が変わった。そこに表れたのは、おそらく不快感と嫌悪感だ。

「森は『先生』と呼ばれていた」山根は続けた。「あいつはときどき義眼を外して、ぽっかりあいた眼窩を俺たちに見せた。奴は義眼を古代エジプトの『ウアジェトの目』になぞらえて、自分には神秘の力があると説明していた。ウアジェトというのは古代エジプト神話の女神だよ。そんなことを言う森が、俺は大嫌いだった。そのころからだろうな、俺は父性的なもの、権威主義的なものを恐れ、憎むようになった。俺の趣味は宇宙や航空機関連だった。天空教本部で少し私物を持つことは許されていたから、買ってもらった本を読んだり、安い望遠鏡で星を見たりして気を紛《まぎ》らわせていたんだ」

「君の母親は教団で治療を受けていたんだな？」

「治療か。まあ、森にとってはそうだったんだろうな。あいつは俺の母を病院に行かせず、ずっと代替医療を受けさせた。薬草を煎じてのませたり、食べ物や水で健康を取り戻そうとしたり、といったものだ。……俺は最初から、森や大人たちの行動に疑問を感じていた。ある日、教団本部を出て警察へ相談に行ったけれど、取り合ってもらえず、教団の大人たちに連れ戻された。そのときは三日間、説教されたよ。

一度だけ、俺は母親に尋ねたことがある。『お母さんは本当に先生を信じているの？』と。そのとき母はこう答えた。『もちろんよ。私はあの人のことを誇りに思っているわ』ってね。当時はなぜ母がそう答えたのかわからなかったが、病気で死ぬ直前、俺は驚くようなことを聞かされた。森達雄は俺の父親だというんだ」

「君と森さんが親子？」

鷹野は眉をひそめた。それから、疑うような表情で山根に尋ねた。

「君が十歳のときに、母親は入信したんだったよな？」

「森達雄と母が、どこでどう知り合ったのかはわからない。ふたりが別れた理由も知らない。とにかく母は俺を産んで、シングルマザーとして頑張っていたが、病気になってしまった。それで森を頼って教団に入ったんだと思う」

「森さんのほうも拒《こば》むことなく、君の母親を受け入れたわけか」

山根は深くうなずいた。過去の出来事を思い出したのだろう、険しい表情を浮かべていた。

「俺は母の死を間近に見て、森や大人たちに反抗した。その結果、殴られ、土蔵に閉じ込められた。水や食料を制限されて、ひどく衰弱した。このままでは死んでしまうと思って、泣いて謝り、大人に従うようになった。でもそれは表面上のことだ。監視が厳しくなっていたが、俺はチャンスを待った。そして今から二十六年前、十二歳のとき天空教本部から脱走したんだ。今回は連れ戻されないよう、親戚を頼って保護してもらった。のちに養子縁組して、山根という姓になったんだよ」

「信者たちは、君が行方不明になったと聞かされたそうだが……」

「森の霊力を疑って脱走したなんてことがわかったら、信者たちに影響が出るじゃないか。そうならないよう隠していたんだろう」

塔子は納得した。真相を知っていたのは、教祖の森と幹部たちだけだったのではないか。だから元信者に尋ねても、「行方不明になった」という情報しか得られなかったのだ。

「教団を離れてからはどうだった？」

「順調だったよ。親戚の夫婦は人柄がよかったし経済的にも余裕があったから、俺を大学まで進学させてくれた。卒業後、俺は多摩航空機に入社して、航空機部品の実験などを担当した。……あのころは本当に充実していたな」

山根が教団本部で母を失い、ひとりで脱出したと聞いて塔子は驚いていた。江波隆也という名は、彼にとって大事なものだったに違いない。だが彼は江波姓を捨て、山根隆也になった。それが明るい未来につながると信じていたからではないだろうか。

「その後、教団との関係はなかったはずだが、なぜ森さんと再会したんだ？」

「今から十年前、天空教はすっかり弱体化していたらしい」冷笑を浮かべながら山根は言った。「資金面でもかなり苦しくなっていたようだ。まあ、あんな代替医療なんかを続けていたら当然だよな。いい気味だと俺は思っていた。……ところがあるとき、信じられないことが起こった。会社からの帰り、森が現れたんだ」

塔子は眉をひそめた。山根と、その向かい側にいる鷹野を交互に見た。

「何の目的で訪ねてきたんだ？」と鷹野。

「俺はおまえの父親だ、戻ってきて教団を継げ、と奴は言ったんだよ」

「どうして急に……。いや、待てよ。そうか。森さんの息子の護さんが、十年前に失踪しているよな。後継者がいなくなってしまったから、わざわざ君を捜し出したというわけか」

山根は鷹野に向かって、深くうなずいた。

「そういうことだ。以前から森は、天空教を継ぐのは自分の血を引いた者でなければいけない、と話していたらしい。そう強調することで、護への権限委譲を正当化しようとしたわけだ。ところがその護が行方不明になった。今さら、血のつながらない者を後継者にはできない。それで俺を引っ張り出そうとしたんだろう。……護がいなくなって信者の間に不信感がつのっている。しかしそこで、あらたに森達雄のＤＮＡを継ぐ者が現れたとなれば、信者たちは驚くはずだ。その後継者とは、かつて神隠しに遭った隆也なのだ、と説明すれば『貴種流離譚《りゅうりたん》』のような物語性も強まる。自分の権威付けのためにも利用できる、と思ったんだろうな」

「護さんが行方不明になった年に、すぐ君を後継者にしようとしたのか？　戻ってくる可能性もあったわけだし、少し待ってもよかったのでは……」

そこまで言って、鷹野は何かに思い当たったようだ。

「いや、そうできない理由があったのか。もしかしたら護さんは失踪したんじゃなく、死亡していたのかもしれない」

「あんた、さすがだな」山根は意外だという顔をした。「たぶんそうだよ。昔の信者から噂を聞いたんだが、森と護の間でトラブルが起こっていたらしい。親子ではあるけれど……いや、親子だからこそお互い譲れないものがあったんだろう。そのトラブルが高じて、森が護を死なせてしまったんじゃないだろうか。閉鎖された集団だし、粗野な森のことだから、誰かを死なせた場合、遺体を始末してしまう可能性はあったと思う」

もしかしたら、と塔子は考えた。そのコミュニティでは殺人や死体遺棄といった事件が、過去に何件も起こっていたのではないか。そんな疑いも湧いてくる。

「とにかく後継者が必要だということで、森みずから俺の前に何度も現れたんだ。もちろん俺は断った。航空機部品の性能テストをする仕事が気に入っていたし、つきあっている女性もいたんだ。……ところが、森は卑怯な手を使った。俺の交際相手に会って、息子は教団を継ぐ予定だと吹き込んだ。怖くなった彼女は俺から離れていってしまった。どうしてそんなことをするんだ、と俺は森に食ってかかった。すると奴はこう言ったんだ。『次は職場に行って、おまえが宗教団体と関係あることを触れ回ってやる』と」

　これには塔子も驚かされた。宗教活動をするかどうかは本人の自由だろう。強引なやり方で行動を制限するのは間違っている。

「このままでは今の生活をめちゃくちゃにされてしまう。追い詰められて、俺はついに決心した。森達雄を殺そう、とね。方法はいくらでもあると思った」

　山根は黙り込んだ。彼は机の一点を凝視している。そこに悪意の塊がこびり付いている、とでも言いたげな表情だった。

　鷹野はしばらく被疑者の様子を観察していたが、やがて口を開いた。

「そこから先、事件の経緯はこうだったんじゃないか？　しつこくつきまとわれた君は、入信するから最後に自分の職場を見にきてほしいとか、そんなことを言って森さんを呼び出したんだろう。事件当夜、塀を乗り越えさせて、君は森さんを敷地内に招き入れた。そして森さんを殺害。その遺体を給水塔に遺棄した。

　ここでひとつわからなかったのは、森さんの全身に十三ヵ所もの骨折があったことだ。科捜研で構造分析をしたところ、給水塔のらせん階段を転落しただけでは、あれほどの骨折は生じないことがわかった。犯人は別の場所で森さんを殺害した。だがそれを知られたくなかったから、遺体を給水塔に運んでらせん階段の四階から落としたんだろう。当時の警察はその偽装に騙されてしまった。これについては、私も本当に残念だと思っている」

十年前の特捜本部も、決して手抜きをしたわけではないはずだ。だが残念なことに、骨折の不自然さを指摘できる者は誰もいなかったのだろう。

「さて、では森さんはどこであんな重傷を負い、死亡したのか。当時の多摩航空機の施設資料を調べていくうち、私は突拍子もない仮説を思いついた。そんなことがあるだろうかと疑問も感じたが、実現不可能というわけではない。何より、犯人の行動が手がかりになった。その施設で殺害したことがばれたら、やったのは自分だと特定されてしまう。だから、わざわざ給水塔に運んだんだろう。それほど特徴的な施設が、当時の多摩航空機にはあったんだ。

君は当時、開発支援課で飛行機の部品などのテストをしていた。南ブロックの南西、外から塀を乗り越えてすぐの場所にあった建物。あれは倉庫ではなく、君の担当する実験施設だった。その正体は『風洞《ふうどう》』だよ。空気の流れを人工的に調節する、トンネル型の巨大な装置だ。飛行機の模型やレーシングカーなどの空力特性を調べるために使われる。模型を吊るしたり台座に固定したりして、そこに強い風を当て、データをとるんだ。あの風洞は大型で、内部は人が立って歩けるほどの広さだった。君は風洞の管理者だったから、夜遅い時間帯にも装置を使うことができた」

塔子は特捜本部で見た資料を思い出した。循環型風洞または回流型風洞と呼ばれるその装置はロの字のような形で、内部の高さは二メートル以上ある。この中を強い風が循環するのだ。

「森さんを中に連れていき、君はいろいろと説明した。君は子供のころ宇宙や航空機関連に興味があったから、その仕事に誇りを持っていたはずだ。森さんもそれを知っていたから入信前、最後に息子の仕事場を見に来た、ということだったんだろう。森さんが内部を見学している間、隙を見て君は彼を殴り、昏倒《こんとう》させた。それから風洞の外に出て、装置を動かした。出力を高めると、中は立っていられないほどの風速になる。固定されていなかった森さんの体は猛烈な風に飛ばされ、風洞内のあちこちの壁に叩きつけられた。体中を骨折し、頸椎も折れて窒息死したというわけだ。君はあの夜、二十二時から二十三時十五分まで風洞を使っていた。その一時間十五分の間は大電力を消費するから、事前に申告しておく必要があった。それが君のアリバイを補強した。実際のところ、風洞実験では連続して装置を動かすわけではなく、途中で飛行機の模型を交換したり、数値をチェックしたりする。だが捜査員たちにはそういう知識がなかったし、そもそも森さんが骨折したのは給水塔だと思っていたから、誰も君を疑うことはなかったんだろう。どうだ？」

言葉を切って、鷹野は相手をじっと見つめた。風洞の話を聞いて、山根の顔色が変わっていた。椅子の上で身じろぎをしたあと、しばらくして彼はようやく口を開いた。

「よくそこまで調べたじゃないか」

「風洞の件を認めるんだな？」

そう問われて、山根はゆっくりとうなずいた。

「補足するならこうだ。気絶させたあと、俺は森の頭に袋をかぶせたんだよ。それから手袋も嵌めさせた。壁に何度もぶつかるから、血痕《けっこん》なんかが残らないようにしたんだ」

「なるほどな。……殺害したあとは、森さんの遺体を運び出した。何かの容器に入れて、台車で運んだんだろう」

「ああ、あれか。俺は風洞実験で、風力発電用のナセルをテストしていた。風車の羽根が付いている部分、発電機を収めた容器のことだ。その模型がちょうどいいサイズだったから、そこに遺体を入れて台車で運んだ。もちろん防犯カメラに写らないルートを選んでね。……その間、風洞の装置は低速で動かしたままだった」

「給水塔の錠が壊れていることは知っていたんだな？」

「最初からあそこを利用するつもりだった。俺は遺体を給水塔の四階に運んで、らせん階段を転落させた。途中どこかで止まってしまうこともなく、森は一階まで落ちた。これで偽装工作は終わるはずだった」

「ところがそこへ警備員がやってきた……」

鷹野が言うと、山根は露骨に不機嫌そうな顔をした。

「あれには俺も戸惑った。慌てて四階へ戻り、ベランダから水タンクの上に出たんだ。しばらくして警備員が離れていくのが見えたから、その隙に仕事場へ戻った。風洞ではまだ弱い風が吹いていて、実験中のように見える状態だった。そのうち警察がやってきたので、ずっとテストをしていたと説明し、二十三時十五分に風を止めたんだ」

「翌日以降の捜査はどうだった？」

「普通に対応したよ。電気の使用量から、あの夜に風洞が使用されたことは証明されていた。それをもって、俺にはアリバイがあると判断されたわけだ。念のため猟奇的な事件だと思わせようとして、俺はアヌビスという名前で警察に犯行声明を送った。森が古代エジプト神話のウアジェトを使っていたから、俺は冥界の神・アヌビスと名乗ったのさ」

「それにしても、なぜわざわざ職場で森さんを殺害したんだ？　リスクがあるだろうに」

「職場に宗教のことを触れ回る、と脅されたのがその数日前だったんだ。仕事が立て込んでいたから、ほかの場所で森を殺すのは難しい。リスクがあっても、あそこでやるしかなかった。……それに森は、俺から航空機の夢を取り上げようとしたんだ。風洞で殺してやるのがふさわしいと思ったんだよ」

そこには山根のこだわりがあったというべきだろう。技術者らしい発想で、風洞を使えば殺人ができるのではないか、と彼は思いついた。そのアイデアにとらわれてしまったのかもしれない。

山根は何か考えている様子だったが、そのうちこう尋ねてきた。

「刑事さん……鷹野さんだったな。俺にもわからないことがある。森の左目の件だ。当時は公表されなかったが、その後、義眼がなくなっていたことを聞かされた。俺は遺体から義眼を持っていったりはしなかった。誰が盗んだか、わかっているのか？」

「その件については夏木友康の証言がある。今は治療中だが短時間、話を聞くことができた。十年前、夏木と片岡は、森さんを疎《うと》ましく思うようになっていた。夏木たちが教団の金を使い込んだせいで、森さんが激怒していたらしい。教団が弱体化したこともあって、夏木たちはこのへんで見切りをつけようと考え始めた。そんなとき護さんがいなくなって、森さんが後継者探しを始めたんだ」

そういうことか、と言って山根は小さくうなずいた。ある程度、真相の予想がついたようだ。

「夏木と片岡はすぐに森さんの動きを嗅《か》ぎつけた」鷹野は続けた。「森さんが何度も外出するのを不審に思って、尾行したんだろう。そして、あとで森さんに追及されないよう、夏木たちは外で行動するとき、お互いにアリバイを作り合っていたらしい。十年前の十月六日、片岡にはスナックで飲んでいたアリバイがあった。夏木には、片岡の知り合いの女性と一緒にいた、というアリバイがあった。だが実際には、夏木は女とは会わずに森さんを尾行していたんだ。

夏木は森さんが多摩航空機の敷地に忍び込むのを見た。息子の君がそこに勤めているのを知っていたから、親子で話し合いをするのだろう、と夏木は考えた。彼も塀を乗り越えて敷地内に侵入した。森さんは風洞に入っていったが、なかなか出てこない。そのうち君が、人が入るほどの容器を台車で運び出すのが見えた。夏木はあとを追いかけ、給水塔での偽装工作を目撃したんだ」

「義眼を奪ったのは夏木なんだな？」

山根は真顔になって尋ねる。「そのとおり」と鷹野は言った。

「君が給水塔から立ち去ったあと、夏木は遺体から左の義眼を持ち去った。じつはその義眼の中にはピンクダイヤモンドが隠してあったそうだ。相当な値打ちのもので、森さんはときどき義眼を外して周りに見せていた。本当は宝石を自慢したかったんだろうが、信者たちに説明するわけにはいかない。それで信者や子供たちは義眼を見せられ、怖がるばかりだったというわけだ。……しかし夏木たち幹部だけは、宝石のことを森さんから聞いていた。警備員と君がいなくなった数分間が、ピンクダイヤモンドを奪う絶好のチャンスとなったんだ。夏木にとっては、降って湧いたような幸運だったと言える。おそらくそのダイヤは、アークサロン東京の開業資金になったんだろう」

「ちくしょう。それがわかっていれば、俺が義眼を外して逃げたのに……」

山根は眉根を寄せて、悔しそうな表情を浮かべた。


ここまでで十年前の話はおおむね片づいた。

だが塔子たちの前には、まだ解き明かさなければならない謎《なぞ》が残っている。

椅子に腰掛けたまま、鷹野は背筋を伸ばして被疑者を見つめた。

「十年前の立川事件のほかに、君は先日の中野事件、目黒事件にも関与している。そうだな？」

鷹野が言葉を切ったあと、塔子は山根の様子をそっと観察した。彼は無表情を装っていたが、両目に緊張が表れているのがわかった。

「どうしてそう言い切れる？」と山根。

「立川事件ではらせん階段が使われ、義眼が奪われた。それとよく似た形で中野事件、目黒事件が起こっている。犯人は立川事件をよく知る人物だと考えられる。一番疑わしいのは君だ。動機もあるだろう。君は子供のころ天空教で虐待を受けていた。森さんへの恨みがもっとも強いはずだが、当時教団の幹部だった片岡と夏木も憎んでいた……」

山根は鷹野の視線を受け止めたあと、低い声で唸った。

「きっかけは偶然に近いものだった」山根は言った。「今から三ヵ月前、週刊誌にアークサロン東京の記事が載ったんだよ。それを見て、あいつらまだこんなことをしているのかと驚いた。森を始末して、俺の中で天空教はもう過去のものになっていた。でもアークサロンが生薬だの健康食品だのを売って、ネズミ講まがいのことで稼いでいると知ったら、放っておけなくなった。森を殺しただけで満足していては駄目だ。あのふたりも始末しなくては、と思ったんだよ」

「やはりそうか」

「……夏木たちのことを考えていたら、子供のころの記憶が甦ったんだ。森も相当ひどい男だったが、夏木と片岡はその威光を笠《かさ》に着て、信者や子供たちに虐待を繰り返していた。母が病死したこともあって俺は大人たちに反発した。すると夏木と片岡に殴られて、十日以上も土蔵に閉じ込められた。ろくに水も食べ物も与えられず、俺は衰弱して死にかけた。声も出せずに倒れていると、あるとき夏木たちが土蔵を覗き込んだんだ。助けて、と俺が言うのを聞いてあいつらは笑いだした。『こいつ、まだ生きてるよ』とか『あんな親の子供だから頭が悪いんだ』とか『早く大人になって金を持ってこい』とか、ひどいことを言った。俺が弱っていたから、覚えていないと思ってそんな話をしたんだろうな」

暗い目をして、山根は過去の出来事を語った。

「その記事がなければ、君は夏木や片岡を襲わなかったということか」

「ああ。直接のきっかけは週刊誌の記事だよ。あれを見て、夏木たちへの恐怖や怒りが戻ってきたんだからな。しかし遅かれ早かれ、いつかはこうなっていたのかもしれない。土蔵に監禁されたことはトラウマになっていた。夏木たちのことを詳しく思い出せば、いずれ復讐せずにはいられなかったんじゃないかと思う」

「そして君は夏木や片岡のことを調べていった。運送業者としてアークサロン東京に出入りするようになったのも、情報収集のためだな？　夏木たちに近づくことにはリスクもあったはずだが……」

「夏木や片岡はいつも久我山の本部にいて、吉祥寺の店に来ることはなかったんだ。だからそれほど危険はなかった。店ではパワーストーンなんてものまで、高い値段で売っていた。まったくひどい商売だ」

生薬や水のようなものなら、まだ体に効く可能性がある。だがパワーストーンとなると、さすがに疑問を感じる人は多いだろう。

「そういえば店であんたたちと会ってしまったんだよな。あれは失敗だった。まさかこの火傷の痕に気づかれるなんて」

山根は右の袖をめくってみせた。そこには子供のころ虐待された痕跡がはっきりと残っていた。

「その上、ジャンパーの色落ちまで覚えられていたとは驚きだ」

「君はなぜ塩素系漂白剤を持っていたんだ？」

「宅配の仕事のほかに、ときどき便利屋の下請けをしているんだ。家の掃除をすることもあったから、漂白剤や洗剤、ナイフなんかを車に積んでいたってわけさ」

なるほどな、とつぶやいたあと鷹野は細い顎に指先を当てた。

「さて、ここまではいいだろう。だが、まだひとつ引っかかることがある」

山根は黙ったまま、鷹野の様子をうかがっている。次の言葉を待っているようだ。

「中野事件の被害者・佐武恭平さんのことだ」鷹野は続けた。「君はこれまでの取調べで、佐武さんを殺害したのは自分だと供述している。しかし佐武さんだけは、天空教ともアークサロン東京とも関係がない。君との接点が見つからないんだ。恨む理由がないのに、なぜ君が彼を殺害しなければならなかったのか。不自然じゃないか？」

「別に不自然なことじゃない」山根は一瞬言葉を切ったあと、こう言った。「俺は佐武にも恨みがあったんだ」

「聞かせてもらおうか。どんな恨みだ？」

「あんたたちは知らないだろうが、奴は昔、天空教にいた子供のひとりなんだよ。俺は奴からひどい暴力を受けていた。だから復讐したんだ」

鷹野は鋭い目で相手を見た。真意を見抜こうとするような視線を受けて、山根はわずかに身じろぎをする。

「そうだろうか？」鷹野は首をかしげた。「私は別の線を考えた。佐武さんは藤村香澄さんと交際していた。彼はモラルハラスメントで香澄さんを苦しめていたそうだ。そして香澄さんの父親・藤村忠義巡査長は刑事として、十年前の立川事件を捜査していた。藤村巡査長は君とも面識があったはずだ」

「藤村なんて刑事、覚えていないな」

「そんなはずはない。過去の捜査資料が残っているんだ。藤村巡査長は十年前に三回、君から事情を聞いている。それだけじゃない。事件が迷宮入りして特捜本部が解散してしまったあとも、彼は立川事件を気にしていた。今から五年前、君が多摩航空機を退職する前にも、彼は独自にあの事件を再捜査していたらしい。君のところにも行った可能性がある」

厳しく追及されて、山根は視線を逸らした。それが何を物語っているか、塔子にも想像がついた。

「君は藤村巡査長だけでなく、娘の香澄さんも知っていたんじゃないのか？　身辺を探って、彼女が佐武さんに苦しめられていることをつかんだ。彼女を助けるために、君は佐武さんを……」

「違う！」

突然、大声を出して山根は机を叩いた。彼は激しく首を横に振った。

「藤村香澄なんて俺は知らない。彼女を助けるだって？　なんだそれは。訳がわからない」

「最近、佐武さんはストーカーのように振る舞っていたんじゃないか？　それを見て君は義憤にかられたんだろう」

「だいたい、俺が刑事と接触していたなんて証拠があるのか？」

山根の問いに対して、鷹野は口を閉ざした。そのまま相手の顔を見つめている。

本来発言すべき立場にはなかったが、塔子は鷹野に向かって小さく右手を挙げた。許可を得て、塔子は言った。

「山根さん。あなたは義眼について先ほどこう言いました。『当時は公表されなかったが、その後、義眼がなくなっていたことを聞かされた』と。いったい誰から聞かされたんです？」

「それは……」

「おそらく、あなたは警察関係者からその情報を聞き出したんでしょう。だとすると、あの捜査に一番熱心で、五年前にも動いていた藤村巡査長から聞いたんじゃありませんか？　藤村巡査長には情報を漏らす意図などはなく、口を滑らせただけだったのかもしれませんが……。でも、これはかなり可能性の高い推測です」

塔子のほうを向いて、山根は何か言おうとした。だが言葉が出てこないようだ。

「認めてください。藤村香澄さんを知っていたと」

「知らないと言ってるだろう！　俺は自分の恨みを晴らすために佐武を殺したんだ。それ以外にあり得ないじゃないか」

山根は頑として認めようとしない。この件を解き明かすには、もう少し時間をかける必要がありそうだ。

塔子たちの前で、山根は小さく舌打ちをした。

「あとは夏木を殺すだけだった。それで俺の計画は成功するはずだったんだ。それなのに、あんたたちのせいで……」

彼は眉根を寄せ、鬼気迫る形相で鷹野を睨んでいる。自分の計画を邪魔されたというその一点だけで、彼は警察を恨んでいるように思える。

「あなたにとって飛行機とは、風洞とはいったい何だったんですか？」

塔子は静かな口調で尋ねた。意味がわからないというように、山根は首をかしげる。塔子は続けた。

「飛行機が好きだったあなたは、希望していた会社に入ることができた。実験を担当して充実した毎日を過ごしていた。飛行機や風洞は、社会との大切なつながりだったはずです。なのに、あなたは風洞を犯罪に使って汚してしまった。それでよかったんですか？」

「はあ？　あんた、何を言ってるんだ」

「十年たった今、『あること』が起こったのは、あなたにとって重要なきっかけだったのかもしれません。その一件を受けて、あなたはあらたな犯行に着手した。ずっと温めていた自分の復讐計画をスタートさせたんです。あなたはすべてを自分の意思でコントロールしようとしました。でも、その計画には最初から綻《ほころ》びがあった。藤村香澄さんがいたせいです」

山根は塔子を凝視した。何か言おうとしたが、その言葉を呑み込んだようだ。

「本来ならあなたは自分だけの恨みを晴らすつもりだった。でも計画を実行しようとしたときに無関係な事件が起こり、人としての情がまさってしまった。あなたは香澄さんを助けようと決めた。そうですよね？」

「俺は……そんな……」

両手の拳《こぶし》を握り締め、山根は目を伏せた。彼は床の上の染みをじっと見つめる。

塔子は口調をあらため、穏やかに話しかけた。

「人を助けるためだからといって、今回の犯行は許されるものではありません。でもあなたの中の『情』が、あなたの計画を失敗させたのだとしたら、なぜか私は少しだけほっとするんです。あなたにも人を想う優しさがある。それは子供のころの純粋な気持ちが、まだ残っているからじゃないでしょうか」

山根は口を引き結んだまま黙り込んでいる。だがその顔に、今までとは違った表情が浮かんでいるような気がした。

彼の中に生じた感情は、いったいどんなものなのだろう。塔子はそれを想像しようとしていた。

8

仮囲いの内側に茶褐色の壁が見えている。

中野駅から徒歩五分。ルミリア中野は数日前と変わらない姿でそこにあった。

通用口の錠は開いていた。鷹野と塔子が先に敷地へ入っていく。あとに続いたのは中野署の藤村忠義巡査長だ。

「足下に気をつけてください」振り返って塔子は言った。

「ありがとうな、塔子」藤村はこくりとうなずいた。「最近、足腰が弱くなったし、目も悪くなってきてさ。まったく、歳はとりたくないものだよ」

そんなことを言って、藤村は口元を緩めた。

正面入り口から建物の中に入る。四階までの吹き抜けが、頭上に大きく広がっていた。その片隅にらせん階段がある。塔子たちは靴音を響かせながら、そちらに向かった。

鷹野が足を止め、細長いらせん階段を見上げた。塔子や藤村も、彼と同じように上を向く。高く延びたらせん階段は、はるか上方、四階までつながっていた。ステンドグラスを通して、赤や青や緑の光が射し込んでいる。

「……鷹野さん。現場をもう一度確認したいということでしたが、どこから調べますかね」

辺りをぐるりと見回しながら、藤村が尋ねた。

鷹野は彼のほうへ視線を向ける。

「このルミリア中野で佐武恭平さんが殺害された事件について、私が推測したことを聞いてもらえるでしょうか」

「ええ、それはかまいませんが」と藤村。

ひとつ咳払いをしてから鷹野は話しだした。

「遺体の上着やシャツが脱がされ、顔に塩素系漂白剤が付着していたのは、犯人が何かの汚れを隠そうとしたからでしょう。詳しく調べたところ、眼窩の内側から小さな傷が見つかり、万年筆のインクが検出されました。佐武さんはルミリア中野の四階で、万年筆を左目に刺されたものと思われます。彼はバランスを崩して階段を転落、全身六ヵ所の骨が折れ、頸椎も骨折したため窒息死した……」

鷹野はらせん階段の下を指差した。一月二十三日、佐武恭平が倒れていた場所だ。

「あとで遺体を確認したとき、殺人犯は驚いたんじゃないでしょうか。刺した万年筆からインクが流れ出て、左の眼球が汚れてしまっていたからです。そのままでは万年筆を使ったことがばれて、殺人犯が誰なのか、特定されてしまうかもしれない。だからその汚れを取り去る必要があった。それで犯人は左の眼球を抉り出しました。また、左目の眼窩近くに付いたインクを落とすため、塩素系漂白剤を使ったんだと思います。皮膚に付いた万年筆のインクは、食器用洗剤などではなかなか落ちませんからね。……衣服を脱がせたのもインクのせいだと考えられます。殺害したとき、被害者の上着やシャツに染みが付いてしまったんでしょう」

塔子はそっと藤村の様子をうかがった。鷹野の説明を聞いて、彼は驚いているようだ。ただ、その驚きがどういう性質のものかはわからなかった。まったく予想外のことを聞かされて驚いているのか、それとも——。

「次に、ルミリア中野の近くにあった、駐車場の防犯カメラについて」鷹野は続けた。「今日確認したところ、ルミリアに出入りするとき必ずしもそのカメラの前を通る必要はないことがわかりました。……というか、むしろその道を通るのは不自然な行動だと思われるんです。いったい、犯人はなぜ面倒なことをしたのか。それはアリバイ作りのためだったんじゃないでしょうか。あのときカメラに写った人物は、犯行時刻をはっきりさせるため、あえて記録されるように歩いたのではないか。

ここまで話せばもうわかりますよね。佐武さんの事件に関して、殺人犯と死体損壊犯は別の人間だったんです。死体損壊犯は殺人犯をかばおうとして、わざわざカメラに写った。一回目は午前二時二十四分。二回目は三時三十七分。そのあと奴は逃走したんでしょう。だとすれば、三時二十分に自宅から七一一九番に連絡した藤村香澄さんはどうなるか。死体損壊についてはアリバイが成立しますが、殺人については疑いが残ることになります。死亡推定時刻は一時から三時の間ですから、仮に殺害が二時に行われたとすると、三時二十分までずいぶん時間があります。死体損壊犯にバトンタッチして、香澄さんは自宅に戻ったと考えることもできます」

ここで鷹野は言葉を切った。明らかに藤村の表情が変わっていた。口元の笑みはすっかり消え、彼は顔を強ばらせている。

その様子を観察してから、鷹野は説明に戻った。

「私たちは先日、香澄さんから事情を聞きました。彼女は就職に備えて、簿記やペン習字の資格をとったということでした。合格証明書のそばにボールペンや万年筆が置いてあるのを、私は見ています。香澄さんは四月に百貨店の文具・生活雑貨部門へ就職が決まっていました。きっと文房具が好きなんでしょうね。そういう事情から、彼女が日常的に万年筆を使っていた可能性がある、と私は考えました。

そしてもうひとつ。香澄さんは以前、派遣会社に登録してIT企業で働いていました。入退室管理システムなどに携わっていた、ということです。会社に確認したところ、香澄さんは工事現場にあるボタン式の錠にも詳しいことがわかりました。あのタイプの錠は通常のボタン入力ではなく、管理者用の操作でも解除できるそうです。ルミリア中野に思い出があった香澄さんは、通用口に見慣れた錠が使われていることを知った。だから事件を起こすのに、この場所を選んだのではないか。……さて、ここで気になる点があります。香澄さんが佐武さんを殺害した結果、万年筆の痕跡が残ってしまうことを悟ったとき、彼女はいったい誰に助けを求めるでしょうか。それは、あなたではありませんか、藤村忠義さん」

鷹野は相手の顔を正面から見つめた。いや、厳しい目で睨みつけていた。

もはや藤村の表情にいつもの穏やかさはない。彼は動揺し、当惑し、逡巡《しゅんじゅん》しているようだった。

「いつまでも隠してはいられませんよ。警察の捜査がどんなものか、あなたはよく知っているでしょう」

鷹野がそう話しかけても、藤村は黙ったままだった。だが迷いがあるのだろう、彼は白髪頭を右手でくしゃくしゃと掻いた。

そんな藤村の態度を見て、塔子は息苦しいような気分を味わっていた。自分に刑事のイロハを教えてくれた人が今、犯罪の容疑をかけられている。藤村は肯定も否定もしないが、その沈黙こそが答えなのではないか。

そう考えると、塔子は問いかけずにはいられなかった。

「娘さんを守りたい気持ちはわかります。でも、このままでいいんですか？　嘘をついて香澄さんを助けようとしても、いずれ必ずばれますよ」

「いや、嘘なんて……」

言いかけて、藤村はまた口を閉ざしてしまう。もどかしくなって、塔子は声を強めた。

「藤村さんの刑事人生に間違いはなかった、と言えますか？」

彼ははっとした表情になった。自分の思いが伝わったのだ、と塔子は手応《てごた》えを感じた。

だが、藤村の返事は意外なものだった。

「私の刑事人生なら、もう汚れてしまっているよ。今から五年前にな」

塔子は思わず眉をひそめた。今から五年前の汚点。それはいったい何なのだろう。

「すべて話してください、藤村さん。事件を解決するには、あなたの証言が必要です」

藤村は沈痛な面持ちで塔子を見つめた。どうすべきかと悩んでいるのがよくわかる。しばらくためらっていたが、やがて藤村は覚悟を決めたという様子で話しだした。

「一月二十三日の未明、私は署に泊まり込みで仕事をしていました。ところが午前二時過ぎ、香澄から電話がかかってきたんです。佐武恭平を殺してしまった、と娘は言いました。そのときの衝撃といったら……。佐武のことは私も香澄から聞いていました。彼と交際していたこと、ひどい暴言が続くので最近距離をとっていること、ところがここ三ヵ月ほどの間に彼が脅しをかけてきたこと。娘が苦労していた事実を、私は知っていたんです。しかし、それにしても殺してしまうなんて……。私は理由を作って署を抜け出し、ひとりでルミリア中野に向かいました。でもそこに香澄はいませんでした。暗い建物の中、ハンドライトを持って私を待っていたのは山根隆也だったんです」

ついにその名前が出た。塔子は藤村に問いかける。

「山根のことは十年前から知っていたんですね？」

「そうです。立川事件を捜査しているとき、彼のことを知りました。昨日彼が逮捕されたと聞いて、いずれ私たちのこともばれるだろうと覚悟していました……」

諦めたという顔をして藤村は肩を落とす。彼の背中が少し小さくなったように思えた。

「少し長い話になるんですが……」藤村は再び口を開いた。「ご覧のとおり私は捜査のセンスがよくないから、十年前の立川事件でも手柄を立てることはできませんでした。ただ、あの事件を捜査する中で、ひとり気になった男がいたんです。それが多摩航空機・開発支援課の山根隆也でした。おとなしくて素直そうな青年でしたが、何かのときに苦しそうな表情を見せることがあって、どうも引っかかったんです。しかし結局、犯人が見つからないまま特捜本部は解散してしまいました。所轄に何人か担当の捜査員がいたんですが、実際には迷宮入りとなって捜査は終了しました」

現実的な話として、特捜本部を設置した事件がすべて解決されるわけではない。捜査員の力不足とは思いたくないが、迷宮入りとなってしまう事件があるのは事実だ。

「それから五年後、私は体調を崩して入院しました。じきに退院できたんですが、職場に戻ると主要な捜査から外されていたんです。雑用を押しつけられ、しばらく書類の整理をしていました。そのうち私は、立川の事件を思い出しました。多摩航空機の山根隆也が気になっていたので、折をみて、ひとりで再捜査を始めました。多摩航空機を何度も訪ねて山根とお茶を飲んだり、居酒屋で一杯やったりして、雑談を繰り返しました。こっちがわりと暇そうにしているものだから、彼は不思議に思ったようです。私は自分が成績の悪い刑事であること、上司からは何も期待されていないこと、ややもすれば部下にも舐められてしまうことなどを話しました。自分のみっともない部分を見せて相手を安心させる、というのが私のやり方なんです。駄目な刑事は駄目な刑事なりに、いろいろ考えていたわけです」

自虐的に語る藤村を前にして、塔子は複雑な気分を味わっていた。自分が指導を受けていたころ、藤村はこんな情けない話はしなかった。あれは塔子の前だったから、理想の刑事像を語っていただけなのだろうか。

「なんでそんなことを、と言いたそうだな、塔子」

藤村に訊かれて、塔子は言葉に詰まった。何と答えたらいいのかわからない。

「ですがね、その作戦が成功したんですよ」藤村は続けた。「私が駄目な刑事だとわかって警戒を解いたのか、あるいは自分と似ていると感じたのか……。山根隆也は過去に経験してきたことを詳しく話してくれました。子供のころ彼は母親に連れられて、天空教に入信していたというんです」

「ええ、聞いています」鷹野はうなずく。

「少年時代、教団でひどい虐待を受けたということでした。昔、私は別の事件で、虐待を受けて亡くなった子供を何人も見ています。それから、私の妻が病気で亡くなっているものですから、家族を看取《みと》るつらさも知っていました。治療もされないまま亡くなった山根の母親が、気の毒で仕方なかった。……そういう話をするうち、山根は立川事件への関与をほのめかしたんです。やはりそうか、と私は思いました」

「それで、あなたはどうしたんです？　山根を逮捕してはいませんよね」と鷹野。

藤村は黙り込んでしまった。言いたいことをどう表現すべきか、迷っているように見える。しばらく眉間に皺を寄せていたが、やがて彼は口を開いた。

「山根は森達雄を殺害した。しかしその犯行には同情の余地があった。私はほかの刑事には知らせないまま、山根に自首を勧めました。そうすればわずかでも罪が軽くなると説得したんです。……少し考えさせてほしい、と彼は言いました。『多摩航空機の仕事は僕にとって天職なんです。今手がけている案件だけは、どうしてもやり遂げたい。あと一週間だけ待ってください』ということでした。わかった、と私は答えました。悔《く》いのないようしっかり仕事をしてこい、と山根を励ましてやった。念のため毎日、私は彼に電話をかけました。ところが七日目、山根は電話に出なくなってしまったんです。

おかしいと思ってアパートに行くと、そこはもぬけの殻でした。家財道具をほとんど残して、彼は消えていました。慌てて多摩航空機を訪ねてみて、私は驚きました。会社はまもなく廃業してしまうらしい。そして山根は二日前に退職してしまったというんです。退職は一ヵ月前から決まっていた、ということでした。つまり一週間待ってくれというのは、彼が退職して逃げるための時間稼ぎだったわけです。

失敗した、と私は後悔しました。しかしその一方で、ほっとする気持ちもありました。刑事として犯人を取り逃がしたことは大失態です。でも心のどこかで、山根を助けてやりたいと思っていたのも事実でした」

塔子は藤村をじっと見つめた。自分の気持ちをどう表現したらいいのか、戸惑いがある。だが、このまま放っておくわけにはいかなかった。

「それは甘すぎませんか？」塔子は藤村に言った。「刑事が殺人犯を見逃すなんて、責任の放棄だと思いますが……」

本当なら、もっと厳しく問い詰めたいところだ。だが恩のある藤村を、これ以上の言葉で非難することはできない。

「そうだな、塔子の言うとおりだ」藤村は力なくつぶやいた。

「……で、その後、山根隆也との関係は？」

鷹野から質問を受けて、藤村は何度か空咳をした。

「じつは、今年までの五年間、山根からときどき手紙が届いていたんです。自分を逃がしてくれたことを感謝しているとか、皮肉めいたことが毎回書かれていました。それから、今、藤村さんはどこの署にいますね、とか、香澄さんは派遣先の会社に通っていますね、とか、個人的なことも……。その手紙を香澄には読ませていないので、あの子は、私を恨んでいる者からの脅迫状だと思ったようです。たしかに、そういう悪意ある手紙も届いていますがね。

半年ぐらい前から私は、家の近くとかコンビニのそばとか、あちこちで誰かの視線を感じるようになりました。辺りを見回して、男が姿を隠すのを何度か目撃しました。あれは山根ではないかと思った。彼は私たちを監視しているんだろうか。ずいぶん暇な奴だな、とね。とはいえ、もし不審なことがあれば覚悟を決めて、一度逃がしたあの男と対決しなければならない、と考えていました。……そんな中、大変な事件が起こったんです。一月二十三日、未明のことでした」

ここで先ほどの話に戻るわけだ。仕事中、香澄から連絡を受けた藤村は、ルミリア中野に急行した。だがそこに香澄の姿はなく、ハンドライトを手にした山根隆也が立っていた——。

「五年ぶりに会う山根は、前よりだいぶ痩せて精悍な印象になっていました。これまで彼がどんな暮らしをしてきたのか、訊いてみたい気持ちがありました。でも、のんびりしている暇はなかった。私たちの足下には、佐武恭平の遺体が転がっていたからです。……その辺りでした」

藤村は階段の下を指差す。それから、事件当夜の出来事を説明していった。

感謝している、と山根が手紙に書いたのは本当のことだった。彼は藤村のあとをつけたり、藤村が気にかけている香澄の動向を探ったりしていたそうだ。何かあれば助けてやろうと、ボディーガードのような気分でいたらしい。彼は、香澄が佐武を恐れていることを知っていた。

一月二十三日、藤村の自宅を監視していた山根は、珍しく香澄が自動車の手入れをしているのを見た。不思議に思って監視を続けていると、彼女は夜中に車で外出した。そんな時刻だからデートであるはずはない。山根も車で来ていたから、そのまま追跡した。

香澄はルミリア中野に入っていった。仮囲いに取り付けられていた錠を、壊さずに解除したようだった。彼女がそんなことをするとは思っていなかったので、山根は驚いたという。

やがて別の人影が現れて、同じ入り口からルミリアに入っていった。背恰好から見て、おそらく佐武だと山根は察した。

「しばらく様子をうかがっていると、二時五分ごろ、ルミリアの中で物音がしたそうです」藤村は言った。「山根は慌てて中に入っていきました。そこで、香澄が佐武を殺害してしまったことを知ったんです」

そのとき、香澄は誰かに電話をかけていた。何をしているのか、と山根は彼女に声をかけた。香澄は相当驚いたようだが、逃げ出す気力もなかったらしく、諦めたという表情だったそうだ。おどおどしながら彼女は自分のしたことを説明した。

〈私、この人を殺しました。殺さなければ、私はおかしくなってしまいそうだったから〉

〈こいつは佐武だな。あんたがこの男に苦しめられていたのはよく知っている〉

〈どうしてそれを……。あなたは誰なの？〉

〈俺は藤村さんに借りがあるんだよ〉

このまま交際を続けたら、自分は生きたまま心を殺されてしまう、と香澄は感じていたらしい。しばらく会えないと佐武に言うと、だったら今後はつきまとってやる、と脅された。裸の画像をネットに公開してやろうか、とも言われた。追い詰められ、まともな判断ができなくなって、香澄は佐武を殺すことにした。それしかない、と思い詰めてしまったのだ。

香澄は思い出のあるルミリア中野の四階に佐武を呼び出し、よりを戻すようなふりをして隙をうかがった。そして用意しておいた金属バットで彼の後頭部を殴打した。気絶させてロープで首を絞め、殺害するつもりだったという。

だが佐武はその一撃では気絶せず、激しく反撃してきた。逆にこちらが首を絞められそうになり、香澄は咄嗟《とっさ》に万年筆を武器にした。ペン先を相手の左目に突き刺したのだ。痛みよりも精神的な動揺が大きかったのだろう、佐武は香澄を突き飛ばした。その弾みに万年筆が眼球から引き抜かれたそうだ。香澄は床に倒れ込み、佐武は呻き声を上げつつ後ずさりした。そのまま佐武は、らせん階段を転げ落ちてしまった。あとで香澄は一階に下り、震えながら佐武の様子を確認した。彼は首の骨を折って、すでに息絶えていたのだった。

それらの経緯を聞き出したあと、山根は香澄に尋ねた。

〈あんた、さっき誰に電話していた？　警察か〉

〈父にかけたんです。すぐここに来ると言っていました。これで私の人生もおしまいです。佐武のせいで……あんな馬鹿な男のせいで……〉

〈いや、おしまいじゃない。あんたは今すぐここから逃げるんだ〉

〈……え？〉

〈家に戻って、どこか記録に残るところに電話をかけろ。そうだな、七一一九番の救急相談センターがいい。頭が痛いとか何とか相談して、あとは治ってしまったことに

するんだ。かけるときは必ず固定電話からにしろ。それがアリバイになる〉
遺体を調べると、左の眼球に万年筆の刺し傷があった。これを残しておいたら警察が、万年筆と香澄の関係に気づくかもしれない、と山根は思った。一度疑われたら香澄はすぐ自供してしまうおそれがある。だから万年筆やインクの痕跡はすべて消す必要があった。

香澄を家へ向かわせてから、山根は一度外へ出て、故意に防犯カメラに写った。これが二時二十四分のことだった。犯人が事件現場に向かうところ、という偽装をしたのだ。そのあと自分の車から洗剤や塩素系漂白剤、ナイフなどを持ってきた。

万年筆のインクを残さないよう、山根は遺体から左の眼球を抉り出した。また、眼窩の周りに付いていたインクを漂白剤で落とした。佐武の上着にもインクが付いていたので、それを脱がせた。意図がわかりにくくなるよう、シャツまですべて脱がせて異様な事件現場を演出したのだった。

「ちょうどそこへ私が到着したんです」藤村は床の模様を見つめながら言った。「山根は佐武のことを知っていたし、香澄が苦しんでいるのも知っていました。佐武は香澄のストーカーのようになって、最近、私の家をよく見張っていた。それに気づいて、山根は佐武を調べていたそうです。いつか大きな事件が起こるんじゃないかと心配していた、と話していました」

「山根の予想が当たってしまったわけですか」

鷹野が尋ねると、藤村は両手で自分の顔を覆った。

「情けない話です。そこまで追い詰められていたのなら、なぜ香澄は相談してくれなかったのか……」

「ネットに画像を公開するとまで言われたら、相談は難しいと思います。父親に迷惑をかけたくない、と香澄さんは考えたんでしょう」

塔子が言うと、藤村は何か口に出しかけたが、そのまま深いため息をついた。わかっていれば手を打てたはずなのに、と後悔しているのだろう。

鷹野に促されて、藤村は説明を続けた。

佐武の遺体を損壊し、らせん階段にインクが付いていないか確認すると、山根はこう言ったそうだ。

〈十年ぶりにアヌビスが動きだしたことにすればいい。佐武の傷が左目だったのは幸運だ。らせん階段を転げ落ちたというのも、何かの導きかもしれない。あんたの娘は本当にラッキーだよ〉

〈そんなわけないだろう！　あの子は、こんな事件を起こしてしまって……〉

〈ばれなければ問題ないさ。俺に考えがある〉

〈考え？〉

〈これから俺は、自分の計画を実行に移す。なあ藤村さん、人生にはときどき奇跡みたいなことが起こるよな。でもそれは偶然なんかじゃない。人の執念が、偶然を必然に変えるんだ〉

〈おまえ、いったい何を……〉

〈アヌビスが犯罪者どもを冥界に引きずり込んでやるのさ。あんたはただ黙って見ていればいい〉

香澄が自宅へ戻り、七一一九番に架電してアリバイを作ったのは三時二十分だった。藤村に電話をかけさせてそれを確認したあと、山根は現場を出てもう一度防犯カメラに写った。これが三時三十七分のことだった。

藤村自身は防犯カメラに写らないよう、別の道から引き揚げたそうだ。十五分ぐらい歩いてからタクシーを拾って家に戻った。そして自宅で、香澄から詳しい話を聞き出した。香澄は泣きながら、これまでの経緯をすべて説明したということだった。

姿勢を正して、塔子はもう一度藤村を見つめた。

「おそらく、天空教時代の話をしたいなどと言って山根は片岡さんを呼び出し、目黒のビルで殺害した。中野事件のとき、山根は香澄さんから通用口の錠の開け方を教わっていたんだと思います。……山根が佐武さんの遺体を損壊したのは、インクの痕跡を隠すためだった。その手口が猟奇的に見えたから、次に片岡さんを殺害したときも左目を抉り取った。そうすることで同じアヌビスの仕業だと強調することができたわけです。猟奇殺人犯・アヌビスの犯行だと判断されれば、香澄さんは完全に捜査線上から消えます。それが目的だった。そして山根は最後に夏木友康さんを殺害しようとした」

「そう、そのとおりだ。片岡昭宏が殺害されて、ああ、いよいよ始まってしまった、と私は思った。私が山根を止めなかったばかりに、こんな事件が起こってしまったんだ」

だから目黒事件が発生したことを聞いたとき、藤村はあれほど驚き、焦っていたのだ。「今回の事件が起きてしまったのは、たぶん私の責任なんです」と彼は話していた。まさにそのとおりだ。五年前に藤村が逃がしてしまった殺人犯が、また事件を起こしたのだから。

「片岡さんのときは万年筆を刺していないから、インクの汚れはありませんでした」

塔子は捜査資料を思い浮かべた。「だから山根は、上衣を脱がせる必要がなかった。そこが中野事件との相違点でした。それからもうひとつ。被害者の死因も違っていましたよね。同じように階段から転落させたわけですが、片岡さんの場合はらせん階段ではなかったので、途中で動きが止まってしまった。頸椎骨折とはならなかったから、山根はロープなどで首を絞めて片岡さんを殺害した。犯行の形を似せてはいますが、よく考えればいろいろと違和感がありました。中野事件と目黒事件の殺人犯は別人だ、ということを私たちはもっと早く見抜くべきでした」

後悔の念とともに塔子は言った。捜査一課の刑事として、現場の状況をさらに細かく分析し、検討すべきだったのだ。残念でならなかった。

藤村は放心したような様子だったが、やがて塔子に向かっておずおずと尋ねてきた。

「山根は事件の全貌《ぜんぼう》をすべて自供したんだろうか」

「中野事件で佐武さんを殺害したのは自分だ、と供述しています。藤村さんたちをかばっているんでしょう」

そうか、とつぶやいて藤村は苦しそうな表情を見せた。

「香澄は四月から百貨店に就職する予定です。そして、私のほうは定年まであと一年……。娘が起こしたこの事件を、どうしても隠しておきたかったんです」

気持ちはわかる。だがそれを許してしまったら警察官として終わりだ、という思いがあった。塔子は言葉を選びながら藤村に言った。

「私たち刑事は、事件の解決を最優先にすべきだと思うんです。捜査して、犯人を捕らえることができるのは警察官だけですよね。私たちはそうする力を与えられているし、一般市民からも期待されています。理由はどうあれ、香澄さんが人を死なせてしまったのなら、藤村さんはすぐ自首を勧めるべきだったんじゃないでしょうか」

「ああ……そのとおりだ。俺は駄目な人間だよ」

今、藤村はひどく苦しげな顔をしている。これがかつて、自分を育ててくれた恩人なのだろうか。そう思うと涙が出てきそうだった。やり場のない怒りがあった。藤村をひどい言葉で罵《ののし》ればいいのか、それとも裏切りを見抜けなかった自分を責めればいいのか——。塔子は拳を握り締めて考える。だが、どちらもできそうになかった。

ひとつ深呼吸をしてから塔子は言った。

「藤村さん、これが最後のチャンスです。香澄さんを自首させてください。それから早瀬係長にすべてを説明して、然《しか》るべき処分を受けてください」

「……しかし、もう捜査員が香澄のところに向かっているんじゃないのか？」

「この件に関しては、まだ特捜本部は動いていません。今なら間に合うはずです」

塔子は鷹野の様子をうかがった。うん、と彼は小さくうなずく。

それを見て、藤村は口を開こうとした。感謝の言葉か、反省の言葉か、あるいはもっと別の言葉を発するつもりだったのか。だが結局、彼は何も言わなかった。その代わり、塔子たちに向かって深々と頭を下げた。

肩を震わせながら頭を下げ続ける藤村を、塔子たちはじっと見つめていた。

9

午後八時から夜の捜査会議が始まった。

特捜本部が設置されてから一週間。被疑者が逮捕された今、捜査員たちには余裕が出てきているはずだった。だが、明るい顔を見せている者はひとりもいない。神谷課長や手代木管理官も、渋い表情を浮かべて何か相談している。

早瀬係長がみなの前に立ち、議事を進行させた。

「被疑者に対する取調べは比較的順調に進んでいます」眼鏡のフレームに指先を当てながら、彼は言った。「アヌビスこと山根隆也は十年前の立川事件について自供しました。また、自宅を家宅捜索した結果、冷蔵庫からふたつの眼球が出てきました。彼は中野事件、目黒事件での犯行を認めています。ただ、一部については黙秘しているということです」

塔子は山根の顔を思い出していた。今は別の捜査員が取調べを担当しているが、その後も山根は、佐武を殺害したのは自分だと主張しているらしい。

ここで早瀬は表情を曇らせた。咳払いをしてから、みなを見回す。

「藤村巡査長からは今のところ任意で事情を聞いています。彼は中野事件で死体遺棄に荷担したことを供述しています。立川事件の捜査で山根の逃走を許したことはミスで済むかもしれませんが、中野事件に関しては大きな問題です。今後、厳しく調べることになると思います。それから……藤村香澄はすでに逮捕済みで、現在取調べを進めているところです」

香澄は佐武を呼び出し、金属バットで殴ったあと左目を万年筆で突き刺して、らせん階段を転落させている。計画的な犯行と言わざるを得ないだろう。

とはいえ、塔子の中にはすっきりしない気持ちもあった。そもそも中野事件のきっかけは佐武によるモラルハラスメントだ。恒葉会のシェルターを知った今、ＤＶやモラハラに苦しむ女性たちには、もっと多くの逃げ道が必要なのだと塔子は思う。そうしたことが裁判で考慮されるかどうか、気になるところだった。

早瀬は資料のページをめくった。

「藤村刑事らの供述をもとに、アークサロン東京の夏木友康からも事情を聞くことになります。簡単な聞き取りはできましたが、本格的な聴取は怪我の回復を待ってからです」

「アークサロンの件では捜査二課も動く可能性がある」

幹部席から太い声が聞こえた。神谷課長だ。

「今後、あの会社に世間の注目が集まって、マスコミが騒ぐ可能性が高い。となると、警察としても放置はできなくなる。これまでもグレーな会社だとみられていたが、ここで詳しく調べて、法に触れるようなら立件するだろう。あるいは関連省庁に連絡して、行政指導を行うことになるかもしれない」

「疑似科学、代替医療、民間療法……」手代木管理官が神谷のほうを向いた。「何を信じるかは本人の自由ですが、周りの人間が無理に押しつけるべきではありませんね。しかし閉鎖された集団で暮らしているうち、疑うことは悪だという意識が強くなったんでしょう。アークサロン東京も天空教もそうだと思います。もしかしたら如月が潜入した恒葉会という組織も……」

「そうだな」神谷課長はうなずいた。「恒葉会について、如月はどう感じた？」

神谷に問われて、塔子は少し考え込んだ。それから立ち上がって幹部たちに答えた。

「恒葉会は宗教団体ではありません。長谷川静乃さんが薬学の知識を活かして、生薬や健康食品のもとになる植物を育てているコミュニティです。そもそも恒葉会は、DVに苦しむ女性たちを受け入れていたシェルターです」

「だとすると、特に問題はないということか」

「いえ、それは……」

　塔子は言い淀んだ。自分の心の中にあるかすかな違和感、引っかかりのようなものをどう表現したらいいのだろう。

「何か気になることがあるのか？」と神谷。

「確証はないんですが……カリスマ的な教祖と何人かの幹部たち、異を唱えない信者。そんな人たちが集まって宗教団体が出来るのだとしたら、いつか恒葉会がそうなる可能性はあります。代表の長谷川さんには充分なカリスマ性があると感じましたから」

　捜査員たちはみな怪訝そうな表情になった。そんな中、神谷は「なるほどな」と言って腕組みをした。

「宗教団体それ自体に問題があるわけではないだろう。問題があるのは、信者たちを利用しようとする人間だ」

「はい、私も同じ意見です」

「恒葉会の長谷川代表はそういうタイプの人間ではないかもしれない。だが、いつ彼女のそばに不心得者が現れるか、わからないからな。長谷川代表が教祖として祭り上げられてしまうおそれがある」

　信者だけでなくカリスマ的な指導者までが、一部の幹部たちに利用されてしまう。

そんな組織が現に存在し、活動を続けているのかもしれない。

恒葉会のこと、今はなき天空教のこと、そしてアークサロン東京のこと。塔子はさまざまなコミュニティの形について、考えを巡らした。


捜査会議が終わると、先輩たちが近くにやってきた。

門脇と尾留川はくだけた口調で、今夜はどの店に行こうかと話している。

「あのバーも悪くはないんだけどさ、食い物の量が少ないんだよな。今夜はがっつり、肉でも食おうぜ」

門脇がそう言うと、尾留川は早速、携帯で店の検索を始めた。

「肉、肉っと……。飛騨牛《ひだぎゅう》を出す店があるみたいですよ。あとはカツとか、焼き鳥とか。おっ、ジビエの店もありますね」

「ジビエって何だ」

「狩猟で獲《と》ってきた肉のことです。シカとかイノシシとかキジとか」

「珍味という感じなのかな。面白そうだ。トクさん、その店でいいですか？」

門脇が訊くと、徳重は申し訳ないという顔をした。

「すみません、今日は私、早く帰りたくて……。じつは家族会議をしなくちゃいけないんですよ。娘の仕事先のことで」

「また揉めてるんですか？　仕事を辞めるとか辞めないとか」

「それが、今になって海外に留学したいなんて言い出しましてね。いったい何を考えてるんだか」

そんな話をしているところに、杖《つえ》をついた男性が近づいてきた。天然パーマの頭に、くたびれたスーツ。右脚を少し引きずっている。

中野署の刑事・赤倉保だった。彼は鷹野に向かって深く頭を下げた。

「鷹野さん、このたびはいろいろお世話になりました。あのときは焦りすぎました。反省しています」

思ったより傷が浅かったため、赤倉はもう特捜本部に復帰している。ただ、自由に歩くことはできず、予備班で内勤することになったらしい。

「心配していました。早く復帰できてよかったですね」と鷹野。

「それより今回の事件……。鷹野さんには謝らなくちゃいけないと思ったんです。うちの藤村がとんでもないことをして、申し訳ありませんでした。同じ中野署の刑事として、俺は恥ずかしく思っています」

「まあ、赤倉さんには関係ないことでしたから」

「いえ、俺は刑事課であの人の近くにいたんだから、無関係というわけにはいきません。……まったく、藤村さんは本当に駄目な人だ。何ひとつ役に立たない人間ですよ」

赤倉は吐き捨てるように言う。それを見て、塔子は胸に痛みを感じた。この人は知らない。だからこんなことを平気で言ってしまうのだ。

塔子は鷹野の表情をうかがった。彼も同じことを思っていたのだろう、こちらに向かって小さくうなずく。それを受けて、塔子は口を開いた。

「今日、藤村さんの取調べを、隣の部屋から見ていたんです。取調官が所轄での行動などを尋ねていたとき、赤倉さんの話が出たんですよ」

「俺の話？」赤倉は怪訝そうな顔になった。「どうせ悪口ばかりだったんでしょう？」

「一年前の張り込みのとき、藤村さんがひとりで被疑者に接触してしまったことがありましたよね。少し猶予を与えて自首させたという件です」

「ああ、あれね。藤村さんのせいで俺は上司からひどく責められました」

「あの件には理由があったんです。赤倉さんは成果を挙げるため、どんどん前に出ていくタイプですよね。一方、あのときの被疑者は追い詰められていて、精神的にかなり危険な状態にあった。だから赤倉さんが被疑者と接触して、強く追及したりすると危ない、と藤村さんは考えた。刃物を持って暴《あば》れる可能性もある、とね。それで赤倉さんを買い物に行かせて、その間に被疑者を訪ねたんです」

「ちょっと待った」

赤倉はまばたきをしたあと、抗議するような口調になった。

「俺が悪いっていうんですか？　だってそんな……被疑者が襲いかかってくるかどうかなんて、わからないでしょう」

「みんなには黙っていたけれど、あのとき藤村さんは被疑者に腕を切られたそうです」

「……え？」

「深い傷ではなかったんですが、その血を見て被疑者は戦意喪失してしまった。藤村さんは慌てず、あなたを捕まえに来たわけじゃない、と伝えた。おとなしくなった被疑者は、傷の手当てをしてくれました。そのとき藤村さんは相手といろいろな話をした。あの木訥とした感じで、じっくり説得したんです。それで被疑者は自首する決心をした、と……」

赤倉は記憶をたどり、何かを思い出したようだ。

「たしかに俺が買い物から戻ったとき、藤村さんは顔色が悪かった。……いや、しかし、そうならそうと言ってくれればいいのに。なぜ黙っていたんだ？」

「それが藤村さんのやり方なんです。赤倉さんと被疑者、両方にとってそれが最善だと考えたんでしょう」

「まいったな」赤倉は不機嫌そうな顔で、ため息をついた。「もっとうまいやり方があるだろうに、どうして下手な細工をするんだ。ちくしょう、あの人に借りが出来ちまった。返さないわけにはいきませんよ」

「そうですね。いつか藤村さんの真意を訊いてみてください。その機会があれば、ですが」

塔子はこれから先のことを考えた。藤村の起訴が決まれば当然、免職ということになるだろう。赤倉が藤村と会うことは、今後二度とないかもしれない。もちろん塔子も同じことだった。かつて恩人として尊敬し、慕《した》っていた人が犯罪者になってしまった。塔子が特別な手続きをしない限り、もう藤村の顔を見ることはできないのだ。

今思えば、藤村の捜査には特徴があった。過去、赤倉によれば「あの人と組むと被疑者が自首することが多い」という話だった。藤村は自分の得意な方法で、犯罪者に自首を勧めてきたのだろう。今回も、覚悟を決めて娘の香澄を説得したのだと推測できる。

藤村は粘り強く捜査する刑事だった。決して派手ではないし、手柄を立ててきたわけでもない。だが被疑者が再犯に走らないためには、本人が罪を反省することが何よりも大事だ。自首させることで、藤村は被疑者の意識を変えようとしていたのではないか。

昨日、隣室から覗いた取調べの様子が頭に浮かんできた。取調官を相手に、藤村は遠い目をしてこんなことを語った。

「五年前、私が自首を勧めると、山根は黙ったまま空を見上げました。私も彼と一緒になって、青い空を振り仰いだ。しばらく、ふたりでそうしていました。そのあと山根は、自首します、と言ってくれたんです。それですべて片づいたと私は思いました。しかし、あいつは逃げてしまった。

いったい、どこで間違えてしまったんでしょうね。もともと私は犯罪者を追いかける立場でした。それなのにルミリア中野で罪を犯して、追われる側になった。どちらが本当の自分なんだろう。こうして罪を悔いている私なのか。それとも鏡の向こう側にいる、若かったころの私なのか。……鏡の中に昔の自分が見えるんですよ。どこまでも正義を貫《つらぬ》くぞと、自信に満ちていたころの私が……」

その言葉を聞いたとき、塔子の中に込み上げるものがあった。藤村への憤りとか、落胆とか、同情とか、そういう思いではなかった。

それはもっと苦い感情だった。正義を通すのは当然のことだと、塔子は考えている。だが思いもしないような状況に陥《おちい》ったとき、はたして自分は警察官としての誇りを保《たも》てるだろうか。絶対に罪を犯さないと言えるだろうか。

黙り込んだまま、塔子は刑事のプライドについてじっと考えていた。

門脇と尾留川に誘われたのだが、飲みに行くのはまた今度、ということにした。被疑者が捕まったため、今日はみな早めに帰るという。塔子もこのところずっと中野署に泊まり込んでいたから、今夜は自宅に帰ろうと考えた。

中野署の玄関を出ると、街路樹のそばに男性が立っているのが見えた。鷹野だ。手持《ても》ち無沙汰《ぶさた》という顔で携帯の画面を見つめている。塔子は彼に声をかけた。

「誰かを待っているんですか？」

「いや、ちょっとな。……駅まで行くんだろう？」

そう言って鷹野は歩きだす。不思議に思いながら、塔子は彼の横に並んだ。

街灯に照らされた青梅街道を、乗用車やタクシーが走っていく。しばらくそれを眺めたあと、鷹野は言った。

「あまり気にすることはないぞ」

「はい？」

「恩人があんなことになって、ショックも大きいだろう。だが藤村さんは藤村さん、如月は如月だ。恩があるからといって、それがすべてというわけじゃない。たまたま関係のあった人が事件を起こした、というだけの話であって……」

「心配してくれていたんですね」塔子は鷹野の顔を見上げた。「ありがとうございます。でも私、大丈夫です。警察官として、やるべきことをやるだけですよ。藤村さんは今回、間違ったことをしました。でも、昔あの人が教えてくれたのは正しいことばかりでした。私はその教えに従って、正しい道を進んでいきます」

鷹野は驚いたような顔で塔子を見つめている。

「どうかしましたか？」

「いや、もっと落ち込んでいるかと思ったんだ」

「そうですね……。でも、落ち込む暇があったら仕事をします。それが、藤村さんへの恩返しだと思いますから」

「なるほど。如月もたくましくなったな」

やがて、地下鉄の駅への階段が見えてきた。鷹野は足を止め、コートの襟を立てた。

「話は終わりだ。じゃあ、俺はここで」彼は右手を軽く上げた。「お母さんによろしくな」

それを聞いて、塔子は思い出した。立ち去ろうとする鷹野を呼び止める。

「鷹野さん。うちに脅迫状が届いている件なんですけど、近々、相談に乗ってもらえませんか」

「……ああ、そうだったな。藤村巡査長の家にも妙な手紙が来ていたそうだし、いろいろと気になる。その手紙、今度見せてもらおう」

いた。

「よけいな仕事を増やしてしまって、すみません」

「大丈夫だ。よけいな仕事だなんて、誰も思っていない」

鷹野はそのまま歩いていった。おそらくＪＲの駅へ向かうのだろう。

電車を乗り継いで、塔子は北赤羽に戻った。家に着いたときには午後十時を回っていた。

玄関の錠を開けて靴を脱ぎ、廊下に上がる。

「ただいまあ」

バッグを肩から外し、コートを脱ぎながら塔子は居間に入っていった。

「あら、おかえりなさい」

こたつで雑誌を読んでいた厚子がこちらを向いた。まばたきをしたあと、母は慌てた様子で壁の時計に目をやった。

「もうこんな時間？　寒かったでしょう。すぐにお料理温めるから」

「遅くなってごめんね、お母さん」

「いいのよ。電話をもらって安心したわ。あんたが無事に帰ってきてくれれば、私は満足なんだから」

厚子はこたつを出て隣の部屋に向かう。暗かった台所に明かりが点いた。

バッグをカーペットの上に置いて、塔子はぺたんと腰を落とした。こたつの上には何冊かの雑誌が置いてある。

「あ、また猫の雑誌……」

「そうよ」台所から声が聞こえてきた。「ケージとかフードとか、本格的に探さなくちゃいけないでしょう。忙しくて、もう大変」

そんなことを言いながらも、厚子は楽しそうだ。猫を飼うことがこれほど母の気持ちを高めるのかと、塔子は少し驚いている。

じきに準備ができたようだ。塔子は立ち上がって台所に行った。厚子を手伝い、料理の皿をテーブルに並べていく。

「お母さん、例の脅迫状の件だけど……」皿を置きながら塔子は言った。「あの手紙を見てくれるよう、鷹野さんにお願いしておいたから」

「え……。本当に？」厚子は驚いたという顔で振り返る。「だけど鷹野さん、忙しいんじゃないの？」

「見てもらったほうがいいと思うんだ。別の捜査員の家にも脅迫状が届いているみたいでね。鷹野さんも気になるって」

藤村の家のことだ。藤村忠義は長年警察に勤めてきた。穏やかで、親切で、ときには犯罪者に同情してしまうような人だった。そういう藤村であっても、おかしな手紙を何通も受け取っていたのだ。捜査に厳しかった父・如月功であれば、もっと多くの人に恨まれていた可能性がある。

身近な人さえ守れないようでは、多くの一般市民を守れるはずがない。母を守り、自分の身を守りながら刑事の仕事を続けよう、と塔子は決意した。

「ねえ、ビール出してくれる？　ちょっといいやつがあるの」厚子が言った。

塔子は冷蔵庫を開けて、ビールの缶を取り出した。普通の銘柄《めいがら》より少し高めの商品だ。

「あ、本当だ。これは贅沢《ぜいたく》だね、お母さん」

ふたつのグラスにビールを注ぐ。ひとつを厚子に渡し、もうひとつは自分で手に取った。

「では、私たちの未来のために」と塔子。

「それから、私たちの猫のために」厚子はくすりと笑った。

グラスを掲げ持ち、ふたりでビールを飲んだ。母は雑誌を持ってきて、最近調べた猫の情報を話し始める。付箋にはびっしりとメモが書き込まれているようだ。

家族と過ごす時間には、ほっとするような暖かさがあった。

──今、この暮らしを守るのは私の役目なんだ。

母の顔を見ながら、塔子は自分にそう言い聞かせていた。

◆参考文献

『警視庁捜査一課殺人班』毛利文彦　角川文庫
『警視庁捜査一課刑事』飯田裕久　朝日文庫
『ミステリーファンのための警察学読本』斉藤直隆編著　アスペクト
『TOKYO　WATER　TOWER』オオタマサオ著　太田準也写真　地球丸

解説

大矢博子（文芸評論家）

如月塔子《きさらぎとうこ》の変化から目が離せない。

何かをきっかけに大きく花開くわけでもなく、「ここだ」という明確なジャンピングボードがあったわけでもない。油断していると気づかないほどにゆっくりとした、わずかな変化。それでも彼女は着実に変わっている。

その変わり方が、実にいいのだ。

如月塔子はもしかしたら、警察のみならず社会のあらゆる場所にいる女性にとって、ひとつのロールモデルとなり得るのではないだろうか。

二〇一一年に講談社ノベルスより刊行された『石の繭《まゆ》　警視庁捜査一課十一係』（文庫化にあたり、「警視庁殺人分析班」に改題）に始まるこのシリーズも、今年（二〇二一年）で十周年を迎えた。本書はその第十二作となる。

警視庁捜査一課殺人犯捜査第十一係に所属する二十七歳の巡査部長・如月塔子を主

人公に、コンビを組む鷹野秀昭《たかのひであき》警部補ら第十一係のメンバーが難事件に挑む警察小説にして、猟奇的な殺人や捻《ひね》りの効いたトリックで読者をあっと言わせる本格ミステリでもある。

シリーズは十周年だが、作中時間は本書でようやく二年近くが経とうとしているところ。その二年近くで如月塔子がどう変わったかに私は強烈に惹《ひ》かれているわけだが、それは後述するとして、まずは本書の内容から紹介するとしよう。

解体予定の商業施設で変死体が発見される場面から物語が動き出す。一階から四階までをつなぐらせん階段の一階部分にあったのは、左の眼球をくり抜かれ、上半身が裸の男性の死体。さっそく特捜本部が設置されたが、そこで十年前に起きたまま未解決となっていた事件と極めてよく似ていることが明らかにされる。当時、その事件を担当したのは、塔子が所轄《しょかつ》時代に捜査のイロハを教わったベテラン刑事だった。

現在の事件と過去の事件の両面から捜査を進める十一係。しかしそれを嘲笑《あざわら》うかのように、また左目のない死体が発見され――。

というのが本書『天空の鏡』の導入部である。

連続する猟奇殺人、まるで警察に挑戦してくるかのような劇場型犯人という、本シリーズのお家芸の構造は今回も健在。警察捜査小説とトリッキーな本格ミステリの両立については既刊の巻末解説で既に多方面から分析されているので私が付け加えるのも僭越《せんえつ》だが、ひとつだけ考えを言わせてもらえれば、本書を読んで、警察小説という構造をとっていること自体がミスディレクションの役割を果たしているのではないかという思いを新たにした。

　与えられる謎はまさに本格ミステリのそれだが、物語の進行は警察小説のフォーマットに則《のっと》っている。警察が舞台であるがゆえに、証拠品の科学分析や過去の事件のデータ、複数の刑事たちがそれぞれの特性を生かして集めた多彩な情報など、いわば「手がかり」がストレスなく随時提供されるわけで、これが物語のテンポを生む。時折挟まれる捜査会議や打ち合わせの場面でそこまでの情報が整理され、読者に指針を与える。さらに、複数の部署にまたがる警察の組織や人間関係の面白さもある。これらはすべて警察小説の特性であり醍醐味なので、いつしか読者はごく普通に「警察小説を楽しむ」モードに入ってしまう。

　ところが、だ。

　真相が解明されると、「ええっ、その人だったの!?」と読者は度肝を抜かれることになる。今回はたまたま塔子視点のみで物語が進むが、本シリーズの既刊には犯人もしくは関係者と思われる人物の視点で描かれる章が挿入されるケースが多い。つまり読者にだけ与えられる情報がある、ということだ。さらに、作品によっては早々に容疑者が特定されるものもある。それなのに毎回、「ええっ、その人だったの!?」と驚かされるのである。今回もまた、のけぞってしまった。うわあっ、その人だったのかあああ！

だが「その人」であるというヒントは、しっかり作中にまぶされているのである。このサプライズと「してやられた感」はまさに本格ミステリ。つまり警察小説の文法に則って物語を楽しんでいたところに斜め後ろから足払いをかけられ、そうだ、これは本格ミステリだったんだということを思い出させられるのである。これほど大きなミスディレクションがあろうか。

と、同時に。本シリーズは「読者を騙《だま》し、驚かせること」を至上とする本格ミステリでありながら、警察小説の様式をとっていることで可能になった大きなテーマがある。それは「正義への希求」だ。

警察はあくまで正義の側である。まあ、現実にはいろいろあるにせよ、正義の側であるべきだし、そうであると信じたい。その正義の側に主人公を置くことで、「本格ミステリの名探偵」に背負わせるにはやや重く、ともすればきれいごとになりかねない「正義への希求」が、何の衒《てら》いもなくまっすぐに描けるのである。

なぜ塔子は、鷹野は、十一係のメンバーは、これほどまでに体を張って犯人を追うのか。正義を守る立場の人間だからだ。本格ミステリの仕掛けとサプライズを擁《よう》しながら、警察小説として描くことで、作者は真正面から「正しいこと」を追求しているのである。この時代にあって、それは何と崇高なことだろう。

その警察小説の部分に大きくかかわってくるのが、如月塔子という主人公だ。シリーズ開始時点では二十六歳、所轄を経て捜査一課に転属して一年半というところから物語がスタートした。彼女が警察を志したのは亡き父が捜査一課の刑事だったから。身長一五二・八センチという基準スレスレの（実際にはアウトなのになぜか合格できた）体軀《たいく》で、とても捜査一課の刑事には見えないという若い女性である。そんな塔子が捜査一課に配属になったのは、刑事部長が推進した「女性捜査員に対する特別養成プログラム」ゆえらしい。

この当時の塔子はどんな人物だったか。『石の繭』によれば、まだ殺人の被疑者を逮捕したことはない。捜査本部に電話をかけてきた犯人から「女を出せ」と言われて、塔子しかいなかったため上層部も「苦いものを口にしたような顔で」彼女を出した。男性警察官からは「お飾り」「マスコット」と言われた。

それに対して塔子は「私にしかできないことがあると思っています。いずれ必ず役に立ってみせます」と口にし、「うまく対応すれば自分の評価は上がるだろう。女性警察官は不要だなどと言う一部の幹部に対して、一矢報いることができるかもしれない」と考える。

第二作『蟻《あり》の階段』では、「一人前の働きができなかったことを恥じ」、「人一倍頑張ってみせるしかない」と考え、「いつの日か、自分にしかできない仕事をして評価を得たい」「可能性があるとしたら、女性ならではの捜査を行うことかもしれない」と思う。第三作『水晶の鼓動』では「私は女ですから、ほかの人より頑張らなくちゃいけないんです」と発言している。

——いかがだろう。健気だな、頑張ってるな、と思われるだろうか？　私は逆だった。男社会に入った女性に特有の「女だからこそ」「認められたい」という呪縛に囚《とら》われている気がしたのだ。この時点で塔子は、自分自身を「男の職場に入ってきた女性」と考えている。そうではないのに。彼女は「如月塔子」なのに。

そんな塔子が、巻を追うごとに少しずつ「女だから」ではなく「私だから」という考え方に変わっていく。女性ならではの特質ではなく、如月塔子という一個の人間の特質で勝負するようになる。ぜひご自分で確かめてほしいのでどの巻かは伏せておくが、たとえば塔子は「普段、いろんな人に話しかけられる」と指摘される場面があり、実際に彼女はそれを生かした捜査をしていることがわかる。序盤は鷹野が「探偵役」だったが、次第に塔子の直感と鷹野の推理が融合して真相に辿り着くケースも増えてきた。また、塔子は体が小さいがゆえに、狭いところで証拠品を探したり、危機を脱したりということも多い。それはいずれも、「女性」の特質ではなく、「如月塔子」の特質なのだ。

本書で塔子は、女性にしか入れない場所への潜入捜査を命じられる。命じる上司も、『石の繭』のときのような苦々しさではなく、彼女を信じて送り出している。塔子も、女だからではなく、人との垣根を作らない自分の特質を使って潜入捜査に挑む。

いつからだろう。いつ変わったのだろう。そう思って既刊を読み返し、少しずつ、少しずつ変わっていったことにようやく気づいたのだ。ぜひその変化を確認しながら再読していただきたい。ひとつの転機は第七作『蝶の力学』にあるように思えるのだが、どうだろう。

ここまでのすべての巻に登場する、塔子のあるセリフがある。

「――と、届かない……」だ。

体が小さいので高いところや狭いところのものに届かないというコミカルな場面で使われる言葉だが、このフレーズが全巻で必ず使われるのは、彼女の体軀の描写であると同時に、今は「届かない」ものにいずれは届くよう努力し続ける、その描写でもあるように思えるのである。

シリーズ開始から作中時間にして二年近く。彼女の今後の変化にもぜひ注目願いたい。

十一係の他のメンバーの話もしたかったのだが紙幅が尽きた。ひとりだけ、このシリーズでとても気になっている人物がいるので、触れておきたい。科学捜査研究所の河上《かわかみ》だ。

彼と塔子と鷹野の三人の会話も本書のお決まりのパターンで、猟奇的な事件展開の中にあって思わずクスッと笑える場面である。いや、河上さん、いろいろダダ漏れなんですけど……。それに引きずられるように鷹野からもちょっと漏れてる気がするんですけど……。

河上の（たぶん報われないであろう）思いに興味が尽きない。いつか著者に「科捜研・河上啓史郎《けいしろう》の純情」とかなんとかのタイトルでスピンオフを書いてほしいくらいだ。あ、それで言えば「巡査部長・尾留川圭介《びるかわけいすけ》の華麗なる交友録」も読みたい。いかがでしょう、麻見さん？

この作品は、二〇一九年十月に小社より『天空の鏡　警視庁捜査一課十一係』として刊行された作品を改題したものです。

この作品はフィクションであり、実在する個人や団体などとは一切関係ありません。

|著者|麻見和史　1965年千葉県生まれ。2006年『ヴェサリウスの柩』で第16回鮎川哲也賞を受賞しデビュー。『石の繭《まゆ》』『蟻《あり》の階段』『水晶の鼓動』『虚空の糸』『聖者の凶数』『女神の骨格』『蝶の力学』『雨色の仔羊』『奈落の偶像』『鷹の砦』『凪《なぎ》の残響』『天空の鏡』（本書）『賢者の棘《とげ》』と続く「警視庁殺人分析班」シリーズはドラマ化されて人気を博し、累計80万部を超える大ヒットとなっている。また、『邪神の天秤』『偽神の審判』と続く「警視庁公安分析班」シリーズも2022年にドラマ化された。その他の著作に『警視庁文書捜査官』『永久囚人』『緋色のシグナル』『灰の轍《わだち》』『影の斜塔』『愚者の檻』『銀翼の死角』『茨の墓標』『琥珀の闇』と続く「警視庁文書捜査官」シリーズや、『水葬の迷宮』『死者の盟約』と続く「警視庁特捜７」シリーズ、『擬態の殻　刑事・一條聡士』『無垢の傷痕　本所署〈白と黒〉の事件簿』『凍結事案捜査班《コールドケース》　時の呪縛』などがある。

天空《てんくう》の鏡《かがみ》　警視庁殺人分析班《けいしちょうさつじんぶんせきはん》
麻見和史《あさみかずし》

2021年11月16日第１刷発行
2024年２月７日第３刷発行

講談社文庫
定価はカバーに
表示してあります

発行者――森田浩章
発行所――株式会社　講談社
東京都文京区音羽2-12-21　〒112-8001
電話　出版（03）5395-3510
　　　販売（03）5395-5817
　　　業務（03）5395-3615

KODANSHA

デザイン―菊地信義
本文データ制作―講談社デジタル製作
印刷―――株式会社KPSプロダクツ
製本―――株式会社KPSプロダクツ

Printed in Japan

ISBN978-4-06-525286-4

講談社文庫刊行の辞

二十一世紀の到来を目睫に望みながら、われわれはいま、人類史上かつて例を見ない巨大な転換期をむかえようとしている。

世界も、日本も、激動の予兆に対する期待とおののきを内に蔵して、未知の時代に歩み入ろうとしている。このときにあたり、創業の人野間清治の「ナショナル・エデュケイター」への志を現代に甦らせようと意図して、われわれはここに古今の文芸作品はいうまでもなく、ひろく人文・社会・自然の諸科学から東西の名著を網羅する、新しい綜合文庫の発刊を決意した。

激動の転換期はまた断絶の時代である。われわれは戦後二十五年間の出版文化のありかたへの深い反省をこめて、この断絶の時代にあえて人間的な持続を求めようとする。いたずらに浮薄な商業主義のあだ花を追い求めることなく、長期にわたって良書に生命をあたえようとつとめるところにしか、今後の出版文化の真の繁栄はあり得ないと信じるからである。

同時にわれわれはこの綜合文庫の刊行を通じて、人文・社会・自然の諸科学が、結局人間の学にほかならないことを立証しようと願っている。かつて知識とは、「汝自身を知る」ことにつきていた。現代社会の瑣末な情報の氾濫のなかから、力強い知識の源泉を掘り起し、技術文明のただなかに、生きた人間の姿を復活させること。それこそわれわれの切なる希求である。

われわれは権威に盲従せず、俗流に媚びることなく、渾然一体となって日本の「草の根」をかたちづくる若く新しい世代の人々に、心をこめてこの新しい綜合文庫をおくり届けたい。それは知識の泉であるとともに感受性のふるさとであり、もっとも有機的に組織され、社会に開かれた万人のための大学をめざしている。大方の支援と協力を衷心より切望してやまない。

一九七一年七月

野間省一

あさのあつこ NO.6〔ナンバーシックス〕#6
あさのあつこ NO.6〔ナンバーシックス〕#7
あさのあつこ NO.6〔ナンバーシックス〕#8
あさのあつこ NO.6〔ナンバーシックス〕#9
あさのあつこ NO.6beyond〔ナンバーシックス・ビヨンド〕
あさのあつこ 待ってる〈橘屋草子〉
あさのあつこ さいとう市立さいとう高校野球部 (上)(下)
あさのあつこ 甲子園でエースしちゃいました〈さいとう市立さいとう高校野球部〉
あさのあつこ おれが先輩？〈さいとう市立さいとう高校野球部〉
阿部夏丸 泣けない魚たち
朝倉かすみ 肝、焼ける
朝倉かすみ 好かれようとしない
朝倉かすみ ともしびマーケット
朝倉かすみ 感応連鎖
朝倉かすみ たそがれどきに見つけたもの
朝比奈あすか 憂鬱なハスビーン
朝比奈あすか あの子が欲しい
天野作市 気高き昼寝
天野作市 みんなの旅行

青柳碧人 浜村渚の計算ノート
青柳碧人 浜村渚の計算ノート 2さつめ〈ふしぎの国の期末テスト〉
青柳碧人 浜村渚の計算ノート 3さつめ〈水色コンパスと恋する幾何学〉
青柳碧人 浜村渚の計算ノート 3と1/2さつめ〈ふえるま島の最終定理〉
青柳碧人 浜村渚の計算ノート 4さつめ〈方程式は歌声に乗って〉
青柳碧人 浜村渚の計算ノート 5さつめ〈鳴くよウグイス、平面上〉
青柳碧人 浜村渚の計算ノート 6さつめ〈パピルスよ、永遠に〉
青柳碧人 浜村渚の計算ノート 7さつめ〈悪魔とポタージュスープ〉
青柳碧人 浜村渚の計算ノート 8さつめ〈虚数じかけの夏みかん〉
青柳碧人 浜村渚の計算ノート 8と2分の1さつめ〈つるかめ家の一族〉
青柳碧人 浜村渚の計算ノート 9さつめ〈恋人たちの必勝法《マーチンゲール》〉
青柳碧人 浜村渚の計算ノート 10さつめ〈ラ・ラ・ラ・ラマヌジャン〉
青柳碧人 霊視刑事夕雨子《ゆうこ》1〈誰かがそこにいる〉
青柳碧人 霊視刑事夕雨子2〈雨空の鎮魂歌《レクイエム》〉
朝井まかて 花《はな》競《くら》べ〈向嶋なずな屋繁盛記〉
朝井まかて ちゃんちゃら
朝井まかて すかたん
朝井まかて ぬけまいる
朝井まかて 恋歌

朝井まかて 阿《お》蘭《らん》陀《だ》西《さい》鶴《かく》
朝井まかて 藪医《やぶい》ふらここ堂
朝井まかて 福袋
朝井まかて 草々不一
歩《あゆみ》りえこ ブラを捨て旅に出よう〈貧乏乙女の"世界一周"旅行記〉
安藤祐介 営業零課《ぜろか》接待班
安藤祐介 被取締役《とりしまられやく》新入社員
安藤祐介 おい！山田〈大翔製菓広報宣伝部〉
安藤祐介 宝くじが当たったら
安藤祐介 一〇〇〇ヘクトパスカル
安藤祐介 テノヒラ幕府株式会社
安藤祐介 本のエンドロール
青木理 絞首刑
麻見和史 石の繭〈警視庁殺人分析班〉
麻見和史 蟻《あり》の階段〈警視庁殺人分析班〉
麻見和史 水晶の鼓動〈警視庁殺人分析班〉
麻見和史 虚空の糸〈警視庁殺人分析班〉
麻見和史 聖者の凶数〈警視庁殺人分析班〉
麻見和史 女神の骨格〈警視庁殺人分析班〉

講談社文庫　目録

麻見和史　蝶の力学〈警視庁殺人分析班〉
麻見和史　雨色の仔羊〈警視庁殺人分析班〉
麻見和史　奈落の偶像〈警視庁殺人分析班〉
麻見和史　鷹《たか》の砦《とりで》〈警視庁殺人分析班〉
麻見和史　凪《なぎ》の残響〈警視庁殺人分析班〉
麻見和史　天空の鏡〈警視庁殺人分析班〉
麻見和史　賢者の棘《とげ》〈警視庁殺人分析班〉
麻見和史　深紅の断片〈警防課救命チーム〉
麻見和史　邪神の天秤〈警視庁公安分析班〉
麻見和史　偽神の審判〈警視庁公安分析班〉
有川　浩　三匹のおっさん
有川　浩　三匹のおっさん　ふたたび
有川　浩　ヒア・カムズ・ザ・サン
有川　浩　旅猫リポート
有川ひろ　アンマーとぼくら
有川ひろほか　ニャンニャンにゃんそろじー
荒崎一海　門前仲町〈九頭竜覚山　浮世綴(一)〉
荒崎一海　蓬萊橋雨景〈九頭竜覚山　浮世綴(二)〉
荒崎一海　寺町哀感〈九頭竜覚山　浮世綴(三)〉
荒崎一海　小《お》名《な》木《き》川《がわ》〈九頭竜覚山　浮世綴(四)〉
荒崎一海　一色町雪花〈九頭竜覚山　浮世綴(五)〉
朱野帰《かえる》子《こ》　駅物語
朱野帰子　対岸の家事
東　浩紀　一般意志2・0〈ルソー、フロイト、グーグル〉
朝倉宏景　白球アフロ
朝倉宏景　野球部ひとり
朝倉宏景　つよく結べ、ポニーテール
朝倉宏景　あめつちのうた
朝倉宏景　エール〈夕暮れサウスポー〉
朝倉宏景　風が吹いたり、花が散ったり
朝井リョウ　スペードの3
朝井リョウ　世にも奇妙な君物語
有沢ゆう希　末次由紀 原作　ちはやふる　上の句〈小説〉
有沢ゆう希　末次由紀 原作　ちはやふる　下の句〈小説〉
有沢ゆう希　末次由紀 原作　ちはやふる　結び〈小説〉
有沢ゆう希　小説　パーフェクトワールド〈君といる奇跡〉
有沢ゆう希　原作：金田一蓮十郎　脚本：徳永友一　小説　ライアー×ライアー
秋川滝美　幸《こう》腹《ふく》な百貨店
秋川滝美　幸腹な百貨店〈デパ地下おにぎり騒動〉
秋川滝美　幸腹な百貨店〈催事場で蕎麦屋呑み〉
秋川滝美　マチのお気楽料理教室
秋川滝美　ヒソップ亭〈湯けむり食事処〉
秋川滝美　ヒソップ亭2〈湯けむり食事処〉
赤神　諒　神遊の城
赤神　諒　大友二階崩れ
赤神　諒　大友落月記
赤神　諒　酔象の流儀　朝倉盛衰記
赤神　諒　空《うつせ》貝《がい》〈村上水軍の神姫《しんき》〉
赤神　諒　立花三将伝
彩瀬まる　やがて海へと届く
浅生　鴨　伴走者
天野純希　有楽斎の戦
天野純希　雑賀《さいか》のいくさ姫《ひめ》
青木祐子　コーチ！〈はげまし屋・立花とりのクライアントファイル〉
秋《あき》保《う》水《すい》菓《か》　コンビニなしでは生きられない
相沢沙呼　medium《メディウム》　霊媒探偵城塚翡翠
相沢沙呼　invert《インヴァート》　城塚翡翠倒叙集

2023年12月15日現在